死にたがりの君に贈る物語《しにたがりのきみにおくるものがたり》

A story to give to you
who want to die

綾崎 隼

Syun Ayasaki

ポプラ社

Swallowtail Waltz

Riori Mimasaka

死にたがりの君に贈る物語

装幀　bookwall
装画　orie

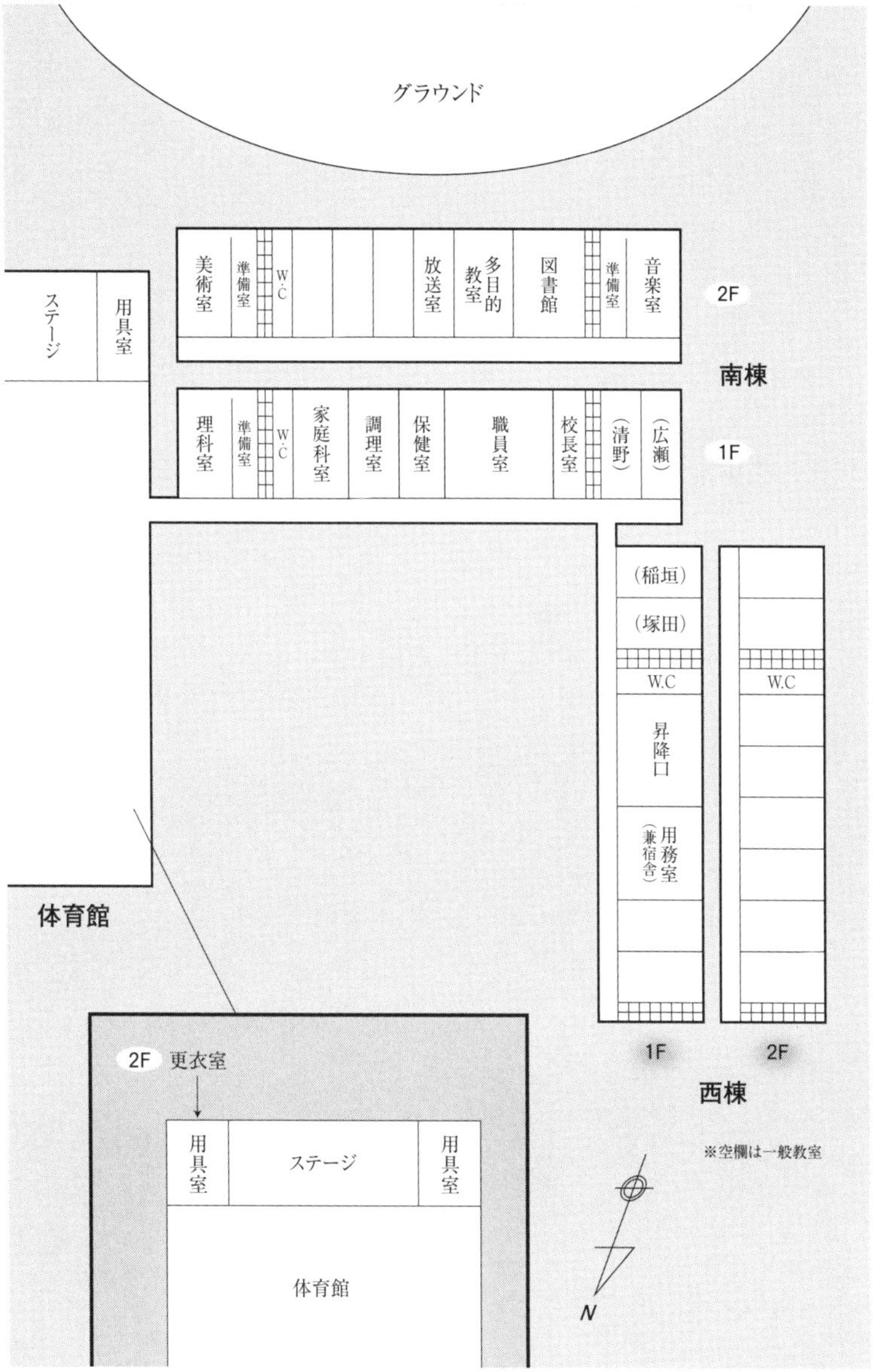
グラウンド
美術室
準備室
W.C
放送室
多目的教室
図書館
準備室
音楽室
2F
南棟
理科室
準備室
W.C
家庭科室
調理室
保健室
職員室
校長室
（清野）
（広瀬）
1F
ステージ
用具室
（稲垣）
（塚田）
W.C
W.C
昇降口
用務室（兼宿舎）
1F
2F
西棟
体育館
2F 更衣室
用具室
ステージ
用具室
体育館
※空欄は一般教室
N

目次

Contents

登場人物

塚田圭志（つかだ・けいし）　26歳。主催者。杉本敬之のいとこ。
稲垣琢磨（いながき・たくま）　24歳。大学院生。元ボーイスカウト。
広瀬優也（ひろせ・ゆうや）　21歳。大学2年生。主人公。
清野恭平（せいの・きょうへい）　18歳。高校3年生。児童養護施設を家出中。
山際恵美（やまぎわ・えみ）　26歳。家事手伝い。
佐藤友子（さとう・ともこ）　23歳。フリーター。
中里純恋（なかざと・すみれ）　16歳。高校中退。
上田玄一（うえだ・げんいち）　大樹社、文芸編集部の部長。
杉本敬之（すぎもと・のりゆき）　ミマサカリオリの担当編集者。
山崎義昭（やまざき・よしあき）　ミマサカリオリの初代担当編集者。

プロローグ

1

『家族による代筆で、訃報を申し上げます。ミマサカリオリは二十六日の未明に、心不全で息を引き取りました。これまで応援して下さった皆様に、心より感謝致します。本当にありがとうございました。』

それは、ＳＮＳでフォロワー数が三十万人を超える人気小説家、ミマサカリオリの一年振りの投稿だった。投稿は瞬く間に拡散され、わずか一時間で作家の名前と関連ワードが、トレンド上位を占有していく。

ミマサカリオリは三年前にデビューした、年齢も性別も非公表の覆面作家である。

十代二十代の熱狂的なファンを多く持ち、デビュー作の『Swallowtail《スワロウテイル》 Waltz《ワルツ》』シリーズは、実写映画化とゴールデンタイムでのドラマ化、アニメ化を果たしている。わずか五冊で累計発行部数が四百万部を超えるヒット作品となっていた。

ミマサカリオリの名前が、世界トレンドランキングにおいて一位となるのは、今回が初めてではない。一年前に発売された第五巻で、ヒロインの【ジナ】が死亡しており、その際も死に様について大炎上が起きたからだ。

【ジナ】はドラマやアニメが放映される度に、トレンドに名前が躍り出るヒロインだった。その彼女がアニメの放映中に原作で死亡したのである。

原作者のSNSにも、作品の公式SNSにも、批判が殺到し、作者の「もともと彼女はここで死ぬ予定だった」という発言が、さらなる物議を醸す。

その後、謝罪会見を余儀なくされたアニメのプロデューサーが、「ヒロインが死亡するとは知らなかった。知っていれば企画は通さなかった」と発言したことで、火に注がれていた油はガソリンへと変わった。ミマサカリオリは作品を認め、メディアミックスに尽力した人間をも騙して、ヒロインを殺した。そう認識されてしまったからだ。

あまりの大炎上に、アニメは放映の一時中断という異例の措置を取ることになり、最終回放送後には予告されていた二期の制作中止が発表された。

シリーズは四巻が発売された時点で、全六作になると予告されている。残るは一冊のみであり、ファンたちは一刻も早い最終巻の刊行を望んでいたが、誹謗中傷の的となったミマサカリオリは、炎上をきっかけとして執筆を中断してしまった。

公式サイトでは最終巻の発売日がアナウンスされていたものの、いつの間にかその文言も消え、作者のSNSも更新が途絶えてしまう。

それから一年が経ち、音沙汰のなかったミマサカリオリが急逝した。

ファンたちは永遠に、物語の結末を読めなくなったのである。

そして、ミマサカリオリの死が報じられた日の翌朝。

作品に心酔していた十六歳の少女が、ベランダから身を投げた。

2

ミマサカリオリの死が報じられてから二日後の午前十時。

大樹社《たいじゅしゃ》の文芸編集部で部長を務める上田玄一《うえだげんいち》は、スーツを着用して総合病院のエントランスに立っていた。

本日は奇しくも五十四歳の誕生日である。レッドオーシャンの時代に出版社に就職して三十年、編集畑で長く酸いも甘いも味わってきたが、ここまでの危機的状況は経験した記憶がない。それでも、今日、自分がなすべきことは、はっきりと分かっている。都内高級和菓子店で購入してきた菓子折を片手に、後輩編集者の到着を待っていた。

エントランスに佇むこと五分。

現れた二十六歳の編集者、杉本敬之《すぎもとのりゆき》は、目の下に、その印象的な黒縁眼鏡でも隠せない隈《くま》を作っていた。ミマサカリオリの担当編集者である彼は、この二日間、ろくに眠っていないはずだ。

仕事さえきちんとこなしてくれるなら、ファッションにも髪形にも注文を付けるつもりはない。上田自身は、お洒落をしようなんて気概を、とうの昔に失っているが、若者の心が理解出来ないわけでもない。とはいえ、こんな時くらい、もう少し、どうにかならなかったのかと思ってしまうというのが率直なところだった。

最近の杉本は、派手な赤い縁の眼鏡をかけていることが多かった。アッシュブラウンに染めた髪は肩まで届いているし、着用している服も、靴も、個性的な腕時計も、上田には美点が理解出来ない奇抜なものばかりだ。

この二日間、編集部は文字通り嵐のようだった。散髪に行く時間も余裕もあったとは思えない。彼の日常のファッションを思えば、これでも善処した方だろう。タイト過ぎるスーツはどうかと思うけれど、ネクタイには珍しく大人しい柄を選んでいるし、長い髪も一つに縛ることで、かろうじて清潔感を演出出来ている。

真摯に頭を下げなければならない場面で、隣にチャラチャラとした長髪の若者がいるのは気が滅入る。さりとて、一介の編集者では最早どうしようもない場面で責任を取ることが、部長である自分の務めだ。

杉本は配属されてまだ二年目の若手編集者である。センシティブな判断が要求される局面で、十全な対応が出来るはずもない。

目的の病室があるフロアでエレベーターを降りると、辺りに人がいないことを確認してから、歩き出した部下の袖を引っ張った。

「杉本君。念押しになるが、絶対に不用意なことは言わないように」

喉から飛び出したのは、自分でも驚くほどに硬い声色だった。

「はい。分かっています」

「君にも言いたいことはあるだろう。釈明する資格もあるだろう。それでも、今日は堪えて欲しい。私たちは悪者で良い。ご両親の気持ちを逆撫でしないよう、とにかく頭を下げるんだ」

辿り着いた個室の扉に、患者の名前が記されたプレートが挟まれている。

『中里《なかざと》純恋《すみれ》』

都内に住む十六歳の彼女は、ミマサカリオリの訃報が伝えられた翌日、自宅マンションのベランダから、飛び降りたらしい。

部屋が四階だったこと、ケヤキが緩衝材になったこと、幾つかの偶然が味方をし、奇跡的と言えるほどの軽傷で済んだものの、落下時に頭を強く打ち付けており、数時間は昏睡状態が続いたという。

一年前に高校を中退したという純恋は、引きこもり状態にあった。夢も希望もない少女にとって、大好きな小説家の死は、余りにもショックな出来事だったのだ。

純恋が目を覚ました後、彼女の母親は半狂乱になりながら、大樹社に怒りの電話をかけてきた。昏睡状態から覚醒した娘が、

「『Swallowtail Waltz』を読めないなら、生きていても意味がない」

生気のない顔で、そう告げたからである。

シリーズが未完で終わってしまったのは、作者が死んだからだ。最終巻が発売されないのは、出版社の責任ではない。しかし、両親は作品自体に、死へと誘引する力があったと思い込んでいた。小説に唆されて、娘が自殺を図ったのだと憤っていた。

一つの事実として、第五巻でヒロインの【ジナ】が死亡している。そして、その死亡した彼女こそが、純恋の最も憧れていたキャラクターだった。

少女の自殺は幸いにして未遂に終わっている。現状、この事実を摑んでいるマスメディアもいない。だが、事件を週刊誌か何かが摑み、十六歳の少女の飛び降りが、後追い自殺として報道されれば、行為の是非と共に、大きな問題となるはずだ。

少女の容態もさることながら、まずは両親に怒りを鎮めてもらう必要があった。


誠意を示すための菓子折を手に、病室の扉をノックする。

部下に先んじて個室に足を踏み入れると、額を包帯で覆われたボブカットの小柄な少女と目が合った。彼女が中里純恋だろう。

来訪者には興味も湧かないのか、純恋は上田と杉本を一瞥しただけで、すぐに窓の外へと顔を向けてしまった。

この時間にお見舞いに伺うことは、事前に伝えてある。有無を言わさず追い出されることはなかったが、菓子折を受け取る時でさえ、両親はこちらを睨み付けていた。

「この度は本当に申し訳ありませんでした。昨日、ご連絡を頂いてから、編集部で話し合いの場を設けました。思春期の子どもたちに与える影響まで考えながら出版するべきだった。そう深く反省しております」

心にもない言葉を吐きながら頭を下げた上田に、杉本も倣う。

本音を言えば、同情はしても自殺未遂に責任があるとまでは考えていない。編集部どころか、『Swallowtail Waltz』に非があるとも思えない。それでも、今日はとにかく頭を下げて、両親に許しを請うと方針が決まっている。少女の自殺未遂をマスメディアに垂れ込まれることだけは、何がなんでも避けなければならないからだ。

今後に待ち受ける展開として、真に最悪なのは、退院した少女が、未遂に終わった自殺を再び実行に移し、完遂してしまうことだ。

中里純恋も、彼女の両親も、気付いていないが、あの日、もしも本当に少女が死んでいたら、この事件は何をしても取り返しがつかないことになっていた。

昨日は感情的だった母親も、今日は平静を保っているように見える。菓子折も受け取ってくれたし、後日、もう一度、お見舞いに来ることも許してくれた。

包帯を巻かれた少女の姿は痛々しいけれど、幸いにして後遺症が残るような怪我はないという。このまま大事《おおごと》にはせずに話をまとめられるかもしれない。

まだ一番大きな問題が残っているとはいえ、ひとまず最悪の事態は避けられそうだ。

入室から十分、上田はそんなことを思い始めていたのだけれど……。

「純恋。もう一度、自殺なんか考えたら許さないからね」

母親の厳しくも愛ある言葉を、少女は一秒と間を空けずに、鼻で笑い飛ばした。

「何？　その反応？　あなたが命を粗末にしたことで、どれだけの人が迷惑を被ったか分かっているの？　忙しい編集者が、あなたのために病院までお見舞いに来たのよ」

彼女の両親に対し、編集部の誠意は十分伝わっているようだった。怒りの矛先は既に作品から娘の愚かな選択へと変わっている。

「また馬鹿なことをやったら本当に許さないから」

「別に馬鹿なことじゃないよ」

抑揚のない声で、少女が小さく呟いた。

「自殺なんて人間が一番やったらいけないことなのよ」

「でも、死にたいと思っているのは私だけじゃない」

血色を失った唇から悲壮な言葉が紡がれる。

「本の続きが読めないなら生きている意味がない。皆、そう言ってる」

「適当なことを言わないで。あなた、友達なんていないじゃない」

「友達なんていなくても、皆が思っていることは分かるよ」

「恥ずかしいから、これ以上、馬鹿な主張をしないで」

「馬鹿なことを言っているのは、そっちだよ。お母さんは本を読まないから、世界のことを知らないんだ」

「世界？　高校を辞めて、働きもしないで、引きこもっているだけのあなたに、何が分かるって言うの？」

「分かるよ。スマートフォンがあれば何でも分かる」

純恋はベッドの脇に置かれていたそれの画面を操作してから、母親に差し出した。

「これ、ミマサカリオリのファンサイト」

「緑《みどり》ヵ《が》淵《ふち》中学校？　ただの学校のホームページじゃない」

「緑ヵ淵中学校は『Swallowtail Waltz』の舞台になっている廃校だよ。だからファンサイトの名前になっているの。承認制のクローズドコミュニティだから、コアなファンばかり集まっている。掲示板を見てご覧よ。死にたいって思っているのは、私だけじゃないから」

『Swallowtail Waltz』は大樹社を代表する作品である。ファンサイトの存在は当然、編集部でも早い段階から摑んでいた。

部下の杉本は、文芸編集部に異動して来る前からの常連だったらしい。彼はミマサカリオリの担当編集者になってからも、ファンの反応を確認するため、ハンドルネームを変えて参加していると言っていた。

純恋に促され、掲示板を確認した両親の顔が曇る。

『私も死にたい』

『最終巻が読めないなら死のう』

『この作品が完結しない世界になんて、いてもしょうがない』

『死ねば【ジナ】になれるかな』

掲示板には、短絡的で悲愴な書き込みが溢れていた。

『Swallowtail Waltz』は、一度は生きることを諦めた若者たちの物語だ。「死」に匂いがあるとして、それが強く香る小説だった。

昨日までの上田であれば、この書き込みを見ても真に受けたりはしなかったはずだ。若者の心は移ろいやすい。一時の感情に流されて、クローズドコミュニティに大袈裟な言葉を書き込んでいるだけだ。安易にそう考えたはずである。

しかし、作品が持っていた力は、上田の想像を超えていた。ミマサカリオリが生み出した小説は、若者に死を決意させるほどに強烈なものだった。

「ミマサカという作家は、そんなに凄い人だったんですか?」

半信半疑といった表情で、父親に尋ねられた。

彼らがよく知らないのも無理はない。ミマサカリオリは発行部数が四百万部を超えるベストセラー作家だが、『Swallowtail Waltz』シリーズしか発表していない。この手の作家の場合、必然的に筆名よりも作品名の方が有名になる。

「先生は近年、最も売れた小説を書かれた作家の一人です。三年前に第一巻が発売されたのですが、瞬く間に話題になり、一年もせずに百万部を突破しました」

「百万部って凄いことなんですか?」

「文芸の世界では、今は年に一冊出るか出ないかです。映画化やドラマ化にも後押しされて、続刊もほとんど売り上げが落ちていません」

「でも、売れている本が必ずしも素晴らしいというわけではないですよね」

母親の言葉に、純恋が苛立つような表情を見せた。

「仰る通りです。実際、新刊に対する評価は、いつも賛否両論でした。内容が衝撃的だったせいで、本を燃やす動画を投稿する読者まで出ています」

「ほら、やっぱり下らない本だったんじゃない」

「つまらないテレビ番組を見た後、局に抗議の電話を入れたことがありますか？」

「そんなこと、わざわざしないわよ。暇人じゃあるまいし」

「それが普通だと思います。小説でも同じなんです。面白くなかったなら、続きを読まなければ良い。それだけのことです。ですが『Swallowtail Waltz』には力があった。良くも悪くも読者を強烈に引きつける力がありました。万人にとって傑作であるとは私も思っていません。しかし、間違いなく多くの若者の心を捉えた作品なんです」

「ミマサカって作家は亡くなる前に、最終巻を書き上げていなかったんですか？　私はこの子も、ホームページに死にたいと書き込んでいる子たちも、全員、間違っていると思いますよ。でも、最終巻が発売されれば、それで済む話ですよね？」

上田の目配せを受け、杉本が一歩前に出て口を開く。

「冒頭は書かれていたようです。ただ、五巻が発売されて、大きな批判の声に晒された結果、先生は続きを書けなくなってしまいました」

「ほらね。だから、もう生きている意味なんてないんだよ」

性懲りもなく自殺願望を口にした娘を睨む母の目に、涙が浮かんでいた。

「あなたが飛び降りたことで、私たちがどれだけ悲しい思いをしたと……」

「娘が自殺なんてしたら世間体が悪いからでしょ。私が高校を辞めた時に言ってたじゃん。あんたみたいな子、生まなきゃ良かったって」

「それは言葉のあやで……」

「嘘だね。私にガッカリしていたじゃん。勉強も出来ない。特技もない。友達もいない。そんな私に失望していたじゃん。死んだ方がスッキリするでしょ」

「馬鹿なことを言わないで！　お腹を痛めて産んだ子が死んで喜ぶ親が何処に……」

「いるじゃん。そこに」

母親が泣いていた。その隣で、父親も涙を浮かべている。

二人の顔が見えているだろうに、純恋は迷いもなく言葉を続ける。

「ずっと、どうして私みたいな屑《くず》が生まれてきたんだろうって思ってた。何のために生きているのか分からなかった。でも、『Swallowtail Waltz』を読んで、初めて思ったんだよ。こんなに面白い本があるんだったら、生きていようって。この本を読み終わるまでは、生きていたいって。だけど、ミマサカリオリは死んでしまった。二度と続きが読めなくなってしまった。こんな世界、もう生きていても意味がない」

3

その日のお見舞いが成功だったのか、失敗だったのか、上田には分からなかった。

少女の容態や精神状態を確認したかったのも本当だが、最大の目的は、両親に溜飲を下げてもらうことだった。少なくとも当初の目的に限って言えば、達成出来たと言って良いだろう。両親の怒りは、聞き分けのない娘に向かったように見えたからだ。

しかし、この一連の事態が、これで終わりになるということは絶対にない。

上田は病院を出るなり頭を抱え、バスターミナルの椅子に座り込んでしまった。

「杉本君。率直に言って、これは相当にまずい事態だと思うよ」

「はい。俺もそう思います」

隣に座った若い編集者から、力のない返事が届いた。

ミマサカリオリの若過ぎる死は、センセーショナルだった。作家が死亡し、物語が完結しないことが確定したにもかかわらず、訃報が伝えられて以降、シリーズは再び爆発的な売れ行きを見せている。既に映画にもドラマにもアニメにもなっているのに、ライツ事業部には新たなオファーが国内外を問わず届いているらしい。

「仮に、あの子の自殺が成功していたとしても、考えられる最悪のシナリオは、せいぜいで絶版だ。ファンに対しては無責任な発言になるが、どのみち最終巻は出ない。売れるべき部数はもう売れているし、絶版になっても致命的な打撃にはならない」

「そういう問題ではない気がします」

「そうだな。幾ら何でも軽率な発言だ。愚痴だと思ってくれ」

額に滲んだ汗を拭う。

「ミマサカ先生には死を美しいものとして描写するきらいがあるが、自殺を唆しているわけじゃない。本質的には前を向いて生きようという小説だろう?」

「俺はそう捉えています」

「例えば格闘漫画を読んだ子どもが、友達に暴力を振るったとしても、それは、単にその子が判断力のない子どもであるというだけだ。善悪を親や学校が教えなかったことに問題があるのであって、物語に原因があるとするのは言いがかりだ。賛否両論が起きる物語には、そういう物語だからこその意義がある」

「俺もそう思いたいです。今日、本人に会って確信しました。彼女は最終巻が発売されないという事実に絶望し、後追い自殺を図りました。これは、あくまでも彼女の弱さが引き起こした問題です。彼女は間違っているし、心を正すべきだ」

杉本はその派手で軽薄な見た目とは裏腹に、実直な若者である。新人編集者とは思えないほどに仕事が丁寧だし、立場もわきまえている。

「私は後追い自殺に、出版社が責任を取るべきだとは思わない。だけど、だけどだ」

焦燥を隠せない顔で、上田は髪を乱暴にかいた。

「先生に毎週、長文のファンレターを送ってきていたのは、あの子だろ？」

「はい。あの中里純恋さんです。彼女の作品に対する思いは本物です」

「ならば君にも問題の本質が分かるはずだ。ミマサカリオリ先生の死は普通じゃない。もしもあの子がもう一度自殺を図り、次は成功してしまったら、どうなると思う？　マスコミに真相を知られたら、今度こそ本当に何もかもが終わりだ」

中里純恋は両親に完全に見切りをつけている。期待することも、理解されることも、諦めてしまっている。信頼出来る家族も、友達もおらず、将来に希望もない。

そう遠くない未来に、彼女はもう一度、自殺を図るかもしれない。

発車するバスにも乗り込まず、どれくらいの時間、そこで頭を抱えていただろう。

「私は、もう本当に、どうして良いか分からないよ」

上田が匙を投げるように告げると、杉本がゆっくりと立ち上がった。

「先生は大変に気難しい方です。変わり者という言葉が、あんなに似合う人も珍しい。山崎《やまざき》さんから担当を引き継いで二年が経ちますが、俺はメールでしかやり取りしたことがありません。先生の性別すら知らないまま編集作業をしていました」

「そうだったね。三十年、編集者をやってきたが、出版社にも素性を隠そうとする作家なんて初めてだ。私は窓口になっている父親すら、先生が用意した別人なんじゃないかと疑っていたよ」

「映画化で揉めた時に、山崎さんが自宅まで押しかけたって話を聞いていなければ、俺も疑っていたかもしれません」

「ああ。そんなこともあったな。それで君に担当が替わったんだったか」

「はい。俺は『Swallowtail Waltz』が絶版になることも、これ以上の誹謗中傷に晒されることも、耐えられません。だから二日間、ずっと考えていました」

　ポケットからスマートフォンを取り出すと、杉本はファンサイトである緑ヵ淵中学校にアクセスした。

「必要なのは結末だと思うんです。悲劇でも、ハッピーエンドでも、最低な蛇足でも良い。あの物語に救われたファンに必要なのは、結末です」

「だが、それを発売出来ないから困っているんだろ」

「一つ、アイデアがあります」

　そう告げた杉本敬之の顔に、見たこともない表情が浮かんでいた。

「作者が死んだ物語の結末を読む方法が、一つだけ、あるかもしれません」

第一話 あなたが死んでしまったその後で

1

思春期を迎えた頃から、いつも何かに苛立っていたような気がする。

赦せない対象が、自分自身なのか、どうにもならない世界なのか、答えは判然としなかったけれど、未消化の怒りが、いつだって胸の中心で燃えていた。

俺、広瀬優也《ひろせゆうや》は、大学生になると同時に、一人暮らしを始めている。

想像を遥かに超える自由を得て、当初は何だって出来るような気がしていたのに、それは浅薄な勘違いだった。

大学には高校時代までのようなクラスがない。講義の座席も決められていない。脈絡もなく他人に話しかけられるような社交性は持ち合わせていないし、逆もまたしかりだった。誰とも喋らないのだから、当然、友達なんて出来るはずもない。

二ヵ月もしない内に講義に通わなくなり、自宅に引きこもるようになった。

外出するのは冷蔵庫の中身が空になった時だけ。それ以外の時間は、ずっと、本を読んでいるか、ゲームをしているかのどちらかだった。

試験すら受けていないのだから、単位が得られるはずもない。それでも、規定により二年生には自動的に進級出来た。しかし、このままいけば来春、確実に留年となる。そうなれば大学に通っていなかったことが親にもバレる。二年間の学生生活で一桁の単位しか取っていないと知ったら、両親はどんな反応を見せるだろうか。

親の顔なんて想像したくもないが、訪れる未来は断言出来る。

強制的に退学させられ、後ろ盾もないまま社会に放逐されるに違いない。

怠惰で空しい空疎な生活は、二年生になっても変わらなかった。

このまま俺という人間は、何処までも堕ちていくのだろう。そんなことを思いながら過ごしていた五月の中旬、クローズドコミュニティである『緑ヵ淵中学校』経由で、一通のメッセージが届いた。

緑ヵ淵中学校とは、先日の急逝で伝説となった小説家、ミマサカリオリの会員制ファンサイトである。俺は設立当初から参加している古参メンバーの一人だった。

若い読者を中心に爆発的な人気を誇っているという評判に違わず、俺もミマサカリオリの作品『Swallowtail Waltz』を、熱心に読み込んでいた。

メールの送信者は、塚田圭志《つかだけいし》という二十六歳の男だった。彼の『マッキー』というハンドルネームは、サイト内の掲示板やチャットで、何度か見かけたことがある。しばしば発生する考察合戦にこそ距離を取っているものの、あのコミュニティの中では中心的な人間の一人だ。

俺は生来、他人に深い関心を抱けない性質だが、今回に限っては事情が違った。塚田さんがファンにとって衝撃的な事実を明かしてきたからである。

何と彼のいとこは、あの大樹社に勤める編集者で、ミマサカリオリの担当編集者でもあるらしい。友人の友人同様、冷静に考えてみれば彼と先生は赤の他人に過ぎないわけだが、メッセージを斜め読みすることは出来なかった。そして、

『緑ヵ淵中学校の参加者で集まって生活し、あの世界を再現したいと考えています。俺たちファンの手で物語の結末を探ってみませんか?』

塚田さんからのメッセージには、信じられないような提案が綴られていた。

2

ミマサカリオリが令和を代表する作家であるという見解に、異論のある者はいないだろう。デビュー作にして代表作である『Swallowtail Waltz』が発売され、ミマサカリオリはすぐに人気小説家の仲間入りを果たした。

展開の速さと、若者に強く支持されているというデータを論拠に、「深みがない」とか「文学ではない」といった批判を受けることもあるが、新時代の物語を受け入れられないのは、いつだって潮流から外れてしまった旧世代の人間だ。

ミマサカリオリは売り上げという意味でも、評価という意味でも、確固たる地位を築いている。漫画でもアニメでも映画でもゲームでもなく、小説の力で、文字だけの力で、

若者たちを夢中にしたのだ。

『Swallowtail Waltz』の舞台は、ダムを建設するために廃村となった集落である。

自治体の不祥事により、計画が頓挫した後も住民たちが戻ることはなく、その村は静かに、穏やかに、世界から忘れられていった。それから十年という歳月が流れ、集落の中心にあった廃校、緑ヵ淵中学校に、若者たちが集まり始める。

一様に人生に絶望していた十三人の若者たちは、世俗からの別離を望み、廃校で自給自足の生活を送っていく。登場人物たちは漏れなく凄絶な過去を背負っていたものの、厳しくも穏やかな共同生活を送る中で、少しずつ打ち解け、心を解《ほど》いていった。

しかし、安息と平穏は続かない。

裏切り者である【ユダ】の存在が明らかになり、疑心暗鬼に陥ったコミュニティは、崩壊の波に呑み込まれていく。

巻を追うごとに一人また一人と、仲間たちが去って行き、最新刊である五巻のラストシーンで、最大の人気を誇っていたヒロインの【ジナ】が、余りにも残酷な形で死亡した。彼女の未来には、何の救いもない、ただ無残なだけの死が待っていたのだ。

【ジナ】の死亡により、残り七人となった彼らに、ミマサカリオリはどんな結末を用意するのか。少女を見殺しにした裏切り者の【ユダ】とは誰だったのか。

ファンは最終巻を心待ちにしていたが、完結は永遠に望めなくなってしまった。

『五年振りとなる満場一致の大賞受賞作！』

帯の煽り文に興味を惹かれ、俺は発売日当日に書店で第一巻を手に取っている。

読み始めて五分で魅了されたし、承認制のファンサイトを発見した際も、即座に入会を申し込んでいた。一巻を読んだ後、俺は感想や考察を綴ったブログを読みあさっている。ただ、ファンサイトに入会して以降は、そこが安住の場所となった。

緑ヵ淵中学校を発見するまで、俺の周りには小説への情熱を理解してくれる人間がいなかった。兄弟にも、高校の同級生にも薦めてみたけれど、同意を得られるどころか、その熱量に引かれてしまった。しかし、ファンサイトなら話は変わってくる。誰もが熱に浮かされたように、ミマサカリオリが綴る物語に夢中になっていた。

集っているのは会ったこともない人間たちだ。本名も年齢もお互いに知らない。それでも、皆が皆、同じ物語に心酔していた。

ミマサカリオリは紛れもない天才だが、あれだけ複雑な物語である。全員が納得する結末を用意するのは不可能だろう。誰が【ユダ】であっても、どんな動機が明かされても、【ジナ】があんな死に方をした以上、批判の言葉は避けられない。

物語に心酔している俺ですら、最終巻の結末には落胆させられるかもしれない。半年後と予告されていた発売日が無期限の延期となり、そんな不安も覚えるようになっていたけれど、すべてを受け止めようと考えていた。ミマサカリオリが用意した答えなら、どんな結末でも甘受するつもりだった。それなのに、作家が死に、物語は未完のままエンドマークをつけられてしまった。

だから、俺は一も二もなく、塚田さんの提案に乗ることにした。

五巻終了時まで廃校に残っていた人数と同じ七人で、あの物語をなぞる。同じ環境を用意して物語を模倣し、結末を探る。冷静に考えなくても、塚田さんの提案は突飛なものだ。大人たちからすれば、鼻で笑ってしまうような馬鹿げた行為だろう。

だけど、やれることがあるなら、やってみたかった。

辿り着いた世界の先に、何が待ち受けているとしても。

俺はただひたすらに、痛いほどに、あの物語の結末を欲していた。

3

企画の舞台として選定された廃校は、山形県の聞いたこともない村落にあった。

昭和後期に風水害で壊滅的な被害を受け、全村を遊水池化するために強制廃村とした地であるらしい。そんな地に今も校舎が残っているのは、住民の離村移住が完了した後、行政的な問題で計画自体が頓挫したからだという。

計画がご破算になった際、故郷に戻った村民もいたようだが、その後、発生した群発地震による地滑りが決定打となり、全村民が完全移住を決意するに至ったのだ。

まさに小説をなぞるようなその目的地の集落は、奥深い山中にある。

午後二時。

最寄りと呼ぶには遠過ぎる無人駅で降り、予約していたタクシーに乗り込んだ。

まばらにしか民家が存在しない農道を走ること四十分。

なだらかな勾配が続く山中に入り、道路を除けば、人工の建築物が街灯すら見当たらない場所で、タクシーが停車した。

窓の外に目をやると、鬱蒼と茂る木々の間に、薄暗い砂利道が延びていた。

「悪いね。お兄さんの前に送ったお客さんにも、ここで降りてもらったんだ」

壮年の運転手が、心苦しそうな顔で振り返った。

「集落まで車で行けないこともないんだけどね。ここから先は落石が多くて、掃除する人もいないから、前に同僚がタイヤをパンクさせちまっているんだよ」

「集落まではどのくらいかかりますか？」

「お兄さんは随分と荷物も多いしなぁ。まあ、ゆっくり歩いても、一時間もあれば着くはずさ。迷うような道でもないし、登山というよりはトレッキングだな」

今日から六月である。日照時間の長い時期だし、日が暮れる前に辿り着けるだろうけれど、山道では何が起きても不思議ではない。余裕を持って出発した方が良いだろう。

「この辺りは携帯会社の電波が届かないんですね」

「途中で川を渡っただろ？　あの辺りまで戻れば、電波が入るよ。何かあったら電話してくれ。長距離を乗ってくれる上客だしね。喜んで迎えに来る」

「ありがとうございます。知り合いが先に来ているので大丈夫だと思うんですけど、万が一、何かあったら電話させてもらいますね」

「ああ。日付が変わる頃までは、営業所に誰かいるはずだ。十分に気を付けてな。ここいらで熊が出たなんて話は聞かないが、場合によっちゃ、猪でも大怪我になるから」

「野生の猪がいるんですか？」

「そりゃ、いるよ。わんさかだ」

「捕ったら食べられますかね」

思ったことを素直に口にしただけなのに、苦笑されてしまった。

「お兄さん、捕るための手段はあるのかい？」

「いえ、何も用意していないです。そもそも猪ってどうやって捕るんですか？」

「害獣駆除が目的なら、普通は猟銃か罠を使うね。罠の方が捕獲は簡単だけど、いずれにしても狩猟免許が必要だよ」

「罠を張るのに免許が必要なんですか？　じゃあ、捕獲は現実的じゃないのかもしれませんね。良いタンパク源だと思ったんだけどな」

作中にも猪を捕獲するシーンがあったが、あれは実際には法律違反だったのかもしれない。社会からドロップアウトしている登場人物たちにとっては、法律なんてあってないようなものだけれど。

「ちなみに猪の味ってどんな感じですか？　食べたこと、ありますか？」

「鹿と並んで最近はジビエとしても有名になっているよね。でも、そんなに美味いもんでもないかなぁ。一口に猪と言っても三種類あるのさ。狩猟時期に仕留められたもの、害獣として駆除されたもの、食用として育てられたもの。美味いのは当然、最後のタイプだけど、硬くて噛み切れないとか獣臭いなんて言う人も多いかな。『有害はまずい』なんて言葉もあるんだ。駆除される猪は、個体を選別して撃たれているわけでもないし、まあ、食えたもんではないかもしれないね」

拠点となる廃校からは距離があるものの、廃村の最奥部には、日本三大急流の一つでもある一級河川、最上川の支川が流れている。地図では確認出来なかったが、そこに下流で繋がる小川が校舎の裏手に流れており、水の確保は容易らしい。

二本の川が近くにあることを考えるなら、タンパク源として期待出来るのは、やはり魚になるのかもしれなかった。


物語と同じ形で生活をスタートさせたい。

そんな提案に従い、廃校へは個々人で集合することになっている。

塚田さんは責任者として前日のうちに到着しておくとメールに綴っていたが、辿り着くだけでも大変な拠点である。途中で後悔し、引き返す参加者もいるかもしれない。最悪の場合、彼と二人きりなんてことも有り得るだろう。そんな事態になったとしたら、それはもう共同生活とは言い難い。幾つかの嫌な可能性が脳裏をよぎったものの、ここまで来たのだから、今更不安になっても仕方がない。なるようになれだ。

運賃を払い、森の中に足を踏み入れると、湿った木々の匂いが鼻をついた。

林道を十分ほど進むと、土砂崩れらしき跡があった。ただ、土砂は既に誰かの手で除けられているようにも見える。

廃村とはいっても、行政に完全に見捨てられた地ではないということだろうか。それとも、先に通った参加者が、後続のために整備してくれたんだろうか。

道を覆い隠すように伸びる鬱蒼とした木々を避けながら、四十分ほど歩くと、砂利道の両脇に石垣が現れた。そこからさらに進み、民家らしき建物を視認する。

四十年前、行政による強制廃村が決まるまで、この地には約五十世帯、三百人を超える人間が暮らしていたと聞く。しかし、今では見る影もない。

最初に現れた家屋はほとんど倒壊しており、現存しているのは白い壁だけだった。屋根瓦は大きく曲がり、苔が茂っている。その奥に建つ家屋も似たようなもので、天井のベニヤ板がことごとく剥がれ、カーテンのようになっていた。

好奇心に駆られ、廃屋に足を踏み入れてみると、二匹の蝙蝠が飛んで行った。

どうやらここは人間以外の生物の住処になっているらしい。

台所のような空間に、テーブルと火鉢が置かれており、床には錆びた炊飯器と空になった焼酎のボトルが散乱していた。

ブラウン管テレビがあるということは、かつてはこの村までテレビの電波が届いていたということである。もしかしたらと思い、携帯電話を確認してみたが、期待に反して電波は届いていなかった。

破損したガラス扉の向こうを覗くと、床が割れ、畳も陥没しているのが分かった。こんなところで怪我をするわけにはいかない。これ以上、中に入るのは、やめた方が良さそうだ。事前にもらった地図によれば、集合場所である学校は、廃屋が建ち並んでいるこの地区を越えた先にある。

待ち受ける未来への不安と期待で、心臓が一つ、リズムを変えて脈打った気がした。

4

石垣が連なった集落を抜けると、一際大きな建物が見えてきた。

「結構でかいな」

思わず独りごちてしまう。

かつてはこの学校に、この村で暮らしていたすべての小学生と中学生が通っていたらしい。二階建ての校舎は、一般的にイメージする学校と大差がないものだった。グラウンドの奥に建つ学び舎は、剝き出しの鉄筋コンクリートで造られており、道中で見かけた廃屋とは違い、堅牢な佇まいを見せている。

四十年前にその役目を終えて以降、放置されてきた建物だ。

屋上のフェンスは朽ちており、今にも落ちてきそうな箇所もある。頑強に見えてはいても、校舎の外壁には不用意に近付かない方が賢明だろう。

伸び放題になっていた雑草を掻き分けてグラウンドに入り、校舎に向かう。

校舎に近付くと、老朽化している部分も確認出来た。腐食が進んだ窓枠は、どうやらアルミサッシではなく木で作られているらしい。

外観を眺めていたら、一階の窓が開き、二十代と思しき男女が顔を覗かせた。

「やあ！　広瀬君だよね！」

こちらから名乗るより早く、短髪の爽やかな顔の男性が右手を上げた。隣に立っていた眼鏡をかけた女性も、笑顔で手を振っている。

今回の企画は、男性が四人、女性が三人で計画されていた。迷わずこちらの名前を呼んだということは、俺が男性メンバーで最後の到着だったのかもしれない。

「その角を曲がった先に昇降口があるんだ。土足で構わないから入ってきて！」

案内に従い、校舎に足を踏み入れると、かけられた言葉の意味がすぐに理解出来た。

校内は至る所が埃まみれになっており、視界に入っただけでゾッとするようなサイズの蜘蛛の巣が、あちらこちらに張られていた。土足で構わないと言われずとも、靴を脱ぐ気持ちにはなれなかっただろう。

壁に貼られた学校目標は、所々が剝がれ落ちている。

廊下を曲がると、埃まみれのアコーディオンが三台、隅に横たわっていた。時代に取り残された幻想世界にでも迷い込んだ気分になる。今は本当に令和なのだろうか。

校舎はL字形の単純な造りであり、幸いにして迷うことはなかった。

先ほど二人が姿を見せた教室に辿り着く。ドアの上に掲げられていたプレートで、そこがかつての『職員室』だと気付いた。

開け放たれていた扉をくぐると、六人の男女の姿を確認出来た。

男性だけでなく、全メンバーの中で、俺が最後の到着だったらしい。

「遅くなってすみません」

「大丈夫だよ。暑かったし疲れたでしょ。さ、荷物を下ろして座って」

短髪の男に促され、椅子に腰を下ろす。

埃まみれだった廊下が嘘のように、職員室は整頓されていた。拠点とするべく、先に到着していたメンバーで、早々に掃除を済ませたのかもしれない。

「改めまして、こんにちは。塚田圭志です。今日からよろしくね」

やはり、この短髪の爽やかな青年が、主催者の塚田さんだったのだ。

ごく平均的な体格の俺と比べ、塚田さんは頭一つ背が高い。どう見ても百八十センチ以上ありそうだった。

笑顔と共に差し出された手を、握り返す。手の大きな彼は、握手まで力強かった。

「初めまして。広瀬優也です。大学二年生です。よろしくお願いします」

「全員揃ったことだし、広瀬君のために改めて自己紹介していこうか」

塚田さんの呼びかけに応じ、広い職員室に散らばっていたメンバーが集まってきた。年齢も性別もバラバラの七人である。個性の違いは服装だけでも分かった。メンバーの中で、誰よりも目立っているのは金髪の女性だろうか。ラフなシャツを着た彼女は、猫背で目つきが悪く、片耳に三つのピアスをぶら下げていた。

　塚田さんに促されて出来た輪からも、彼女は一人、距離を取っている。

　残る二人の女性は、先ほど窓から手を振ってきた、二十代と思しき眼鏡をかけた長い黒髪の女性と、高校生くらいにしか見えないボブカットの少女だった。

「じゃあ、俺から時計回りでいこう。塚田圭志、二十六歳です。ミマサカリオリ先生の担当編集をしていた杉本敬之のいとこです。ある意味、皆より少しだけ先生に近い場所にいたと言えるのかもしれないけど、実際はただの熱狂的なファンです。二週間前まで都内のアパレル企業でサラリーマンをしていました」

「もしかして、このために仕事を辞めたんですか？」

「先生のせいにしているみたいで嫌なんだけど、それが正直なところかな。大好きな小説の結末を読めないのに、好きでもない仕事を続ける意味って何だろうって考えたら、馬鹿らしくなっちゃって。それで、少しでも答えに近付きたくて、今回の企画を考案しました。会社も辞めたことだし、何ヵ月でもここで暮らす覚悟です」

「本当に凄いことを考えましたよねぇ」

　おっとりとした口調で告げたのは、眼鏡をかけた黒髪の女性だった。

「企画について聞いた時は、びっくりしました。廃校で生活するなんて、そんなこと現実の世界でも出来るのかなって」

「うん。そりゃ不安にもなるよね。幾ら廃校と言ったって、勝手に入ったら不法侵入だ。俺たちファンのせいで、作品の名前が汚されるなんてことはあってはならない。だから、事前に自治体にも連絡を取りました」

「あ、許可を取っていたんですね。ちなみに、どんな答えが返ってきたんですか？」

「まさかの『見て見ぬ振り、黙認する』という回答でした。咎められることも覚悟していたんだけどね。犯罪行為に及ぶわけじゃないなら、好きにして良いって。その代わり、何があっても責任は取らないぞって」

「じゃあ、本当に、ここで生活しても問題ないんですね」

「作中では誰も自治体に許可は取っていない。無断で決行した方が物語に近付けたのかもしれないけど、事件になって作品が貶められるなんて事態は避けたかったから」

　二十六歳の彼には、現実とフィクションの間に引かれている境目も、しっかりと見えているようだった。

　現代っ子がサバイバルみたいな生活を、何ヵ月も続けられるはずがない。俺はそう考えているけれど、彼のような男がリーダーであれば、案外、廃校での生活も上手くいくかもしれない。

「じゃあ、次はそちらかな」

塚田さんに促され、相槌を打っていた黒髪の女性が頷いた。

こういう顔を、たぬき顔と言うんだっただろうか。眼鏡の下に垂れ目が覗いており、終始、笑顔を浮かべていることもあって、近付きやすそうな雰囲気を醸し出している。

「山際恵美《やまぎわえみ》です。私も二十六歳なので、メンバーの中では最年長かな。出身は東京の八王子で、今は家事手伝いです。家でぶらぶらしている毎日で、そんな自分に嫌気が差して、塚田さんの誘いに乗りました。親にもそろそろ家を出て行けって言われていたから、丁度良かったたっていうか」

おっとりとした印象や話の中身とは裏腹に、その説明は明瞭だった。塚田さんと並び最年長ということは、コミュニティはこの二人を中心に形成されていくことになるのかもしれない。

「じゃあ、次は純恋ちゃんだね」

山際さんが隣に座っていた小柄なボブカットの少女に水を向ける。

今日は気温も湿度も高い。彼女は長袖のパーカを羽織っているけれど、暑くないんだろうか。

「中里純恋、十六歳です」

その場に座ったまま答えた少女の声は、驚くほどに小さかった。

「あれ。終わり?」

彼女の隣に座っていた体格の良い男が尋ねた。癖っ毛の彼は、塚田さんとほとんど変わらない背丈だが、さらに筋骨隆々に見える。

「十六歳ってことは女子高生だよね。学校は大丈夫なの?」

癖っ毛の男からの質問に対し、少女は露骨に表情を歪めた。

「行ってません。去年、中退しました」

必要最低限の話しかしたくないのか、少女はそっけなく告げた。

ここに集っているのは、漏れなくミマサカリオリの熱狂的なファンだ。同好の士しかいないわけだが、少女は年上の男たちに囲まれていることに怯えているように見えた。

「まあ、皆、色々あるか。変なことを聞いちまって、ごめん。次は俺の番だな」

癖っ毛の彼が、そのまま話し出す。

「稲垣琢磨《いながきたくま》、大学院の二年生で、二十四歳です。大学は横浜だけど、出身は滋賀です。琵琶湖のある県って言った方が伝わるかな」

稲垣さんはプロのアスリートと言われても信じてしまいそうなほどに、ガッシリとした体格をしていた。何らかのスポーツはやっていそうである。

『Swallowtail Waltz』は現代社会に居場所をなくした者たちの物語だ。登場人物たちは軒並み闇を抱えていたし、作品を支持する若者の多くは、俺のように鬱屈とした閉塞感を抱えているに違いない。少なくとも今日まで、俺はそう信じ込んでいた。

しかし、彼らはどうだろう。塚田さんや山際さんは見るからに社交的な性格をしている。稲垣さんも、俺や中里さんには作れそうもない爽やか笑顔を浮かべている。

「実は就職活動に連敗中で、これからどうしようかなって悩んでいた時に、企画の招待を受けました。こんなことを言って、初日から空気の読めない奴と思われるのも嫌だけど、現実問題として俺たちはキャラクターじゃないでしょ。物語の真似をしても、結末に辿り着けるとは思わない。でも、皆と一緒で、俺も『Swallowtail Waltz』が好きなんだ。本当に大好きで、救われたとさえ思っているから、些細な気付きでも良いから得たくて、参加させてもらいました」

「講義は大丈夫なんですか？」

「それ、広瀬君が聞くの？　さっき大学生だって言っていたよね」

「あ……。俺は、その、ほとんど講義に出ていないので……」

「なるほど。まあ、そういうこともあるよな」

稲垣さんはあっけらかんとした顔で笑って見せた。

「さっきも言ったけど、就活に失敗しちゃったのさ。就職戦線で一番強いカードって新卒でしょ。だから留年するのもありかなって思っている。学費は自分で払っているから、留年したところで誰に迷惑をかけることもないしね。そんなわけで、この企画が終わるまで残るつもりだし、実際に生活を始めてみて、本格的に続けていけそうだなって思ったら、大学院に休学届を出すよ」

「彼はボーイスカウトの経験もあるんだよ」

塚田さんの言葉に呼応するように、稲垣さんは腕まくりをした。

「校舎の裏に小川が流れているし、集落の端には最上川の支流が流れている。魚釣りは任せてくれ。事前に調べた感じだと、周辺には雉や猪もいるみたいだしね。罠を作ってジビエ料理にも挑戦したいと思っている」

罠猟には資格がいると、タクシーの運転手が話していた。勝手にやったら犯罪なのかもしれないけれど、この集落には俺たち以外の人間がいない。他人に危険が及ばないのであれば、わざわざ水を差す必要もないだろう。

「皆も米や乾麺を大量に持って来ただろ。水は校舎の裏で調達出来るし、収穫出来そうな山菜の目星もついた。当面の問題は、タンパク源の確保になる。手っ取り早い手段は魚釣りだろうから、落ち着いたら男性陣は手伝って欲しい」

大学院生で、学費を自分で払っていて、ボーイスカウトの経験まである。どう考えても稲垣さんは別世界で生きる人間だった。

作品の素晴らしさを誰よりも理解しているつもりでいたけれど、稲垣さんのようなタイプまで夢中にさせていたという事実には、正直、驚きを禁じ得ない。

仏頂面を浮かべている金髪の女性とか、必要最低限の話しかしなかった少女の方が、ファンと言われてしっくりくるからだ。

「次は俺の番ですよね？」

男性メンバー、最後の一人は、中性的な顔立ちの少年だった。芸能人と言われても信じてしまいそうなほどに、目も鼻梁も口の形も整っている。

「清野恭平《せいのきょうへい》といいます。十八歳の高校三年生で、千葉出身です」

「若そうだとは思っていたけど、君も高校生か」

稲垣さんが驚きの声を上げる。

「学校は大丈夫なの？　高校をサボったら、さすがに親が黙っていないだろ」

「親なんて、どうでも良いです。俺、児童養護施設で暮らしているので」

「なるほど。事情も知らずに踏み込んで悪かった。でも、児童養護施設だったり、そういう施設って、外出に許可が必要なんじゃ？」

「黙って出て来ました」

清野の回答を聞き、稲垣さんは困ったような顔で塚田さんを見た。

「地味にまずいんじゃないですか？　誰にも迷惑をかけたくなかったから、行政に許可を取ったんですよね？　成人しているならともかく、未成年の家出を幇助したってなると、性別は違っても【カブト】のように……」

「施設に戻るつもりはないので、部屋の荷物はすべて処分してきました。この企画が終わったら、仕事を見つけて、一人暮らしをするつもりです。施設には親族の援助を受けて独立するという書き置きを残してきました。高校の担任にも親族の家に世話になることになったと伝えてあります。皆さんに迷惑はかけられないですから」

「用意周到だな。でも、実の親はどうなんだ？　未成年の君と連絡が取れなくなったら、さすがに行方を捜すだろ」

「あいつらは、そんな親みたいな真似はしません。それに、未成年でも独立している人間は沢山いますよね。十八歳なら大抵のことは出来ます」

「生きていくってのは、そんなに簡単なことじゃないぜ。説教じみたことは言いたくないけど、社会の歯車になるってのは、意外と難しいことなんだ」

悟ったような言葉を受け、清野の目が鋭く光った。

「稲垣さんは社会の歯車になりたいのに、ミマサカリオリが好きなんですか？」

「耳の痛い指摘だな。まあ、作品を好きになる気持ちと、現実への折り合いは、別の問題だってのが俺の持論だ。きっと、大人になれば分かるよ」

「それが大人だって言うなら、俺はそんなものになりたくないです。誰に何を言われても帰りません。最低な毎日の中で、『Swallowtail Waltz』だけが救いだったんです。俺はミマサカ先生が書けなかった物語の続きを、この目で確かめたい」

「安心してくれ。追い出したりはしないよ」

穏やかな声で告げたのは、主催者の塚田さんだった。

「俺たちは昨日まで、顔も合わせたことがない他人だった。だけど、一つの物語に惹かれて、こうして集まった。ルールはすべて、あの本の中にある。出て行く者を引き留めることはしないいし、誰かを追放することもしない」

今一度、集まったメンバーを頭の中で整理してみる。

主催者で退職直後の元サラリーマン、塚田圭志。二十六歳。

家事手伝いの山際恵美。二十六歳。

高校中退の中里純恋。十六歳。

ボーイスカウト経験のある大学院生、稲垣琢磨。二十四歳。

児童養護施設を飛び出した高校三年生、清野恭平。十八歳。

そして、大学二年生の引きこもりである俺、広瀬優也。

残る最後の一人は、少しだけ離れた場所に座っている、金髪の軽薄そうな女だ。

振り返った塚田さんに見つめられ、彼女が口を開く。

「佐藤友子《さとうともこ》。フリーター」

「年齢も聞いて良いかな」

「あ？　どうでも良いだろ。年なんて」

外見から受ける印象と同様、口も悪いらしい。失礼な言い方になるが、本を読むようなタイプにも見えなかった。

「言いたくないなら構わないけど、俺は身分証明書を見せてもらっているから、佐藤さんの年齢も知っているんだよね」

「あー……。そういえば、そうだったな」

「佐藤さんが知られたくないことは、誰にも話さないから安心して」

塚田さんはこの企画の参加者に、事前に身分証明書の提示を求めていた。俺は学生証の写真をメールで送っている。

「別に隠してるわけじゃない。二十三歳だ。これで良いか？　仕事は聞くなよ。褒められるようなことはやっていないからな」

ぶっきらぼうに告げると、佐藤は再び口を閉ざしてしまった。

トラブルメーカーになりそうな予感もある彼女だが、とにもかくにもこれで全員の自己紹介が終わったことになる。

自覚出来る程度には愚かな方法で、しかし、どうしても諦め切れない物語の結末を追うために、この日から、七人の奇妙な共同生活が始まることになった。

5

廃校での生活は予想通り、主催者の塚田さんと、眼鏡女子の山際さんを中心に回っていくことになった。

生きることにも食べることにも、さしたる苦労を必要としない飽食の現代日本に生まれ、生温い環境で怠惰な日々を送ってきた若者に、自給自足に近い生活なんて送れるんだろうか。抱いていた不安には、的中したものもあれば杞憂に終わったものもあった。

作中では、生活が軌道に乗る前に、のっぴきならないトラブルが頻発している。序盤に発生していたトラブルは食料の確保であり、二巻の冒頭で二人目の離脱者が出た時も、それが遠因となっていた。

俺たちの目的は、廃校での共同生活を模倣しながら、物語の結末を探ることである。キャラクターたちが序盤に経験した苦労を、あえて味わう必要もない。物資は各自で持ち込めるだけ持ち込もう。事前にそう伝えられていたこともあり、全員が日持ちのする食料品を大量に用意していた。

俺は缶詰を大量に持ち込んだし、ほかのメンバーも乾麺や米などを運べるだけ運び込んでいる。そんな中、一人、別のアイデアを持っていたのは、山際さんだった。彼女は料理が得意らしく、塩や味噌などの調味料を、目一杯、持ち込んでいたのである。

拠点となる校舎の裏には、小川が流れており、飲料水はいつでも確保出来る。

午前の早い時間に到着し、集落を散策したという稲垣さんによれば、近辺に食料になり得る山菜や果実が、二十種類は生えていたらしい。彼は釣り道具も持って来ており、川魚の存在も確認していた。

シリーズの序盤、コミュニティで発生した問題や諍いは、食料事情に起因するものが多かった。しかし、当座、俺たちにはその心配がない。持ち込んだ食料はすぐに尽きるだろうし、魚釣りだけでタンパク源を確保し続けることは難しいかもしれないが、いざとなれば町まで買い出しに下りることが出来る。

犯罪者となって逃げているのでも、誰かから隠れているのでもないのだから、食料事情はお金で解決出来る。共同生活は和やかな空気で始まることになった。

初日の男性陣の仕事は、快適な居住スペースを確保するための掃除となった。

廃校とはいえ学校である。箒も塵取りもバケツもある。雑巾に関しては、山際さんが廃屋から集めてきた布生地を使うことになった。

物語に倣い、女性陣は二階、男性陣は一階で生活することになっている。

南棟の二階には広い音楽室があり、山際さんはそこを女性陣の拠点にすると決めていた。音楽室には鍵のかかる準備室が内接しており、棚の数も多い。防音のためなのか、かかっているカーテンも一際、分厚いものだ。防犯という意味でも、使い勝手という意味でも、女性の居住スペースとして適切な部屋だろう。

対照的に、一階で生活する男性陣は、全員が独立した一般教室を使うことになった。備品としては、机と椅子、教卓、それに掃除用のロッカーがある程度である。音楽室などの特別教室と比べれば、些か心もとないが、大教室を使って集団で寝泊まりするよりは、よっぽど気楽だった。

塚田さんの指揮の下、高校生の清野と共に、居住スペースと決めた教室の大清掃をおこなっていく。稲垣さんを除く男性陣が、各教室の掃除に奔走していた間、女性三人が何をやっていたのかといえば、夕食の準備である。

腹が減っては戦は出来ぬ。食事は日々の活力に直結する。女性陣は山菜採りの知識が豊富な稲垣さんに連れられ、早速、収穫に出掛けていた。

日が暮れる前に、やるべきことを終わらせなければならない。

居住スペースとなる教室の掃除が終わると、すぐに次の仕事に取りかかった。

一階の保健室にあった布団と、体育倉庫に置かれていたマット類を、ベッドとして代用するため、各教室へと移動させるのである。

布団や機械体操用のマットはともかく、高飛び用のマットは、男性三人だけでは二階に運べない。山菜の収穫を終え、調理室で夕食の準備を始めていた女性陣にも手伝ってもらうことになった。

日の差し込まない暗室のような倉庫で保管されていたからか、高飛び用のマットは、信じられないほどに保存状態が良く、山際さんは早々に「今日から、ここで純恋ちゃんと一緒に眠る」と宣言していた。

どんな線引きがあるのか知らないが、山際さんは俺と清野と純恋の三人だけをファーストネームで呼んでいる。輪の中心である彼女の言動が伝播し、一緒にマットを運んでいる内に、俺や清野も自然と純恋のことを名前で呼ぶようになっていた。

俺たちが次第に打ち解けていく一方、金髪の佐藤は作業中、ほとんど誰とも会話をしようとしなかった。終始、仏頂面を浮かべており、最終的には、

「私は保健室のベッドを使って、美術室で寝る」

そう宣言し、音楽室とは正反対の位置にあった美術室に、それを引きずっていった。塚田さんが女性陣に同じ部屋で過ごすよう提案したのは、防犯上の理由からだ。とはいえ、二十四時間、顔を合わせていては、気も休まらない。空いている教室は幾らでもあるし、佐藤が一人、別行動を取ろうと問題はない。彼女の性格を思えば、さもありなんという決断だった。

佐藤が使うと決めた美術室の清掃を終えると、陽射しが橙色に変わっていた。電気も通っていない場所では、活動出来る時間が限られている。

残りの時間は、各自で部屋の掃除をすることになった。

俺が割り当てられた教室には教卓が残っており、何故かその上に、赤い造花が置かれていた。あらゆる物が傷み、腐食が進んでいるのに、時の流れに取り残されたように、造花だけ色褪せていないのは皮肉な話だ。

個室として与えられた二年一組の教室を清掃してから、体育倉庫に残っていた器械体操用のマットを運び込む。ベッドと呼ぶには心もとないけれど、寝苦しいようなら明日、何かしらの工夫をすれば良いだろう。

作中では集めた枯葉をマットの下に敷き、ベッドを補強していた。緑の眩しい季節だが、真似してみるのも悪くない。

自室となる教室の掃除と整理が終わり、作り上げたばかりのベッドに腰を下ろすと、自然と六人のメンバーの顔が頭に浮かんだ。

集められたメンバーの性別と年齢を知り、気付いたことが一つある。

ロールモデルを伝えられたわけではない。ただ、五巻終了時に廃校に残っていた七人のキャラクターをもとに、塚田さんが参加者を選定したことは間違いないだろう。

作中で最も有名キャラクターは、テディベアを愛する十七歳の少女【ジナ】だ。とはいえ、彼女はあくまでもヒロインであり、主人公ではない。物語の語り手は同じく十七歳の少年である【ヒナト】だ。

十四歳で両親を亡くした【ヒナト】は、叔父に引き取られたものの、高校に進学させてもらえず、働かされている。稼いだアルバイト代は生活費としてすべて徴収され、自由に出来るお金もない。物語は、抑圧された日々に潰されそうになっていた彼が、未来を自らの手で切り拓くために、家出を決意するシーンから始まる。

単なる偶然かもしれないが、【ヒナト】の境遇は、児童養護施設から飛び出してきたという清野に通ずるものがあった。それを差し引いて考えても、塚田さんが【ヒナト】役として想定していたのは、清野で間違いないだろう。美しい顔立ちの彼には、主人公という役割が実によく似合っている。清野を見た瞬間から俺はそう思っていた。

家出を決行した【ヒナト】は、幼い頃に家族旅行で訪れたダムを目指し、そこで立ち入り禁止の柵を越えている少女、【ジナ】を発見する。

そして、彼女がダムに身を投げたその時、背後から二人の大人が現れる。

わけも分からぬまま、「あの子を助けるぞ」と促され、【ヒナト】は男たちと共に少女を救出するのだが、そこまでが第一巻、第一話の物語だった。

第二話で男たちは【カラス】と【ネズミ】と名乗るのだけれど、【ヒナト】はその奇妙な名前よりも先に、【カラス】の顔に驚くことになった。彼は日本中を震撼させたある事件の中心人物として、テレビに何度も映っていたからだ。

息つく暇もなく動いていく物語に、冒頭から圧倒されたことを、よく覚えている。【ヒナト】の生い立ちが、【ジナ】の得体の知れない魅力が、【カラス】や【ネズミ】が背負っていたものの重さが、疾走感のある文章で頭の中に染み込んでくる。小説を読んでいるだけで、頭の中をぐちゃぐちゃにされるなんて、人生で初めての体験だった。

俺は第二話を読み終わる頃には、『Swallowtail Waltz』の虜になっていた。

作中でリーダーを務めていた【カラス】は、共同生活の発案者でもある塚田さんのロールモデルと考えて間違いないだろう。

【ヒナト】が清野、【カラス】が塚田さんだとして、五巻終了時まで廃校にいた残る二人の男性メンバーは、【ヒナト】の親友になる大学生【ダイア】と、サバイバルの知識が豊富な大学院生のブッシュクラフター【カブト】だ。素直に考えるなら、俺が【ダイア】で稲垣さんが【カブト】だろうか。

【ダイア】は身体が弱く、パワーも体力もないが、聡明な男で、作中では主人公の大きな支えとなっていた。ロールモデルが【ダイア】なら悪くない。悪くないどころか身に余る大役だ。俺には彼のような知識も知恵もないけれど、精一杯、自分なりに出来ることをやっていこうと思った。

6

持参したソーラー式のランタンに光が灯り始めた頃、夕食の準備が出来たよと、山際さんが呼びに来た。

彼女の後について調理室に入ると、稲垣さんの姿を数時間振りに確認出来た。

彼は試してみたいことがあると言って、女性陣との山菜採りを終えた後も、俺たちとは別行動を取っていた。釣り竿を持参していたし、食材を確保するために、川へと向かったのかもしれない。そんな予想は、半分正解で半分外れていた。

夕食後、嬉しいサプライズが稲垣さんの口から告げられる。

「重労働も多かったから、皆、汗をかいているだろ。風呂を用意したから、食事が終わったら案内するよ」

反射的に山際さんと純恋が顔を見合わせていた。

純恋が笑顔を見せる姿を、初めて見たかもしれない。

「お風呂ってどういうこと？　民家に使える風呂釜があった？」

「確かめたわけじゃないけど、さすがに民家の風呂は、建物自体の老朽化が進んでいるから危険だと思う。復活させたのは校内にあった風呂だよ」

「校内にお風呂があったの？」

「西棟の用務員室に宿直室が内接しているんだ」

「宿直室？」

「山中の集落だからね。借家もないし、派遣されて来る期間限定の教員のために、校内に宿舎が造られていたみたい」

　塚田さんが稲垣さんの説明に捕捉を入れる。

「薪で沸かすタイプの風呂だったから、手入れすれば使えるんじゃないかと思ってさ。稲垣君に調べてもらっていたんだ」

「そういうこと。で、塚田さんの期待通り、稼働出来たってわけ。昔の物は作りがシンプルだから、意外と頑丈なんだ。見た目も悪いし、風呂釜も狭いけど、まだ使えた」

「水はどうしたの？」

「もちろん、裏の小川からバケツで運んだよ」

「そんな……一人で……。何往復も必要だったでしょ？」

「律儀に往復を繰り返したわけじゃないよ。教室から掃除用のバケツをかき集めてさ。用務員室に台車があったから、家庭科室にあった木製のボードを組み合わせて、一度に十二個ずつ運べるよう改良した。むしろ大変だったのは、校舎から小川までの動線を確保することかな。傾斜もあったし、石階段には荒れている場所もあったから。道を整備出来れば、台車を使って女の子たちでも水を運べるようになる。明日以降、手の空いた男どもに手伝ってもらって道の整備を進めるさ」

「ありがとう。本当に嬉しいなぁ。料理のために、毎日、水は何度も汲みに行かなきゃって思っていたから。稲垣さんに感謝だね」

山際さんに促され、純恋も殊勝な顔で頷く。

「その分、皆は食事を用意したり、部屋の掃除をしてくれただろ。おあいこだよ」

「お風呂なんて完全に諦めていたよ。夜は川の水も冷たいし、タオルで拭くくらいしか出来ないって覚悟していたから、ちょっと泣きそう」

嬉しそうにしているのは山際さんだけじゃない。佐藤は相変わらずの無表情だが、風呂に入れると聞いて以降、純恋の顔にも、清野の顔にも、笑みが浮かんでいた。

「女性陣が風呂に入った後で、嫌でなければ、俺たちも入らせてもらうし、生理的に無理って感じなら、お湯を抜いてもらって構わない。全員で協力すれば、汲み直しても、そこまで時間はかからない」

「そんなの悪いから大丈夫だよ。ね、二人も問題ないよね？」

山際さんに促され、純恋は小さく頷いたが、

「はあ？　気持ち悪い。あんたの感覚と一緒にするな」

佐藤は提案をバッサリと切り捨てた。

「私は女の後でも嫌だね。他人が浸かった風呂になんて、気持ち悪くて入れるかよ」

「でも、お風呂に水を溜めるには、何往復かしないといけないから……」

「知らねえよ。そもそも風呂に入らせてくれなんて頼んでいないからな。私は川で水浴びをする。それで十分だ」

さっきまであんなに和やかな雰囲気だったのに、彼女の発言で、場の空気が一瞬にして重くなっていた。

「じゃあ、佐藤さんが最初に入って。その後で純恋ちゃんと私が入らせてもらって、それから水は抜く。それなら良いでしょ？　佐藤さんだって汗をかいているし、お風呂に浸かって、疲れを取った方が良いと思う」

「必要ないって言ってるだろ」

「遠慮しないで。生理的な抵抗感は、理性で制御出来るものじゃないもの。他人が浸かった後のお湯に入りたくないのも仕方がない。でも、最初に入るなら大丈夫でしょ。私たちは後で良いから」

出会ってから数時間、場に馴染もうとしない佐藤に、山際さんはずっと気を遣っている。マットを二階に運んだ時も積極的に話しかけていたし、最年長、二十六歳の彼女は何とか女性陣をまとめようとしていたが、

「点数稼ぎ」

佐藤は小馬鹿にするような口調で切り捨てた。

「男に媚びを売りたいなら、東京でやってろよ」

この人はどうして、こうも容易く周囲に毒づくのだろう。

告げられた皮肉に、さすがの山際さんも頬を引きつらせていた。

「……分かった。じゃあ、食事が終わったら、最初に純恋ちゃんに入ってもらって、その後、私が入らせてもらいます。お湯は抜かないので、その後は男性陣で」

「オッケー。じゃあ、そうしよう」

山際さんの言葉に、稲垣さんが続く。

「薪も用意してあるから、何度でも追い焚き出来る。時間は気にせず、ゆっくりと疲れを癒やしてくれたら良い」

山際さんと稲垣さん、二人の対応は、さすがに大人だった。

佐藤の態度を責めることなく、話を先に進めていく。

「俺たちは今日、会ったばかりだしね。他人が入った風呂に浸かりたくないって気持ちは、俺にも分かるよ。そもそも何十年も使われていなかった風呂釜だしな。もしも抵抗感が消えて、入りたくなったら、いつでも遠慮なく言ってくれ」

稲垣さんは笑顔で話を締めたものの、佐藤の表情が和らぐことはなかった。

何を意固地になっているのか知らないが、彼女は最初からずっと、おかしな態度を取り続けている。もちろん、彼女のロールモデルが例の人物であることを思えば、その動きも理解出来ないわけではない。ただ、幾ら何でも度が過ぎているような気がした。

7

初日に一つ、皆で顔を見合わせて笑ったことがある。それは、全員が似たようなソーラーパネル式のランタンと懐中電灯を持って来ていたことだった。

廃校に合流した【ヒナト】は、夜の活動に備え、最初の買い出しで、ホームセンターまでそれを買いに出掛けている。あのエピソードを読み、俺も非常時にはモバイルバッテリーとなる懐中電灯を持参していた。

個室として与えられた二年一組の教室で、一人、ランタンの灯りを見つめる。

夜の校舎は、ただ、そこが校舎であるというだけで不気味だった。ここでの暮らしが続けば、夜の学校にも自然と慣れていくんだろうか。

マットを敷いただけの寝床は、自宅で使っていたベッドマットとは比べものにならないほどに固い。体育倉庫から拾って来た、砂袋の重りを枕にしてみたけれど、低反発過ぎて、すぐに首が痛くなってしまった。

とはいえ、眠れないのは、寝床や枕のせいだけじゃないだろう。

理由も分からないまま、身体が奥の方から高揚していた。大切な小説を、自分自身の肉体でなぞっているからなのか、今宵はこのまま眠れる気がしない。

今日は一時間近く山道を歩いている。校舎に到着してからも、日暮れまで忙しなく動いてきた。疲れ切っているはずなのに、頭が冴えていた。

【ヒナト】も合流初日の夜は、こんな気持ちだったんだろうか。

持参していた『Swallowtail Waltz』の一巻を手に取り、読み直してみる。

三年前、本を初めて手に取ったあの日、【ヒナト】の生い立ちが語られる冒頭から引き込まれたことを、よく覚えている。ただ、震えるほどに面白いと感じたのは、三人が【ジナ】を救出した後で、【カラス】の正体が明かされた時だった。

倫理学上の問題の一つに、一九六七年にフィリッパ・フットが提起した『トロッコ問題』という課題がある。「線路を走っているトロッコが制御不能に陥り、このままでは進行方向で作業中の五人が轢き殺されてしまう。偶然、あなたは線路の分岐器の前におり、線路を切り替えて五人を助けることが出来る。しかし、その場合、分岐する別の線路で作業中の一人が確実に死んでしまう。さあ、あなたはどうする？」という問いだ。

五人を助けるために、一人を殺すのは正しいのかという、この難解な問題について俺が知ったのは、もちろん『Swallowtail Waltz』がきっかけだ。

倫理学上の問題をミマサカリオリは作中で提起し、キャラクターの一人に答えを出させている。コミュニティのリーダーである【カラス】は、作中時間で一年半前に、船上でトロッコ問題と相似の状況に陥り、見ず知らずの八人の命を救うため、恋人を犠牲にした男だったのだ。

八人を救ったとはいえ、意図的に恋人の命を奪った【カラス】は、事件後、殺人の容疑で逮捕される。だが、彼に命を救われた八人と、世論が黙っていなかった。娘を失った恋人の両親までもが、その行為を英雄的だったと断言したことで、【カラス】は一躍、時の人となる。

世間の声に後押しされるように、【カラス】は二審で一転して無罪となるものの、検察側の上告により、事件は最高裁にまで持ち込まれる。

しかし、日本中が注目していたその事件は、思わぬ結末を迎えることになった。

公判が始まる前に、【カラス】が忽然と姿を消したのである。

渦中の人物は逃亡したのか、はたまた何者かに消されたのか。その顔と名前は連日ワイドショーで報じられ、ニュースに疎い【ヒナト】でさえ知るものとなっていた。

【カラス】が公判中に姿を消した理由は、五巻の時点でも明らかになっていない。

一方、彼が山中の廃校にコミュニティを作った理由については、読者に対して序盤から明らかになっている。【ネズミ】も似たような境遇を抱えていたからだ。

【ネズミ】は元研修医である。彼は一年前に、耐え難い肉体的苦痛に苦しんでいた患者からの依頼を受け、鎮静薬と共に筋弛緩剤を投与し、依頼主を死に至らしめていた。

それは患者に望まれたがゆえの行為だったが、明確な遺書は残されておらず、患者に死期が迫っていたわけではなかったことなど、様々な状況が重なり、【ネズミ】は嘱託殺人の容疑で指名手配されてしまう。彼は現在も逃亡中の身だったのだ。

【ネズミ】は自身の行為が、患者を救うものであったと信じている。しかし、現代社会において正義を決めるのは自分ではない。彼は裁判で戦うことも、自身の決断に非があったと認めることも拒み、姿を消すことを選んだのだった。

【カラス】や【ネズミ】のように、一概には犯罪者と断定出来ない若者たちが集い、作り上げたコミュニティ。それが、『Swallowtail Waltz』の舞台だった。

登場人物たちは誰もが凄絶な過去と秘密を持っており、見えている世界、語られた言葉が真実とは限らない。テディベアを愛した少女、【ジナ】の死の真相。裏切り者である【ユダ】の正体。【カラス】の逃亡の動機。魅力的な謎が幾つも残っており、ファンたちは最終巻を本当に楽しみにしていた。

皆が眠っただろう頃合いを見計らって、俺は一人、教室を抜け出した。

【カラス】の誘いに乗り、コミュニティに合流した【ヒナト】は、初日の夜、屋上で星を眺めている。ここは人家の灯りがない廃村だ。しかも、今日は雲一つない好天で、新月が近い。屋上に出れば、頭上に美しい星空が広がっていることだろう。

俺が買った懐中電灯は、説明書によれば約六時間動作するらしい。内蔵ソーラーパネルでフル充電して来たし、途中で切れる心配はないはずだ。

夜の校舎を一人で歩くのは怖かったけれど、冒険してみたいという気持ちを抑え切れなかった。

仲間たちを起こさないよう、足音を立てずに階段へと向かう。

こんな時間に女子の部屋がある二階に上がるのは憚られるが、真っ直ぐ屋上に向かうなら問題ないはずだ。

懐中電灯の光を頼りに、慎重に階段を上っていく。辿り着いた屋上の扉は、中途半端に開いており、踊り場のようなスペースに、枯葉が散らばっていた。

身体を半身にして屋上に出る。

一度、大きく息を吸い込んでから夜空を見上げると、期待通り、満天の星が視界に飛び込んできた。

都会では星が見えないなんて言うけれど、あれは文字通りの言葉だったらしい。

生まれてこの方、こんな星空、見たことがない。綺麗な花を見て感動するとか、美しい夕焼けに心が奪われるとか、そういった繊細な感情を、俺は持ち合わせていない。情緒を解せない人間だと自覚していたのに、震えるほどの感動を覚えていた。

掃除もされていない屋上で寝そべったら、ジャージが汚れてしまうだろうか。

いや、そんなこと、こんな夜空の下で考える方が馬鹿らしい。

両手をめいっぱい広げて、屋上に寝そべってみた。

視界を埋め尽くす星空に、真っ白な天の川に、吸い込まれてしまいそうだ。

似合わないことを思った二秒後、一筋の光が空を走った。

流れ星だ！　生まれて初めて見た！

今も、この胸には、小さな迷いがある。俺みたいな人間が、この集いに参加して良かったのか、確信を持てないでいる。でも、だけど、やっぱり、間違いではなかったのかもしれない。満点の星空と流れ星は、俺みたいな人間でさえ歓迎してくれた。

「広瀬君ですよね。何してるんですか」

不意に、男の声が鼓膜に届き、背筋を怖気が走った。

上半身を起こして振り返ると、懐中電灯を手に立っていたのは、高校三年生の清野だった。何故か反対側の手に、中華鍋も握られている。

「清野も星を見に来たの？」

「違いますけど……うわ、何これ！　凄い！」

夜空を見上げ、清野はその場で固まってしまった。

「綺麗だよね。人家の灯りがないだけで、ここまで鮮明に見えるんだなって」

「あ、流れ星」

「今日って流星群の日じゃないよね。それなのに、さっきから何度も見えるんだ」

「俺、流れ星なんて初めて見ました。田舎って凄いな」

「星を見に来たんじゃないなら、どうしてここに？」

「足音が聞こえて、廊下を覗いたら、懐中電灯の光が階段で消えたから、誰か二階に上がったんだろうなって思って。二階には女性しかいないじゃないですか。変なことが起きてもアレだと思って、後を追ったんです」

なるほど。それで武器とするべく中華鍋を握っていたのか。

「隣、座っても良いですか？」

「どうぞ。男同士で並んで星を眺めるってのも、何だか妙な状況だけど」

「そうですか？　俺は青春っぽくて『Swallowtail Waltz』感があると思いますよ」

「清野ってそういうのに憧れている人？」

「はい。男女七人の共同生活にも期待しかないです」

「児童養護施設で暮らしていたんだろ？　もともと共同生活をしていたんじゃ」

「男女は別々の棟ですからね。鍵がかかっていて行き来も出来ないし、敷地内で顔を合わせるのなんて、食事の時くらいです。まあ、別に会いたい人もいなかったけど」

「そうなんだ」

「自由なんてほとんどないんですよ。児童養護施設に預けられている時点で、親が問題を抱えているわけで、そういう家庭の子どもは、まあ、理由もなく色々と疑われます」

「それは偏見じゃない？」

「どうでしょう。統計を取ったら、やっぱり問題児の割合が高いんじゃないかな。高校生、それこそ十八歳になっても門限があるし、お小遣いの使い道も報告しなきゃいけないんです。ほかの施設のことは分かりませんが、俺には息苦しいだけだった。高校を中退して、就職して、自立した方がマシだって、ずっと思っていました」

「そうしなかったのはどうして？」

「【ジナ】が後悔していたからかな。高校を辞めなきゃ良かったって、何度か言っていたじゃないですか」

「清野は【ジナ】のファンか」

「ここに、【ジナ】のファンじゃない人間なんているんですか?」

一秒で答えが出る。

「いないね」

「ですよね。まあ、佐藤さんだけはよく分からないけど」

日中、掃除していた時も、夕食をとっていた時も、清野は口数が少なかった。しかし、今は驚くほどに饒舌である。単に緊張していただけだったのかもしれない。

「あー。今、気付きました。俺、馬鹿だな。【ヒナト】も初日の夜に、屋上で星を眺めていましたよね。だからか」

「正解。まあ、塚田さんが【ヒナト】役として考えていたのは、清野だと思うけどね」

「最後の七人になぞらえて参加者を選んだんだとは思いますけど、そこまで当ててはいないんじゃないでしょうか」

「【ヒナト】は清野で、【カラス】は塚田さん。【クレア】は佐藤さんだろうなって、皆を見て、すぐに思ったよ」

「佐藤さんのモデルが【クレア】っていうのは分かりますね。本人が物語から飛び出して来たんじゃないかとさえ思いました」

【クレア】は物語の序盤から、ことあるごとにコミュニティを引っかき回す、分かりやすい悪女だった。もちろん、ミマサカリオリが単純な悪役を用意するはずはなく、彼女にも驚きの秘密があるのだけれど、それが明らかになるのは四巻だ。

佐藤友子は七人の中で、唯一といっていい、感じの悪い女だった。とはいえ、自身のロールモデルが【クレア】であると認識しているが故の演技という可能性もある。

これから何日に及ぶかも分からない共同生活を送るのだ。初日からわざわざ嫌われたいと思う人間などいないはずである。俺はそんな風に解釈していた。

「七人で小説を模倣して、最終巻の結末を探るってコンセプトは面白いです。でも、現実的に考えたら、そんなことは不可能だし、俺は単純なファン企画だと思っています。だから参加メンバーに広瀬君がいて良かったですよ」

「それは、ありがとう。でも、どういう意味？」

「塚田さんと稲垣さんは大人っていうか、同じファンでも別の種類の人間って気がするんです。皆が皆、あんなに前向きな人たちだったら、一緒に生活を続けられません。あいう人たちがいなかったら、こんな企画も成立しないでしょうけど」

「山際さんもだよね。あんなに友達の多そうな人でもファンなんだって驚いた」

「山際さん……か。広瀬君って幾つ嘘をついていますか？」

清野は意味深にその名前を反芻してから、不思議な質問をしてきた。

「嘘？」

「はい。皆、多かれ少なかれ嘘をついていますよね」

「それは『Swallowtail Waltz』の話？」

作中では、【ジナ】を除く全員が、複数の嘘をついていた。語り手である【ヒナト】ですら叙述トリックのような形で読者を欺いていた。それらの嘘が複雑に絡まり合い、真相が明かされる度に、物語は世界の色を変えていった。

「俺たち自身の話です。俺もすべてを正直に話しているわけじゃないですし、広瀬君もそうだろうなって。山際さんの左手の薬指を見ましたか？」

「薬指？　指輪をつけている人はいなかったと思うけど」

「山際さんの左手の薬指に、指輪跡がありました。日焼けの跡です」

清野は体格の良い塚田さんや稲垣さんとは対照的な、細身で中性的な顔立ちをした少年である。七人の中では、とりわけ容姿が整っている。ほとんど新月に近い夜の屋上では、隣に座っていても、その表情がよく分からないけれど。

「山際さんは結婚していたんじゃないでしょうか」

「そんな感じはしなかったけどな。ペアリングとか、恋人に浮気防止でつけさせられていたとか、色んな可能性があると思うよ」

「結婚指輪じゃないなら、日焼け跡が残るくらい長時間つけますかね」

「既婚者がこの企画に参加するとは思えないし、じゃあ、離婚経験があるってこと？」

「山際さんと塚田さんが夫婦なんて可能性もあるんじゃないでしょうか」

清野の口から飛び出した推理に、虚をつかれた。

「今日、初めて会ったにしては、お互いに気を許し過ぎている気がします。皆の身分証明書を確認しているのは塚田さんだけですから、どんな嘘でもつけます。指輪を外して、旧姓を使って、あえて他人の振りをしているとか」

「何のために?」

「メンバーはサイト内から集められました。ファンであることは間違いなくても、人間性までは分かりません。俺が主催者なら信頼出来る協力者を仕込みます」

「夫婦揃ってファンなら有り得るか」

聞かされた当初は驚いたが、妙に説得力のある話だった。

「あくまでも俺の推理ですけどね。山際さんの薬指に日焼け跡が残っていたってこと以外は、単なる憶測です」

「清野は皆のことを、よく見ているね」

「そりゃ、共同生活をするメンバーですもん。気になりますよ。そうだ。純恋ちゃんが長袖のパーカを着続けていた理由には気付きましたか?」

「いや。汗もかいていたみたいだし、脱げば良いのにとは思ったけど」

「リストカットの痕を隠すためですよ。高飛び用のマットを運んでいる時に、袖がずれるんじゃないかと思って、手元を注意して見ていたんです。考えられる可能性なんてそれくらいでしたし、雰囲気的にも」

「傷痕があった？」

「ありました。パッと見では数えられない本数」

「リストカットか。まあ、あの子からは死の匂いがするもんね」

「死の匂い？」

「さっき、清野は『Swallowtail Waltz』感って言ったけど、俺からしたら、お約束的な青春の一幕より、死の匂いがそれかな」


星を眺めることに飽きて。

教室に戻り、湿っぽい匂いのするマットに寝転んでも、やっぱり眠れなかった。

余りにも真っ暗なせいで、闇の底にでもいるような気分になる。

塚田さんと山際さんは、清野が言うように夫婦だったりするんだろうか。純恋の手首の話も気になるし、明日からはもう少し皆のことを観察してみようと思った。

『皆、多かれ少なかれ嘘をついていますよね』

清野が言っていた言葉が何度もリフレインするのは、俺自身にも少なからず思い当たる節があるからだ。

誰にだって嘘や秘密がある。

作中で【カラス】や【ネズミ】がニックネームを名乗っていたのは、買い出しに出掛けた際、会話で身バレすることを防ぐためだった。

【ジナ】なんて名前の日本人はいないし、【クレア】や【カブト】、【ノノ】なども作中では本名を名乗っていない。

俺の名前、広瀬優也は本名だが、ほかのメンバーについては分からない。事前に全員の身分証明書を確認している塚田さんを騙すことは出来ないだろうけれど、それ以外のメンバーには名前を偽っているかもしれない。こう言っちゃ何だが、佐藤友子なんてあからさまに偽名っぽい。

『Swallowtail Waltz』という作品は、一巻の中盤から大きく揺れ動いていく。

ホームセンターまで買い出しに行った【ネズミ】が、店内で逮捕されてしまうからだ。【ネズミ】はコミュニティ合流前に、友人の手による整形手術を受けている。そのため、声をよく知っている者でもない限り、彼に気付くことは不可能だった。

逮捕した警察は当然、【ネズミ】の知り合いではない。では、何故、警察は彼に気付くことが出来たのか。

話し合いの末に下された結論は、誰にとっても実に不愉快なものだった。

その日、【ネズミ】と【ヒナト】がホームセンターまで買い出しに出掛けることは、全員が知っていた。残ったメンバーの中に、彼を警察に売った者がいるのだ。

複数でコミュニティに合流した者もいるが、【ネズミ】は最初から一人だった。九州の出身であり、当初は自身の素性を隠していた。彼に恨みを持つ者が参加していたなんて偶然は、どう考えても有り得ない。

コミュニティには、【ネズミ】より遥かに陰惨な事件に関わった者も、【クレア】のように本当に無実なのか疑わしい者もいた。正義感からの告発であれば、もっと相応しい人間がいたはずだ。【ネズミ】を警察に売った人間の動機は、正義感でも、憎しみでもない。そいつは単なる悪戯で、遊びで、仲間を売ったのだ。

コミュニティに潜んでいた裏切り者【ユダ】の存在が明らかになり、物語は一巻の終盤から、一気に不穏なものへと変貌していく。

【ユダ】が存在していたのは小説の中だ。

廃校に集った俺たちは、物語を模倣したいと願っているだけのファンである。登場人物が感じていたような疑心暗鬼などとは無縁だろう。そう思っていたのに……。

共同生活が始まって、わずか一週間後。

俺たちは、嘘と呼ぶべきかも分からない何かの前で、大いに惑うことになる。

第二話

友達なんかじゃない

1

共同生活が始まったその日も、翌日も、一日中、汗水垂らして働くことになった。主な仕事は、皆で集まる機会の多い職員室と調理室の掃除、それに裏手の小川までの動線確保である。

生活の基盤が整えば、念願のスローライフスタートだ。インターネットもテレビもない毎日に、時間を持て余すようになるかもしれない。暇の潰し方にこそ悩むようになるかもしれない。企画に参加する前は、そんなことも考えていたのだけれど、すぐにそれが浅薄な想像であったと気付かされた。

どうやら生きるというのは、働くということだったらしい。

ここでは何もしなければ、味気ない食べ物しか口に出来ない。

飲み水に困ることはないし、大量に食料が持ち込まれているから、当座、飢えることもない。しかし、飽食の現代社会に生まれ、自覚なく肥えた舌を有してしまった俺たちは、炊いただけの米や茹でただけのパスタでは、満ち足りることが出来なかった。

自分のことをグルメだと感じたことなど一度もない。しかし、飢えを凌ぐだけの食生活ではストレスが溜まる。栄養が偏らないようにとか、そういった理性的な話以前の問題で、せめて一食くらいは美味い物を食べたいと願ってしまう。生活拠点の構築が終わると、関心は自然と食材の確保へと向くようになった。

主催者の塚田圭志さんは、先日までサラリーマンだった男性である。二十三歳の佐藤友子はどうやらフリーターであり、大学院生の稲垣琢磨さんは、学費を自分で稼いでいるらしい。俺、広瀬優也はアルバイトもしていない引きこもりの大学生だけれど、仕送りで毎月入ってくるお金がある。そう、近所に店はなくとも資金ならばあるのだ。どうしても必要な物は町まで買いに行けば良い。

ただ、携帯電話が通じる場所に出るだけでも、ここから一時間かかる上、町までの移動には、タクシーが必須となる。買い出しは一日がかりの重労働だ。しかも、人力で荷物を運ばなければならないため、買い溜め出来る量にも限界がある。

『Swallowtail Waltz』に登場するキャラクターは、大半が公判中に逃亡したり指名手配されている人間である。【ネズミ】の逮捕以降、彼らは外界に対して最大級の警戒心を働かせるようになり、買い出しの頻度を減らしていた。

作品を模倣するためには、当然、似たようなライフスタイルを確立する必要がある。

自宅で家庭菜園をしていたという山際恵美さんは、様々な野菜の種を持ち込んでおり、中里純恋に手伝わせながら、中庭の花壇跡を利用して栽培を始めていた。

山菜を収穫して回った際、稲垣さんは猪の足跡を確認している。畑が完成し、種を植え終わると、塚田さんが机を使って柵を作っていた。

畑での栽培に成功すれば、安定した食料を得られるようになる。とはいえ、野菜も花も一朝一夕では育たない。当座は山中で収穫した山菜や野草に頼ることになる。

食料の現地調達は、稲垣さんを中心とした男子チームの仕事だ。

肉でも魚でも良い。調味料はあるのだから、素材さえ手に入れば、食料事情は格段に向上するだろう。

共同生活が始まって四日目。

稲垣さんに誘われ、俺と同様、釣りの経験がないという高校生、清野恭平と三人で、川釣りに挑戦することになった。

「普通は釣具店で餌を買うんですよね？」

「一般的にはそうだね。でも、コンビニでも買えるよ」

「そうなんですか？　コンビニに餌が置かれているなんて知りませんでした」

「言い方が悪かったね。そういう意味じゃなくて、代替物があるってこと。代表的なのは魚肉ソーセージかな。海釣りなら、おつまみ類も使えるけど、川釣りならコストパフォーマンスを考えても練り物がベストだから」

「練り物で魚が釣れるんですか？」

素人丸出しの俺たちの質問に、稲垣さんは何でも丁寧に答えてくれた。

「オイカワ、ハヤ、ウグイあたりは余裕で釣れるし、練り物は川の流れが激しくても針から外れにくいから、初心者でも使い易いんだよ」

　知識は武器なのだということを、ここで暮らし始めてから、毎日のように実感している。謙遜ではなく、今日まで俺は肉体労働以外で役に立てていない。率先して働いているつもりだけれど、俺でなければ出来なかったことなど一つもない。

　塚田さんが本日の川釣りに参加していないのは、買い出しに出掛けているからだ。町までの道のりは長い。買い出しなんて単純労働の雑務である。塚田さんの貴重な時間を使うくらいなら、俺が代わりに行けば良かったのかもしれない。

「コンビニで餌を調達出来ることは分かりました。でも、ここにはコンビニも練り物もありません。どうするんですか？」

「現地で別のものを調達するよ。カゲロウ、カワゲラ、トビロウ、水生昆虫の幼虫が浅瀬で採れるから、そいつを使う。この季節なら、ドバミミズも見つかるだろうけど、君ら、ミミズは触れる？」

　清野と同時に首を横に振っていた。

「だよねぇ。ま、今日は川虫でやってみようか」

　俺、虫にも触れないいんです。言わなきゃ言わなきゃと思いながら現地に到着し、川の前で観念して告げると、癖っ毛を搔きながら稲垣さんに笑われてしまった。

「広瀬は現代っ子だな。川虫はそんなに気持ちの悪いものでもないけど、難しい？」

「動物や魚なら触れると思います。でも、足が沢山ある生き物に抵抗があって」

「ははは。まあ、しょうがないさ。清野はどう？」

「俺は虫なら大丈夫です」

「じゃあ、釣りは清野にやってもらうか。とりあえず広瀬はそこで休んでいて。清野がコツを覚えたら、俺と別のことをやってみよう」

木陰に腰を下ろし、滴る汗を拭いながら、釣り竿を振る二人を遠目に眺めていた。まるで絵に描いた夏休みのようだ。少年時代の記憶に、こんな風景は存在しないのに、感傷的なことを思ってしまうのは何故だろう。

屋外で父親に遊んでもらった記憶も、友達と川や山に出掛けた記憶もない。それなのに、懐かしさにも似た郷愁ばかりが込み上げてくる。

この企画を始めるにあたり、主催者である塚田さんから、特定のキャラクターを演じて欲しいなどという依頼は受けていない。しかし、集められた七人の性別と年齢を見れば、五巻終了時にコミュニティに残っていたキャラクターをモチーフに、選定がおこなわれたことは想像がつく。

ボーイスカウトの経験があるという稲垣さんのロールモデルは、ブッシュクラフターでもあった【カブト】と考えて間違いないはずだ。

『Swallowtail Waltz』には、不当な理由、少なくともキャラクター個人の感覚では納得出来ない理由で、逮捕された経験のある者が何人かいる。彼もまたそんなキャラクターの一人だった。

【カブト】はオンラインゲームで知り合った少女、当時は中学生だった【ルナ】に、半年以上、家庭の問題について相談されていた。彼女は長きにわたり実母と養父に虐待されていたのである。暴力はエスカレートし、ある日、身の危険を感じた少女は、一人暮らしをしていた【カブト】の家に転がり込む。

【カブト】は請われて少女を助けただけだった。しかし、やがて「未成年者略取罪」の被疑事実で逮捕される。被略取者である【ルナ】の意思とは関係なく、保護者が監護権行使の自由が侵害されていると訴えた時点で、罪状が成立するからだった。

【ルナ】にとって【カブト】は救世主である。自身を脅かす存在とは、実母であり養父のことだった。それでも、逮捕されたのは、罪に問われたのは、少女を救おうとした青年の方だった。

この社会は欺瞞に満ちた法律で支配されている。

この世界に自分たちの居場所なんてない。

釈放された【カブト】の前に現れた【ルナ】は、自分と一緒に逃げて欲しいと懇願する。そして、二人は【カラス】が作ったコミュニティに逃げ込むことになるのだ。その先に待ち受ける絶望的な結末など、予感すら出来ないままに……。

最初の一匹を釣るまでに、二十分はかかっただろうか。

根気よくチャレンジを続けた清野は、ついに十センチほどの魚を釣り上げる。

「やったぁ！　稲垣さん！　これ、何て魚ですか？」

「ウグイだね。成魚ならもう少し大きな個体も期待出来るけど、ここは上流だから、まずまずかな。よし、清野はこのまま釣りを続けて。七匹捕まえないと、全員に渡らないからな。さっきヤマメも見えたんだ。昆虫を好んで捕食するから、そっちも釣れるかもしれない。俺と広瀬はもう少し下流に下りて、別の方法で狙ってみるよ」

稲垣さんは持参していたもう一つのバケツを手に取ると、ついて来いと目で合図を送ってきた。

釣り竿も網もない状態で、どうやって魚を捕るつもりなんだろう。

十五分ほど川沿いを下り、支流と合流した辺りで、稲垣さんはバケツを下ろした。

「岩も多いし、この辺にしようか。なかなか良さそうなスポットだ」

「あのー。まさかとは思いますけど、手摑みで狙うんですか？」

「よく分かったね」

「本気ですか？」

「ほかに方法はないだろ。まあ、見てなって」

自信ありげな顔で稲垣さんは靴を脱いだ。底までよく見える浅瀬とはいえ、泳いでいる魚を素手で捕まえられるんだろうか。

腕まくりをした稲垣さんの右肘に、十センチほどの目立つ手術痕が見えた。

「広瀬。軍手を持って来たよな？」

「はい。出掛けに言われていたので」

「じゃあ、それをつけて。川魚は想像以上に滑るから」

釣り竿は一つしかなかったし、彼はもともと掴み取りをするつもりだったらしい。

「ここは水深が浅い上に、岩が点在している。絶好のポイントだよ。パッと見た感じ、小振りな魚ばかりだけど、上流なら仕方ない。簡単にコツを説明するぞ」

稲垣さんに促され、恐る恐る冷たい川の中に足を踏み入れる。

俺の動きを確認してから、稲垣さんは腰をかがめて川に手を入れた。

「人間が動けば動くほど、魚は逃げる。先に捕獲する場所を決めて、じっくりと待ちながら狙いを定めるんだ」

「先に水に手を入れておいて、魚が通った時に捕まえるってことですか?」

「いや、これは単に手の温度を下げているんだ。手を川の温度に近付けることで、触った時に魚が驚いて逃げるのを防げる」

「魚って温度が分かるんですか?」

「魚の動きが鈍い冬なら、手を冷やすだけで、結構、簡単に捕まえられるよ。まあ、冬の川に長時間、手を突っ込んでおくのは、別の意味できついけど」

「ですよね」

「待ち構えて捕っても良いし、下流側から適当な岩に当たりをつけて、そっと手を入れて、魚に触れたら、そのまま両手を差し込んで捕まえるって方法もある」

作中でも登場人物たちが頻繁に川魚を捕っていたが、手段は釣り竿と網、仕掛け罠だった。手摑みに挑戦したキャラクターなんていない。

パソコンの前で小説を書いているだけでは分からないこともある。世の中には、そういう知識が沢山あるのだろう。

一時間近く粘ったのに、結局、俺は一匹も捕まえることが出来なかった。

一方、稲垣さんは一人で五匹も捕まえている。不甲斐ない話だが、清野の釣果次第では、久しぶりにまともなタンパク源を取れるかもしれない。

「広瀬もこれ、食べてみるか？」

濡れた足を乾かしていたら、ミツバのような草を稲垣さんが差し出してきた。

「アオミズって言うんだけど、水が綺麗な場所に生える野草で、そのまま食べられるんだ。味がほとんどしないから、味噌汁に入れたり醬油か何かをつけたいところだけど、まあ、それは帰ってからだな」

校舎を出て以来、沸かした川の水しか口にしていない。腹に溜まりそうにない野草だとしても、口に出来るのはありがたかった。

「広瀬って大学二年生だったよね。誕生日っていつ？　お酒はもう飲めるの？」

「十一月生まれです。ただ、お酒を飲めるか飲めないかで言ったら、飲めます」

「文明から離れたとはいえ、さすがに未成年には飲ませられないよ」

「いえ、俺、二十一歳なんです。二浪しているので」

自己紹介で嘘をついたつもりはないが、すべてを正確に話したわけでもなかった。大学二年生としか話していないのだから、皆が歳を勘違いしていても不思議ではない。

「そうだったんだ。二十歳にしては落ち着いていると思ったよ。お酒は好き？」

「舌が子どもなので甘いお酒の味しか分かりません。でも、好きな方だとは思います」

「生活が落ち着いたら改めて親睦会をしようって、塚田さんと話していたんだ。清野と純恋ちゃんには悪いけど、お酒はガソリンみたいなものじゃない」

「ガソリンですか」

「何を意固地になっているのか知らないけど、佐藤さんは三日間、ずっと感じが悪いでしょ。そういうのも一回、お酒を飲んで打ち解けたら、変わるんじゃないかなって思ってさ。塚田さんに余裕があったら、買って来てくれって頼んでおいた」

それぞれの判断で必要な物を持ち込んでいるが、実際に生活が始まってみなければ分からないこともある。町まで下りる機会があれば、俺は持ち切れないほど追加の買い物をするはずだ。

「釣り竿と網も頼んでいましたよね。凄い荷物になりそうです」

「初日は食料を最優先に持ち込んだからね。正直、こんなに川魚がいるとは思わなかったんだ。釣り竿が複数あれば、より釣果を期待出来るようになる。餌をつけるのが無理でも、網ならいけるだろ。魚も命がけで逃げるだろうけど、手摑みよりはいけるさ」

「はい。挑戦してみたいです」

手取り足取り教えてもらったのに、俺は釣果を得ることが出来なかった。仲間の不甲斐ない成果に苛立っても不思議ではないのに、稲垣さんは何処までも優しかった。

「以前、清野が面白いことを言っていたんです。『皆、多かれ少なかれ嘘をついていますよね』って。思い当たる節はあるんです。実際、俺は年齢を誤認させる自己紹介をしましたから。稲垣さんはどうですか？　何か嘘をついていることはありますか？」

少なくとも気分の良い質問ではなかったはずだが、彼の顔に浮かぶ爽やかな笑みは変わらなかった。

「そうだね。それを嘘と呼ぶのかは分からないけど、本当のことをすべて話していないって意味なら、俺にも思い当たる節はあるよ」

2

飲酒ありの親睦会は、共同生活が始まってから一週間後の夜におこなわれた。

わずか一週間、されど一週間である。良い意味でも悪い意味でも驚きは沢山あった。

初めての買い出しに出掛けた塚田さんが、採卵鶏として白色レグホンを二羽連れ帰ったことも、その一つだろう。

過去一年以上、作物を栽培せず、今後も数年は耕作する予定のない地を「耕作放棄地」と呼ぶらしい。この集落には、そういった雑草が生え放題となった地区が幾つもあり、雑多な生き物たちの住処となっていた。塚田さんはそこに囲いを作り、生後四ヵ月という若いつがいのレグホンを放し飼いにしたのである。

ニワトリが卵を産む仕組みは、言葉にすれば単純だ。

雌鶏の卵巣から成熟して卵黄となった卵胞が、鶏の体内にある卵管内に排卵され、そこを通過する間に、卵白、卵殻膜、卵殻が形成され、卵となるのだ。二十四時間から二十五時間かかるため、一日に二回の産卵は望めないが、採卵鶏の健康状態が良ければ、一年に二百八十個ほどの卵を期待出来るらしい。

塚田さんが連れてきたレグホンは、二羽とも若い鶏だった。産卵を始めたばかりの個体は、四十パーセントという高確率で双子卵を産むらしく、しばしばそれを目にすることにもなった。

放し飼いを始めた地区から、校舎までは多少の距離がある。ただ、遮る物などないこの地では、鳴き声がうるさいほどに響き渡る。低血圧だという佐藤は、お昼頃まで姿を現さないことが多いが、彼女を除く六人の起床時間は、レグホンの声に導かれて揃うようになっていった。

東京ならばエアコンを起動していても不思議ではない時期である。だが、ここは山林の中腹にある集落だ。幸いにも暑さには今のところ悩まされていない。

七つのランプを囲んで始まった親睦会には、皆が思い思いの格好で参加していた。直前まで裏の小川で冷やしていたとはいえ、飲み物はあっという間に温くなっていく。それでも、久しぶりに身体に入れたアルコールは美味しかった。

塚田さんと山際さんの二十六歳コンビ、大学院生の稲垣さんと大学生の俺、四人がお酒に手を伸ばす中、意外にも佐藤は口をつけなかった。

外見だけで判断するのもどうかと思うが、金髪で三つのピアスをぶら下げている彼女は、お酒や煙草といったものに一番親和性がありそうなタイプである。しかし、誰に勧められても、ぶっきらぼうな口調で断っていた。

佐藤は一週間が経った今も輪に馴染んでいない。棘のある言葉で皮肉を吐くことも多く、しばしば仲間たちを混乱させている。

ここでの生活が始まった当初、俺は佐藤のそういった言動が、ロールモデルである悪女【クレア】に起因しているのだと推理していた。あえて憎まれ役を買うことで、重要人物の一人である彼女の務めをまっとうしているのだと。

佐藤がお酒を飲もうとしないことも、【クレア】を模倣しているのだとすれば納得出来る。彼女は人一倍、警戒心が強く、隙を見せることを嫌っていたからだ。

年齢不詳の女【クレア】は、作中で「振り込め詐欺」の指示役として捕まった人間だった。振り込め詐欺では、電話をかける「かけ子」や、お金を受け取る「受け子」など、役割が分散されている場合が多い。彼女は検挙された複数の知人より詐欺グループの主犯として名前を挙げられ、ある日突然、逮捕された人物だった。

完全なる誤認逮捕だったため、彼女は当初、すぐに容疑が晴れるだろうと考えていた。しかし、検察官は犯人と決めつけており、一方的な取り調べが続いていく。やがて裁判によって杜撰な捜査が明らかになり、無罪判決が言い渡されるのだが、それは逮捕から一年後のことだった。

検察が控訴せず、【クレア】の無罪は確定する。しかし、奪われた一年半という歳月に対し、警察、検察が謝罪することは最後までなかった。判決を受けてもなお、捜査は適切であったというのが、彼らの主張だったからである。

悪女【クレア】は、刑事裁判で無罪とされた女性だ。

公判中に逃亡した【カラス】や、指名手配されていた【ネズミ】とは、状況が違う。彼女には社会から逃げ出す理由がない。しかし、コミュニティに合流した主人公に対し、【カラス】は初日の夜にこう告げていた。

「ここは不当な理由で社会から断罪された人間たちのための家だ。俺は皆のことを犯罪者ではなく被害者だと信じている。ただ、あの事件についてだけは、冤罪だったのか自信が持てない。彼女は犯罪者かもしれない。【クレア】には気をつけて欲しい」

悪女【クレア】には、登場時から不穏な影がつきまとっていた。彼女はコミュニティに対しても非協力的であり、頻繁に悪質な問題を引き起こしていた。

彼女は「悪女」なのか、それとも「聖女」なのか。

【クレア】の正体が明かされた四巻で、俺は涙を禁じ得なかった。

彼女の悪辣な言動には、すべて理由があった。だからこそ、真実が明かされると、向けられていたヘイトが反転し、【ジナ】に並ぶ人気キャラクターとなった。

そう、【クレア】は単なる嫌な奴ではない。ファンなら全員がそれを知っている。

だから、俺は佐藤のことも当初は心配していなかった。彼女がどれだけ陰湿な言動を繰り返しても、それは演技であり、本質とは異なると考えていたからだ。

けれど、佐藤の態度は、今日まで一貫して変わっていない。その冷徹な言葉で、場の空気が凍り付いたことも一度や二度じゃない。彼女は本当に、誰とも馴れ合う気がないのかもしれない。

一週間が経った今も、佐藤は参加者の中で最も心が見えない人間だった。


生まれも育ちも年齢も性別も異なる七人が、好きな小説が同じという理由だけで、ここに集っている。会話が噛み合わなくても不思議ではないのに、親睦会は和やかな雰囲気で進んでいく。

振り返ってみても、疎外感を覚えることの方が多い人生だった。

小学校にも、中学校にも、高校にも、友達がいなかったわけじゃない。

だが、広瀬優也という人間は、いつだって誰かにとっての二人目、三人目だった。学校というものに通い始めてから、そこに居場所があると確信出来たことなんて一度としてなかった。

もちろん、それは、ここでの生活でも変わらない。リーダーは塚田さんで、サブリーダーが山際さんと稲垣さんだ。俺たちは彼らが作り上げた空間で、世俗からの隔離生活を楽しんでいるに過ぎない。

それでも、ここでなら、自分もまた欠けてはならないピースなのだと確信出来た。『Swallowtail Waltz』は、居場所をなくした若者たちの物語だ。現実社会に居場所がないと感じていた人間にこそ、刺さる物語だ。

例えば佐藤は今日までコミュニティにまったく馴染んでいない。しかし、彼女の意思に反して排除したなら、それはもう物語の模倣ではなくなる。本人がここにいたいと望む限り、誰でも、いつまでも、留まることが出来る。ここは、そういう優しい場所だった。


宴もたけなわを迎えた頃、山際さんの発案でクイズ大会が始まった。

そもそもコアなファンしか集まっていないわけだが、誰が一番作品への愛情が深いかを競おうというのだ。

「佐藤さんも参加してくれる?」

一人だけ離れた場所に座り、真っ暗な窓の向こうを眺めていた佐藤に、山際さんが声をかける。

「興味ない」

案の定、佐藤は取り付く島もなかったが、

「まあまあ、そう言わずに。ただの遊びだから、気が向いたら参加して」

山際さんはいつもの朗らかな笑顔を崩さなかった。

「もしかしたら佐藤さんにしか分からない答えがあるかもしれないしね」

「だから参加しないって言ってるだろ」

「うん。無理強いはしないから安心して。期待はしているけど」

「しつこい」

コミュニティの潤滑油である山際さんは、佐藤にどれだけ邪険にされてもめげない。彼女が孤立しないよう、日々、気を遣っていた。

山際さんのロールモデルは【ルナ】の姉で、作中でも眼鏡をかけていた【ノノ】と考えて相違ないだろう。

中学生の【ルナ】を誘拐したとして、「未成年者略取罪」で逮捕された【カブト】だが、作中では捜査段階で示談が成立し、不起訴となっている。被害者の少女が、一貫して無実を訴え続けたからだ。

二巻のストーリーは、そんな二人のラブストーリーを中心に展開していく。

両親からの解放を望む【ルナ】の懇願を受け、釈放された【カブト】は、社会との隔絶を決意し、廃校のコミュニティに辿り着く。

そして、新たな人生を歩むと決めた二人のために開かれた結婚式当日。

廃校に最後の新キャラクターが現れる。【ルナ】の十二歳年上の姉、【ノノ】である。【ユダ】と思しき人物から手紙を受け取った【ノノ】は、愛する妹が騙されていると思い込んでおり、結婚式を阻もうとしていたのだった。

【ノノ】の登場で結婚式は中断を余儀なくされたものの、やがて真実を知った彼女は考えを改める。【カブト】が純粋に妹を守ろうとしていただけだと気付いたからだ。【ノノ】が翻意し、二人は長い苦難の時を乗り越えて、ついに結ばれる。

俺は二巻を読んだ時、唯一のカップルとなった二人のことを、この物語の象徴のように感じていた。困難を乗り越えていく希望のような存在になるのだと予想していた。

だから、直後の展開には、本当に衝撃を受けた。

五巻まで読んだ者なら誰でも分かることだが、三人の中で真に重要な役割を担っていたのは、最後に登場した【ノノ】だった。

彼女が妹の虐待に気付けなかったのは、既に自立していたからだ。粗暴な両親と不仲だった【ノノ】は、卒業後、望んで実家から距離を取っており、【ルナ】はそれを知っていたがゆえに、姉に助けを求めなかったのである。

妹を守れなかったことを悔やんでいた彼女は、結婚式を見届けた後、妹に勧められるまま、廃校に残ることを決意する。現代社会の病巣に蝕まれ、自身も心に闇を抱えていたからだ。

愛する妹と共に、もう一度やり直す。そう決意した【ノノ】だったが、彼女の人生にかけられた呪いは、この地でも晴れることはなかった。

華やかな門出から一週間後、妹が原因不明の病で命を落としてしまったからだ。

【ルナ】の死はコミュニティに大きな影を落とし、同時に、不気味な疑惑が浮かび上がる。【ネズミ】が残した医学書を読み込んでいた【ジナ】が、その死に不審な点があることに気付いたのだ。

話し合いを経て、警察に【ネズミ】を売った人物、正体の見えない【ユダ】に、【ルナ】は毒を盛られたのかもしれないとの結論が下る。

正体不明の悪意、【ユダ】とは一体誰なのか――。

『Swallowtail Waltz』は読み始めたら最後、ページをめくる手が止まらなくなってしまう小説だった。読む度に発見があり、同じ台詞でも最初に読んだ時とは、まったく別の意味で聞こえることが多々ある。

俺はシリーズを通して、表紙が擦り切れるほどに読み込んでいる。今日まで色んな意味で目立てずにいたし、それを必要以上に卑下するつもりもないが、作品について語る時くらい中心にいたい。このクイズ大会で優勝すれば、誰よりも作品を愛していることを証明出来るはずだ。そんな風に珍しく意気込んでいたのだけれど……。

始まった夜のクイズ大会は、やがて思わぬ方向に舵を切っていくことになった。

3

佐藤を除く六人が、順番に一問ずつ出題していき、二周目が終わったところで、それぞれの正解数は意外な結果に落ち着いていた。

自信を持って参加したのに、皆がそれぞれに捻った出題をするせいで、俺は半分ほどの問題を間違えてしまった。とはいえ、正解数で言えば三位であり、ほかの仲間たちはさらに多くの誤回答を連発している。人間の記憶というのは、その大部分が思い込みと勘違いで構成されているのだろう。

しかし、そんな中、たった一人、全問正解という快挙を成し遂げた人物がいた。

中里純恋。最年少、十六歳の少女である。

「純恋ちゃんの記憶力は驚異的だね」

「いや、本当に凄いよ。圧勝じゃん」

純恋は普段、質問でもされない限り、口を開かない。日中、働いている時も、指示された以上のことはしない。しないというより出来ない。集団の中で、どう動いていいか分からないという感じだった。高校を中退しており、自分に自信がなく、社会不適合者を絵に描いたような人間なのに、こと作品についての知識と情熱だけは凄かった。

それぞれの出身地、血液型、誕生日、作中で一度触れられただけの情報まで、完璧に記憶している。何の役に立つのだろうと思うような話まで、頭の中で整理されていた。

「校舎を去ったキャラクターの誕生日まで覚えているのは凄いわ。何かそういう特殊能力があるんじゃないの？　サヴァン的な」

小さく唇を嚙みながら、純恋は首を横に振った。

「毎週、ファンレターを書いていたから。誕生日もそれで覚えていただけ」

「毎週？　マジで？」

稲垣さんの問いに、純恋は何処か怯えたような顔で頷いた。

「これは文句なしに純恋ちゃんの優勝だな。俺も自信あったんだけどなぁ。シリーズを三周はしたし」

「稲垣さん、三周は少ないですよ。私は五周しています」

山際さんは自信満々に告げたが、シリーズを周回した数で言えば、俺はさらに上だった。しかし、それでも純恋には遠く及ばなかった。

「第一回クイズ大会は、純恋ちゃんの優勝で皆も異論ないね」

「第二回もあるんですか？」

場を締めようとした塚田さんに、清野が問う。

「うーん。第二回をやっても純恋ちゃんの圧勝だろうしなぁ。でも、エキシビションマッチならどうだろう」

「エキシビションマッチ？」

「クイズ大会は純恋ちゃんの優勝で終わり。ただ、せっかく盛り上がってきたところだし、おまけの大会を開いても良いんじゃないかなって」

「二回戦があるならウェルカムですけど、次は何を題材にするんですか？　共通の話題なんて、ほかにないですよね」

「一つあるよ。作品じゃなくて、小説家、ミマサカリオリを題材にするんだ。例えば、ミマサカリオリは男なのか女なのか」

意味深な口調でそれが告げられた次の瞬間、皆の顔つきが変わった。少なくとも俺の目にはそう見えた。

「……塚田さん。先生の性別を知っているんですか？」

ミマサカリオリは覆面作家である。顔はもちろん、年齢も出身地も学歴も非公表だ。SNSはやっていたけれど、一人称はどちらとも取れる『私』だったし、投稿の頻度は炎上の前から低く、そのほとんどが作品の告知だった。自身のプライベートに関する投稿は一切していなかったはずだ。

「ミマサカ先生は秘密主義者だった。生前、担当編集者とのやり取りはすべてメールでおこなわれていて、編集部の人間とも一度も会ったことがない」

「その話、本当だったんですね」

塚田さんは、ミマサカリオリの担当編集者、杉本敬之のいとこである。

「新人賞の応募原稿に書かれていたプロフィールも、メールアドレス以外、すべて嘘だったらしい。送付物の宛先も、印税の振込先も、父親の名義になっていて、担当編集者にも本名や性別を隠しているって」

「やっぱり常人とは違いますね。そういう常識外れなことを、哲学を持って貫けるから格好良いんだよなぁ。だから、あんな小説が書けるんでしょうね」

感服するように告げた清野を見て、塚田さんは小さく笑った。

「俺のいとこは二代目の担当編集者なんだ。先生とは会ったことがないし、電話で喋ったこともないらしい。緊急の用事があっても、実家に電話をして、お父さんを通して話をするんだって言ってた。でもね、そんなことが可能なのは、引き継ぎの時点で、初代担当編集者がシステムを確立していたからだ」

「どういう意味ですか？」

「電話が通じず、受賞をメールで知らせた時に、当然、編集部は先生の個人情報を求めている。賞金の振り込みもあるしね。ただ、先生は編集部が信用出来るか分からないと言って、実家の住所と電話番号しか教えなかった」

何の記事だったか忘れたが、そのエピソードは何処かで読んだ記憶があった。

「先生のデビューが十代と推測されているのは、この話が有名だからだ。自分の口座を持っていない高校生か中学生の天才小説家、それが定説になっている」

「ミマサカ先生は今も実家に住んでいるんですか？」

「デビューから三年以上経っているし、亡くなる前はどうだったんだろう」

「仮に当時、高校生だったとしても、もう卒業していますよね」

「うん。それで、これは本当にシークレットな話なんだけど、どうやら先生の意図を、父親は当初、よく理解していなかったらしい。そのせいで編集部からかかってきた最初の電話を、説明もせずに取り次いでしまったんだ」

「じゃあ、初代担当編集者は……」

「そう。一度だけ先生と電話で直接話している」

「つまり少なくとも編集部には性別がバレているってことか」

「当然、先生は口止めしただろうから、誰でも知っているわけではないだろうけど」

「凄い話を聞いてしまった気がする」

熱に浮かされたような声で呟いた山際さんの気持ちが、俺にもよく分かった。

クリエイターの性別なんて、作品には関係ない。面白いものは面白いし、つまらないものはつまらない。性別なんて本質に鑑みれば些末な話だ。しかし、俺たちにとってミマサカリオリは特別な存在だから、どうしたって気になってしまう。

「塚田さんのいとこは、引き継ぎのタイミングで、その秘密を聞いたんですか？」

「口止めされてはいても、さすがに共有すべき情報だっただろうしね」

「その話を塚田さんもいとこから聞いたってことですよね？」

恐る恐る質問した清野に対し、塚田さんは申し訳なさそうに苦笑いを浮かべた。

「うん。俺がちょっと痛いレベルのファンだって知っていたからかな。先生の死を知って落ち込んでいたら、それとなく教えてくれたよ。ただ、もちろん、この話は誰にも広めていない。知っていることすら今日まで隠してきた」

　塚田さんは集まった仲間たちを見回す。

「だけど、ここにいる七人は特別な存在だ。先生の死を知り、自ら作品を模倣して結末を探ろうとするようなファンだからね。先生が生きていたなら、俺は黙し続けた。でも、状況が変わってしまった。ここに集まった特別なメンバーとなら、秘密を共有しても良いんじゃないかと思っている」

「聞きたいです。ミマサカリオリのことならなんでも知りたい」

　早口で告げたのは稲垣さん。

「私も教えて欲しい。先生のことが大好きだから」

　山際さんが続き、ほかの仲間たちも頷いた。

「ＯＫ。じゃあ、答える前に、せっかくだから一人ずつ聞いてみても良いかな。さっき言っただろ。エキシビションマッチをしてみても良いんじゃないかって」

　そういうことか。ようやく話が繋がった。

「皆はミマサカ先生の性別はどっちだと思う？」

　塚田さんの質問に対し、最初に手を挙げたのは清野だった。

「俺はＳＮＳの感じを見ていて、男なのかなって思っていました」

「私もそうだと思っていた。主人公も男の子だしね」

同意したのは山際さん。

「俺は、逆かな。心の機微をあそこまで繊細に描けるのは、女性だからかなって。それに男の作家なら、【ジナ】を殺せなかった気がする。秘密主義者っていうのも、どちらかと言えば女性っぽい感じがするし」

女性に一票を入れたのは稲垣さん。

「純恋ちゃんはどう思う?」

問われた少女は、唇に手を当てて考え込む。

中里純恋は毎週ファンレターを書いていた、誰よりも忠誠心の高いファンだ。彼女は一体、どちらだと考えていたんだろう。

一分近い沈黙を経てから、

「女性の小説家だと思っていました」

純恋はそう答えていた。

「これで二対二か。広瀬君はどう?」

今、一つだけ確かなことは、塚田さんが既に答えを知っているということだ。

だとすれば、ここでは何と答えるのが正解なんだろう。素直に思っていることを口にするべきなのか、それとも、正解だと思う性別を答えるべきなのか。

「……俺は、女性だと思っていました」

「これで女性に三票、男性に二票か。コアなファンでも意見が割れるもんだね」

残るは一人である。

塚田さんは輪から少しだけ離れて座っていた佐藤を振り返った。

「佐藤さんはどっちだと思う?」

「どっちでも良いよ。ミマサカリオリの性別なんて興味ない」

「まあ、そんな回答もありか」

佐藤の態度がつれないのは今に始まったことじゃない。苦笑いを浮かべて、塚田さんは俺たちに向き直った。

今、重要なのは佐藤の回答じゃない。いや、佐藤に限らず、ほかの四人の回答にも、俺自身の回答にも、さしたる意味はない。

謎に包まれ続けた小説家、その正体は……。

「ミマサカリオリ先生は男性らしいよ」

塚田さんより答えが告げられ、

「やっぱり!」

「そうだと思った!」

同時に大きな声を出したのは、清野と山際さんだった。

「初代担当編集者は最初に電話をした時に、お父さんから本名も聞いたらしい。男でも女でも不思議ではない名前だったみたいだけど、先生と直接話をしているから、性別は男で間違いないってさ」

「そっか。先生の性別を知ってから読んだら、また違う感想を抱くかもな。【ジナ】とは性別が逆だったってことですもんね」

感慨深そうに呟いてから、清野は持って来ていた第一巻に手を伸ばした。

廃校での生活を始めるにあたり、俺はシリーズ全巻を持ち込んでいる。清野や塚田さん、純恋も同様だった。わざわざ確認はしていないが、ほかのメンバーも似たようなものだろう。

「ミマサカ先生の正確な年齢は、いとこも分からないらしい。ただ、かなり若い作家だったことは確かみたいだね」

「年齢も知りたいな。もしも同い年だったら、ぶち上がる」

「あー。稲垣さんなら有り得るんじゃないですか」

「作中に出てくる単語を見ても、同世代だろうなって気はしているよ」

大好きな小説家の秘密を知ったのだ。昂ぶるなという方が難しい。

表情の乏しい純恋まで高揚しているように見えたし、特別な情報を共有したことで、絆みたいなものが強くなったような気さえした。

業界の人間でも知らない秘密を知り、その時、俺たちは確かに浮かれていた。はしゃいでいた。

ただ、皆が皆、同じ気持ちでいたわけではなかったらしい。

「あんたたちは最低だな」

不意に、低い声で佐藤が告げ、華やかな空気が一瞬で霧散した。

大人げなく騒ぐ姿が癇に障ったんだろうか。それとも、自分一人が置き去りにされていることに、苛立ちを隠せなくなったんだろうか。佐藤の苦々しげな表情を見て、俺はそんなことを考えたのだが、

「塚田さん。誇らしそうな面をしているけど、恥を知った方が良い。ついでに言えば、あんたのいとこはさらに愚劣だな」

いや、愚劣なのは彼女の方ではないだろうか。佐藤は協調性が低く、初日から輪を乱してばかりだ。たまに会話に交じっても空気を悪くするようなことしか言わない。

「そのいとこはゴミみたいな編集者だ」

正面切って親族を貶められても、塚田さんは穏やかな眼差しを崩さなかった。

「何か気分を害することを言ったかな。だとしたら申し訳ないと思うし、謝りたいから、どうして怒っているのか教えてくれない？」

「わざわざ言われなきゃ分かんないのか？　自覚なしかよ。重症だ」

「佐藤さんを傷つけてしまったなら謝りたい。だから誤魔化さずに教えて欲しい」

「誤魔化す？　何で私が誤魔化さなきゃいけないんだ。呆れて口をきくのも馬鹿らしいが、お望み通り教えてやるよ。作家の秘密を編集者が他人に喋って良いわけないだろ。あんたのいとこは、社内でどういう教育を受けているんだ？」

ようやく気が付いた。

そうか。俺たちが盛り上がっていたのは……。

「ミマサカリオリが死んだら、秘密は時効になるのか？　作者が隠したがっていたことを、編集者が部外者に喋って良いのか？　あんたのいとこは編集者失格だし、それを吹聴したあんたも最低なファンだ。秘密を聞いて喜んでいる、あんたたちもだぞ。他人の秘密を暴いて嬉々としている週刊誌の記者と同類だ。無責任で有害な自覚なしのゴミと相違ない」

佐藤に反論出来る人間は、誰一人としていなかった。

冷や水でも浴びたように熱が引いている。

ミマサカリオリは素性を秘密にしていた。本人の意志で、徹底した秘密主義を貫き、そのまま亡くなった。ファンである俺たちはそれを理解していたはずなのに、どうして無責任に知りたがったり、盛り上がったり出来たんだろう。

「ミマサカリオリがどうやって死んだのか、誰も知らない。事故かもしれないし、病気かもしれない。でも、私は自殺の可能性だってあると思っている。もしも、そうだとしたら、あんたたちみたいな無責任なファンが追い詰めたのかもな」

あまりと言えばあまりの推測を告げてから、

「恥を知れ」

そう吐き捨てて、佐藤は一人、職員室を出て行った。

4

佐藤の言葉は、暴言ではあっても的を射ていた。

彼女の怒りには正当性があったし、全員の心に刺さったようだった。ミマサカリオリの秘密を明かしてしまった塚田さんにとっては特にそうだろう。

少なくとも俺は眠れなかったし、このコミュニティはここまでかもしれないという予感さえあった。生活にも、仲間たちとの交流にも、慣れ始めてきたところだけれど、塚田さんの心が折れてしまえば、きっと、この共同生活は終わる。

一年でも、二年でも、ここで生活して、物語の結末を探る。そこまでの決意があったわけじゃない。模倣は所詮、模倣だ。登場人物と同じ生活を送ったところで、幾らロールモデルの真似をしたところで、人間が違えば結末だって変わってくる。

それでも、俺は頑張りたかった。

せめて三ヵ月は、ここで生活したいと思っていた。

「解散したい」

恐らくは眠れなかっただろう一晩を経て、塚田さんがそんなことを言い出したら、どうしよう。残る意志のあるメンバーだけで生活を続けたい。そう伝えられるだろうか。

俺以外にも、ここに残ろうとしてくれる仲間はいるだろうか。

午前八時半。

いつもよりゆうに二時間は遅く、朝食の会場である調理室へと向かった。

足が重いのは、告げられるかもしれない言葉を脳裏から振り払えないからである。

しかし、調理室で待ち受けていたのは、思いもよらぬ展開だった。

「広瀬君。おはよう」

職員室に入った俺に最初に気付いたのは、両手に何かを持つ山際さんだった。

彼女も、隣に立っていた塚田さんも、稲垣さんも、清野も、皆が一様に、戸惑いの眼差しを浮かべている。

純恋の姿が見えないが、また佐藤が何かやらかしたんだろうか。

「どうしたんですか。皆、そんな顔をして」

「広瀬君。これを読んでみて」

ダブルクリップで止められたプリント用紙には、文字がびっしりと印字されていた。

そして、俺がその文面に目を落とすより早く、山際さんの口から告げられたのは。

「最終巻の原稿が、廊下に落ちていたの」

第三話

ユダとジナ

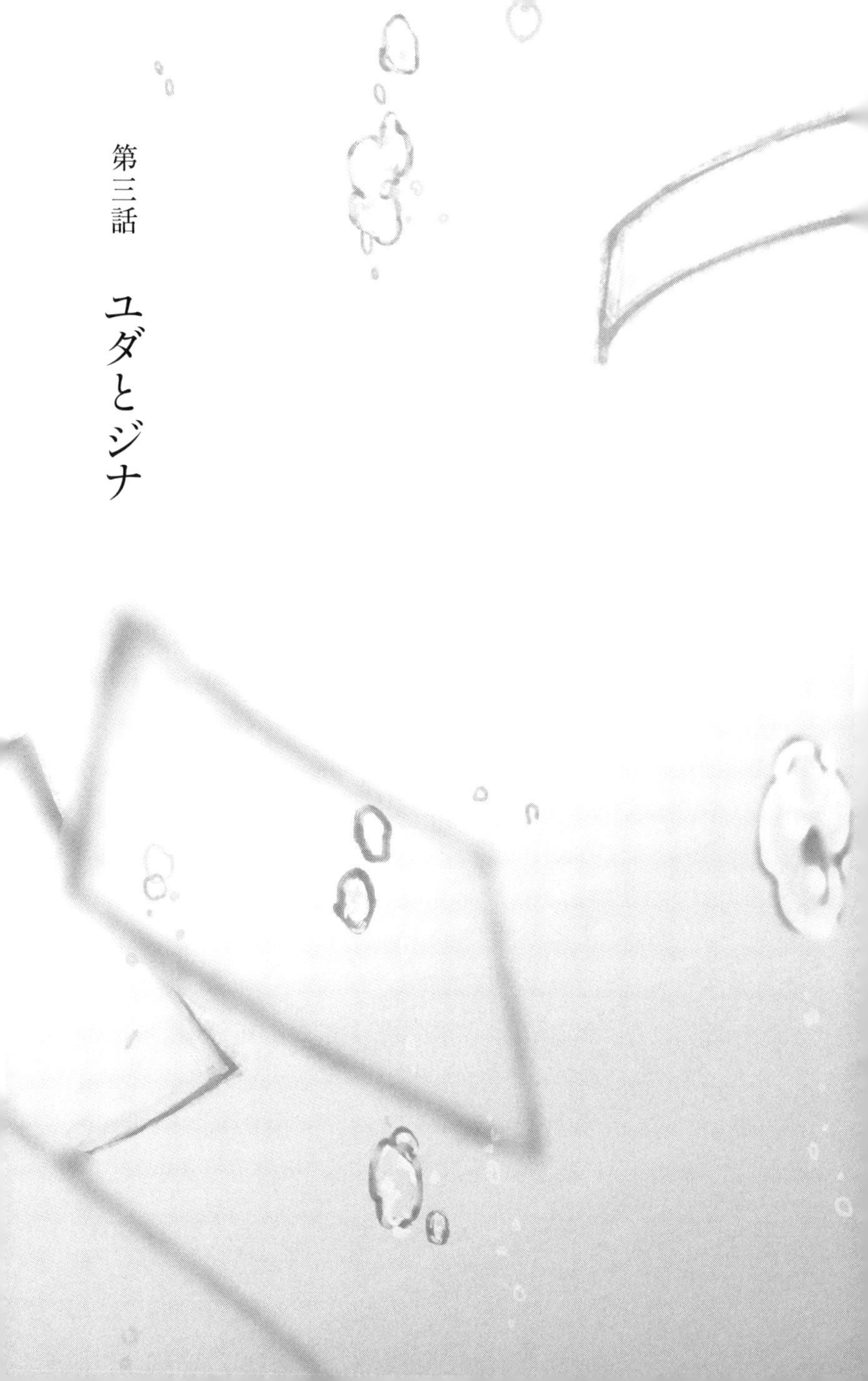

1

ミマサカリオリは大炎上が起きた五巻が発売される前に、最終巻の冒頭を書き上げている。出版社のＨＰに掲載されたインタビューで、本人がそう述べているのだから、それは間違いない。

作家が小説を書き上げてから、実際に発売されるまでには、当然のことながらタイムラグがある。印刷、製本以外にも作業工程はあるだろうし、その期間にミマサカリオリは最終巻の原稿を書き始めていたのだろう。

しかし、第五巻が発売され、作品そのものが炎上してしまった。

メインヒロインの死を描いたのだ。ある程度の批判は覚悟していたはずだ。ただ、一部のファンが起こした過激な反発は、恐らく作者の想像を超えていた。半年スパンで新作を発表していた作家が、一年以上、ＳＮＳに書き込みすら出来ないほどに追い詰められたのである。

別のインタビューで、ミマサカリオリは原稿を最後まで書き上げてから編集者に見せると語っていた。執筆の途中で渡すことも、アドバイスを求めることもしないという。

本企画の主催者である塚田圭志は、担当編集者のいとこという特殊な立ち位置にいる人間だ。彼の説明によれば、最終巻についても同様で、担当編集は進捗状況を知らなかった。作家の死後、編集部は遺族と連絡を取ったが、執筆に使用されていたパソコンを確認することは許可されなかったらしい。

「最終巻の原稿が、廊下に落ちていたの」

山際さんが差し出したのは、ダブルクリップにまとめられたプリント用紙だった。

「信じられないと思うから、まずは読んで欲しい。広瀬君の正直な感想を聞きたい」

プリントの束を差し出してきた山際さんも、隣に立つ塚田さんも、真剣というよりは切実と言った方がしっくりくる顔で、俺を見つめていた。

「分かりました。すぐに読んでみます」

作品が炎上状態となった後、『自分の方が面白い続きが書ける』などと宣い、二次創作の最終巻をネット上に公開するファンが続出した。

『ミマサカリオリは作者でありながら作品を冒瀆した』

『作品を愛していない作者に、続きを書く資格はない』

『俺の方が余裕で面白い小説を書ける』

彼らは身勝手なことを言いながら、思い思いの最終巻を発表していた。

ミマサカリオリ以外の人間が書いた『Swallowtail Waltz』になど、何の価値もない。そう分かっていたはずなのに、最終巻を待ちわびるあまり、俺は幾つかの作品に目を通している。そして、その度に、腸が煮えくりかえるような怒りに襲われた。

第五巻で描かれた世界を、全肯定するつもりはない。

俺だって【ジナ】の死は、死に方は、あんまりだと思った。

だけど、ネット上で二次創作を披露した人間たちの想像力は、哲学は、本編とは比べものにならないほどに低レベルで愚劣なものだった。

ミマサカリオリの作品は崇高だ。高貴だ。ただ読んでいるだけで、その文章が、文字の一つ一つが、輝いて見える。日本語というのは、こんなにも美しいものだったのかと、震えるような感動を覚える。

愚にも付かない二次創作を幾つも読んだ後だからこそ断言出来る。

俺にとっては、俺たちファンにとっては、ミマサカリオリだけが特別なのだ。

……でも、いや、だからこそ、信じられなかった。渡された原稿が、ミマサカリオリの手によるものとしか思えなかったからである。

文章を模倣するのは、絵を模倣するより簡単だろう。しかし、ミマサカリオリの文章は、独特かつ洗練されている。多用されるレトリックは、好みこそ分かれるものの、唯一無二の味付けだ。映像化された作品の評価が芳しくないのは、小説以外の媒体ではミマサカリオリの個性が削り取られてしまうからに違いない。

渡されたのは見開きで十三ページの原稿である。

読み始めた当初は、作家の手癖まで研究した誰かが、巧妙に模倣したのだと思った。

一ページ目から引き込まれたことも事実だが、あくまでも二次創作の一つに過ぎないと思っていた。けれど、ページをめくる度に、戸惑いが深くなっていった。

ミマサカリオリを読んでいる時にだけ味わえる独特な感覚。

溺れるような、酔っていくような、不思議な没入感。

何より、五ページも読まないうちに納得させられてしまった。第五巻で【ジナ】が死ななければならなかった理由は、これだったのだと思わされてしまった。

緑ヵ淵中学校の掲示板では、連日、激論が交わされていたし、それこそ何十、何百という考察、予想を読んできたけれど、そのどれとも違う、しかし、これでなければならなかったという回答が提示されていた。【ジナ】はクリフハンガーを目的として殺されたわけじゃない。彼女の死には、明確な理由があったのだ。

俺たちが信じたミマサカリオリは、どうしようもなくミマサカリオリだった。

もしも【ジナ】の死の真相が五巻で語られていたなら、あの炎上は起こらなかった。

そう確信出来るだけの冒頭だった。そして、原稿の最終ページは、物語最大の謎である【裏切り者ユダ】の核心に迫ろうかというところで終わっていた。

最終巻の原稿が、こんな所に落ちているはずがない。三十分前までの確信は、完全に反転していた。

今なら原稿を渡された時に、皆が浮かべていた表情の意味が分かる。

ファンなら、緑ヵ淵中学校に集った仲間なら、分からないはずがない。

「これは間違いなく、ミマサカ先生の手による原稿だと思います」

2

午前九時過ぎに調理室に現れた中里純恋は、事情を聞き、受け取った原稿を読み終わるより早く、泣き出してしまった。

これが本物の原稿なのか、自身の推測を語るより早く、切迫した表情を浮かべて「続きはないんですか？」と尋ねてきた。毎週ファンレターを書いていたという少女の目をもってしても、本物の原稿にしか見えなかったのだ。

普段から午前中は起きてこない佐藤友子を除く六人で回し読みをし、辿り着いた結論に異論を挟む者はいなかった。これは間違いなく、ミマサカリオリ本人が書いた原稿だ。ファンなら分からないはずがない。筆致も、個性的なレトリックも、物語の展開も、何もかもが作家本人の手によるものとしか思えなかった。

「五巻が発売される前に、冒頭は書き上がっていたんですよね」

「先生は公式インタビューでそう答えていたね」

清野の質問に、塚田さんが答える。

「じゃあ、やっぱり、これがその冒頭か。先生が死んだと知った時、目の前が真っ暗になりました。大袈裟ではなく貧血になりました。これが読めて良かった。死ぬほど続きが読みたいけど、【ユダ】の正体も知りたいけど、【ジナ】の死の真相を知ることが出来ただけで、救われた気分です」

「私も清野君に同意見。【ジナ】がこんな秘密を隠していたなんて予想出来なかった。伏線だってあったのに、掲示板でも、この真相を予想していた人はいなかったよね」

「本当に感動で、どうにかなりそうです。思い出しました。世界がひっくり返るみたいな、この感覚をずっと味わっていたくて、俺はファンになったんだ」

清野の言葉に、全員が同意していた。ここに集った七人にとって、ミマサカリオリだけが特別だった理由は、この冒頭だけでも十分に証明されている。

「今すぐ次の章を読みたい。【ユダ】の野郎が誰だったのか、知りたくてたまらないよ。でもさ、もう一つ、気になることがある」

心苦しそうな顔で、稲垣さんが告げる。

「そもそもこの原稿は、誰が持ち込んだんだ?」

そうなのだ。この原稿が、この世に存在していることは周知の事実である。だが、ここに落ちていた理由が分からない。誰がどうやって手に入れたんだろう。

「常識的に考えるなら、出所は二つに一つだと思う。先生が執筆に使っていたパソコンから、冒頭のデータを家族か編集者が取り出した。もしくは、死ぬ前に、先生自身が冒頭のデータを編集者に送っていた」

「でも、ミマサカ先生のパソコンに触ることは、遺族に許可されなかったんだよね」

山際さんに見つめられ、塚田さんが頷く。

「いとこからはそう聞いている。はっきりと断られたって」

「じゃあ、やっぱり先生が亡くなる前にデータを送っていたってこと？」

「それだとインタビューと矛盾しますよね。先生は原稿が完成するまで、担当編集者にも読ませないと言っていました」

「ミマサカリオリは最終巻の執筆に詰まっていたんだろ。あれだけ叩かれたら誰だって心が折れる。だけど、この冒頭を読めば、世の中の批判が的外れだってことも分かる。批判に胸を痛めて、冒頭だけは編集者に見せていたんじゃないか？」

「有り得そうな話ですね。塚田さん、いとこから何か聞いていないんですか？」

「原稿を受け取ったなんて話は聞いていないね」

その首が横に振られたけれど、そもそも塚田さんの話は、本当にすべてを鵜呑みにして良いんだろうか。

いとこが担当編集者であるという大前提からして、俺たちには確かめる術がない。もしもそこに虚実が入り交じっているなら、あらゆる推測が茶番になる。

塚田さんが嘘をついているとは考えたくない。ただ、彼がすべてを正直に話しているようには見えないというのが、俺の本音だ。

昨日の佐藤の言い草じゃないが、塚田さんの話が真実なら、担当編集者は余りにもお喋りが過ぎる。担当作家が死んだからと言って、秘密が解禁になるわけじゃない。何年も、何十年も経った後ならばともかく、ミマサカリオリが亡くなってから、まだ二ヵ月も経っていないのだ。

「書き上がっている部分だけでも発表出来ないのか聞いてみたけど、遺族にパソコンに触らせてもらえないから無理だって言ってた」

塚田さんの語る内容ではなく、その表情に注意しながら聞いてみたものの、凡人たる俺に推察出来ることなどなかった。作中で【ユダ】は人の心が読めると描写されていたが、特別な能力とは、選ばれし人間にしか付与されないものだ。

純恋は会話に耳も傾けずに、ここでの二周目の読書に入っている。

「本当に分からないな。亡くなった先生のパソコンに入っていたデータを、誰が、どうやって手に入れたのか」

「謎はほかにもあるよ。データを手に入れた人物は、そいつをプリントアウトして、調理室前の廊下に置いている。それが今朝だったのか、真夜中だったのかも分からないけど、少なくとも親睦会の後だ。食器の後片付けをした時には、置かれていなかったからな。そして、普通に考えるなら、その人物は俺たちの中にいる」

意味深に告げてから、稲垣さんは皆を見回した。

「まあ、ここには俺たち以外いませんしね」

「塚田さん。この共同生活について知っている人間は、参加者以外にもいるんですか？例えば参加を打診したけど、断られた人間とか」

「断ってきた人は二人いるよ。でも、その二人は無関係だと断言出来る。おかしな横槍が入ることを防ぎたかったから、打診の時点では舞台を伏せていた」

「つまり俺たち七人以外に、この場所を知っている人間はいないってことですね。だとしたら、こんなことを言いたかないが、やっぱり疑うことになりますよ」

稲垣さんの顔が一気に険しくなる。

「塚田さん以外に、こんなことを出来る人間はいない」

「どういう意味？」

「塚田さんが嘘をついているとは思いたくありません。でも、そうとでも考えなきゃ説明出来ない。俺たちは全員、ただのファンだ。作家とも出版社とも繋がりがない。だけど、塚田さんは一人挟むだけで、ミマサカリオリまで届く。本当は編集者が原稿のデータを受け取っていたんじゃないですか？　それを何らかの手段を使って盗んだ」

「随分と酷い言いがかりだね」

「いとこにデータを渡されていたなら、こんな回りくどい演出はしないでしょ。一週間、一緒に過ごした感想だけど、塚田さんは善人だと思いますよ。あなたが新作の原稿を手に入れたなら、自分一人で楽しもうとはしない。コアなファンに幸せをお裾分けしようとするはずだ。この企画は最初から、これが目的だったのでは？」

「俺は今、責められているの？　それとも、褒められているの？」

「どっちでしょうね。俺が言いたいのは、正規の手段で手に入れた原稿なら、塚田さんはこんなやり方を取らないだろうってことです」

「なるほど。だから盗んだってことね」

「いとこが冒頭のデータを持っていると知って、こっそりかすめ取ったんじゃないですか？　そして、原稿に感動して、ほかのファンにも見せたいと考えた。一週間の共同生活を経て、俺たちのことを信用しても良いと思ったから、こいつを夜中に廊下に置いたんです。違いますか？」

稲垣さんは確信を持って告げたけれど、塚田さんの表情が晴れることはなかった。

「不正解だよ。この原稿を持ち込んだのは、誓って俺じゃない。いとこが先生から冒頭のデータを渡されていたなんて事実も存在しない」

「それは、そのいとこが嘘をついていなければ、ですよね」

「そうだね。敬之が俺にすべてを話していたという保証はない。ただ、少なくとも俺は本当に知らない。その原稿は今日、初めて読んだんだ。信じて欲しい」

真っ直ぐに稲垣さんを見つめて、塚田さんは断言した。

嘘をついている男の目には見えないけれど、他人の心は誰にも読めない。何より彼以外にデータを入手出来たとは思えないこともまた、厳然たる事実だった。


午前十一時半。

職員室に現れた佐藤の様子は、昨日までと変わらなかった。

必要以上に馴れ合わない。関わらない。彼女のスタンスは初日から一貫している。

最終巻の原稿が手に入ったという衝撃の事実を告げられても、

「こんな時間まで寝惚けてんのか？　冗談も大概にしろ」

佐藤はまったく真に受けていなかった。

しかし、山際さんに強く勧められ、渋々原稿に目を落とす。

そして、わずか三十秒で佐藤の表情が変わった。

調理室の隅に座り、たっぷり一時間は原稿を読んでいただろうか。

昼食が完成しようかという頃、佐藤がようやく立ち上がった。

「……これは、本物なのか？」

「やっぱり佐藤さんもそう思う？」

「信じられない。何でこんな物が……」

「私たちも分からないの。朝、調理室前の廊下に落ちていて」

「誰が発見したんだ？」

「見つけたのは私。皆より少しだけ早起きだったから」

「こんな癖の強い文章、真似しようと思って出来るものでもないだろうし、本当に本人が書いた原稿かよ」

これで七人全員の意見が一致したということになる。

しかし、肝心の謎が残されたままだ。

遺稿を、誰が、どうやって入手し、何の目的で、こんな場所に置いたんだろう。

3

俺たち七人は、自らで物語を再現しようとしている、相当にコアなファンだ。発見された遺稿は、作品を愛する者たちに、奇跡によって届けられたプレゼントなのかもしれない。一瞬、そんな思考にもなったのだけれど、ここは疑いようもなく、苦く厳しい現実の世界だ。起きた出来事には、必ず理由がある。

誰もが誰かを少しだけ疑いながら、共同生活は続いていくことになった。

最終巻の遺稿が発見された日の翌日、清野と二人で純恋を釣りに誘ってみた。

純恋は初日から一貫して山際さんと行動を共にしている。しかし、今日は山際さんが体調を崩して寝込んでおり、朝から一人、心細そうにしていた。

塚田さんと稲垣さんは山菜採りに出掛けており、佐藤はいつものように、ろくに働きもせず、自室に籠もっている。ここでは、どんな風に過ごすのも自由だが、手持ち無沙汰でいるくらいなら、仕事があった方が、張り合いが出るはずだ。

生き物が苦手だという純恋は、当初、魚釣りに乗り気ではなかったのだけれど、彼女には一つ、弱点がある。

「小説の中で【ジナ】もやっていたよ」そんな言葉に、極端に弱いのだ。

多くのファンと同様、純恋もまた、熱心な【ジナ】の信奉者だった。

塚田さんが五巻終了時の七人をロールモデルとして、参加者を選んだことは間違いない。そして、純恋のロールモデルは、【ジナ】の親友となる高校生の【マリア】と推測される。だが、当の純恋は【マリア】の存在など何処吹く風で、初日から【ジナ】の動きばかり真似していた。

廃校に持ち込める荷物には限りがあるのに、テディベアのぬいぐるみを持って来ていたのも、作中で【ジナ】がそれを愛していたからだ。俺たちは初日に、女性陣の拠点として音楽室の整理をしたが、掃除が終わると、純恋は荷物を片付けるより先に、一番目立つグランドピアノの上に、テディベアを設置していた。

【ジナ】が人気を博していたのは、陰のある独特な造形もさることながら、作中で多くの困難を乗り越え、誰よりも成長していったからだ。釣りや狩猟はその最たる例であり、物語の後半では釣った魚を捌けるまでになっていた。

「【ジナ】が出来たんだから、純恋ちゃんにだって出来るでしょ」

そんな言葉で少女を説得したのだけれど、言うは易くおこなうは難しである。偉そうなことを言っておいて何だが、俺は相変わらず川虫に触れない。

「広瀬さん。私を誘ったくせに、自分は餌を付けられないんですか？」

釣り場に到着し、早速、清野に丸投げすると、軽蔑の眼差しを向けられてしまった。

仕方ないじゃないか。人間、努力だけではどうにも出来ないこともある。せめて女の子の前でくらい格好付けていたい。そんな意識がまったくないと言えば嘘になるが、誰かに認められたかったわけでも、恋がしたかったわけでもない。それでも、次第に打ち解けていく二人の姿に、若干の複雑な感情を覚えることになった。

十六歳の中里純恋と十八歳の清野恭平は、お似合いといえば、お似合いの二人だ。清野は中性的な顔立ちの少年で、女性受けしそうなルックスをしている。つい先日、釣りを覚えたばかりなのに、純恋にレクチャーする姿は早くも様になっていた。

胸の奥の奥、ざらつくようなこの想いは一体何だろう。

似合わない嫉妬だろうか。それとも、山際さん以外の人間とは、ほとんど喋ることもなかった引っ込み思案の少女が、心を開き始めたことに対する安堵だろうか。

稲垣さんなしでは、釣った魚の種類も判別出来ない。それでも、魚は魚だ。

清野が四匹、純恋が二匹釣ったところで、休憩を取ることになった。

午前中、俺は漫然と二人を眺めていたわけじゃない。薪を集めて焚き火を起こし、持ってきていた鍋に摘んだ野草を放り込み、煮詰めたスープを作っておいた。

釣った魚を串刺しにし、早速、焚き火で焼いていく。

山中の生活では、どうしたって肉や魚を口にする機会が少ない。釣ったばかりの魚は、小振りでも塩を振っただけで十分過ぎるほどに美味しかった。

「午後は広瀬君も釣りますか?」

「餌を清野が付けてくれるなら」

「純恋ちゃんも付けられるようになりましたよ。ね」

「はい。うねうねした虫は嫌ですけど、固い川虫なら慣れました」

「凄いね。俺は稲垣さんに教わった時も、最後まで無理だったなぁ」

食料の確保に貢献したくとも、生理的に無理なのだから仕方ない。俺は未だに校舎の中で蛾や蜘蛛を見つけただけで、背筋が凍り付いてしまう。蜘蛛の巣の主成分はタンパク質であり、非常食になるらしいが、どんなに腹が減っても口に出来ないだろう。

「俺、午後はバッタを餌にしてみようかなぁ」

「バッタも餌になるんですか？」

「うん。稲垣さんが教えてくれた。後ろ足を折ってから針に刺すんだって。そうすると暴れるように泳ぐから、バタついている姿を見て、イワナやヤマメが食いついてくるみたい。残酷な気がして試せてなかったけど、甘いことを言っていたら、山の中じゃ生きていけないしね」

もともと良い素地を持っていたのか、それとも、吸収する力が優れているのか、清野は日々、逞しく成長している。その順応力は、正直、羨ましくさえあった。

二匹目の魚を食べ終えると、話題は自然と、昨日見つかった原稿の話になった。

見開きで、たった十三枚の原稿だが、その密度は、筆舌に尽くしがたく濃かった。

怒濤の種明かしから始まり、感動と興奮が冷めやらぬ中、【ユダ】に繫がる手がかりが見つかったタイミングで、プロローグは終わっていた。

「ミマサカ先生はあそこまでしか書いていなかったのかな」

溜息交じりに清野が呟く。

「続きを読みたいです。一行でも良いから」

「純恋ちゃんはあの後、どうなると思う？」

「分かりません。私なんかが想像しても当たるはずがないし、今までも色んな予想をしてきたけど、先生が書いたお話の方が、いつも圧倒的に面白かったから」

「俺もそうだなぁ。どれだけ推理をしても、当たったためしがないや。あの原稿って俺たちだけが読んだんですかね」

「どういう意味？」

「出版社が公式に発表した原稿だったんじゃないかなって」

「ごめん。何を言いたいのか、よく分からない」

「昨日、稲垣さんも推理していたじゃないですか。やっぱり最終巻の冒頭だけは、担当編集者に渡されていたんじゃないかってことです。それが遺稿として公式サイトで発表されていたとか。ほら、ここは電波が届かないから、世間で起きている事件を知る術がありません。でも、買い出しに行けば、携帯電話が使えます。遺稿が発表されていたことを知った人が、何処かでプリントアウトして、サプライズとして、こっそり置いておいたんじゃないかなって」

なるほど。ないとは言い切れない推理だ。しかし、

「仮にそうだとしたら、最後まで名乗り出なかった意味が分からないかな」

「皆が余りにも驚くせいで、名乗りにくかったとか」

「買い出しに行ったのって、塚田さんと稲垣さんが一回ずつだよね」

「はい。二人以外は一度もこの集落から出ていないはずです。昨日の感じだと、可能性がありそうなのは塚田さんかな」

「じゃあ、明日、確かめてくるよ。買い出しに行く予定だったから」

「あ、次の買い出しは広瀬君か。ぜひ、公式サイトを確認して来て下さい」

「あの、私もお願いしたいことがあります」

恐る恐るといった口調で純恋が告げる。

「見つかった原稿のコピーが欲しいんです。もっと読み込みたいから」

「了解。純恋ちゃん以外にも、手元に置いておきたい人がいるよね。原本を預かって、何部か作ってくるよ。持ち込んだ人間が名乗り出ないんだから、複製を止められることもないだろうし」

共同生活が始まってすぐに、皆で決めたルールが一つある。

買い出しのために町へ下りる回数は、必要最低限にしようというものだ。

物理的な距離があり、往復だけで半日かかってしまうからだけではない。必要以上に文明に頼ってしまうことで、物語の模倣というコンセプトが揺らいでしまうからだ。

作中でも【ネズミ】の逮捕以後は、買い出しの頻度が落ち、自給自足生活に比重が移っていった。最新刊の五巻では、一度も買い出しがおこなわれていなかったはずだ。

共同生活が始まって、今日で九日目である。日々、汗水垂らして働いているものの、期待通り食料が十分に確保出来ているとは言い難い。

野菜の栽培を始めているが、そちらの成果が現れるのは当分先の話になるだろう。

理想はともかく、現状ではまだ定期的な買い出しが必須だった。

4

共同生活が始まって十日目、初めてとなる買い出しへと出掛けた。

タクシーを使わずに往復するのは現実的ではない。運賃の節約を考えるなら複数人で行くべきなのだろうけれど、皆で決めたルールに則り、単独での行動になった。

山道を抜け、携帯電話が電波を受信したのを確認すると、タクシーを呼ぶより先に、大樹社の公式サイトと、緑ヵ淵中学校の掲示板を確認した。

案の定、ホームページにミマサカリオリの遺稿が掲載されているなんて事実はなかった。緑ヵ淵中学校の掲示板にも、それらしい書き込みは見つからない。残念ながら清野の推理は外れだったということだ。

この十日間、俺たちは電波の届かない山奥で生活していた。

携帯電話を買い与えられて以降、ＳＮＳから隔離された生活を送るのは初めてのことだったけれど、決して苦痛ではなかった。満足に調べ物が出来ないことに苛立ちを覚えることはあっても、寂しさ故にストレスを感じることはなかった。

電波を受信出来たからと言って、連絡を取りたい人など一人もいない。ただ、町まで下りたタイミングで、どうしても調べておきたいことがあった。

ホームセンターとスーパーで買い出しを終えた後、寂れた食堂に入り、昼食がてら気になっていたことを調べていく。

計画的に充電してきた携帯電話の電池残量が尽きかける頃、結論が出た。

清野と同様、俺の推理もまた外れていたようだ。少なくとも欲していた情報には辿り着けなかった。しかし、予想外の方向から、困惑せざるを得ない情報を発見する。

『皆、多かれ少なかれ嘘をついていますよね』

初日の夜に清野が言っていた通り、その日、俺は一つの嘘に気付いてしまった。

それがどんな意味を持っているのかも分からぬまま、一人、戸惑うことになった。

遺稿が見つかったあの日から、共同生活の空気は変わりつつある。

続きが読めて本当に嬉しい。だが、あの原稿を誰が、どうやって入手したのかが分からないせいで、手放しで喜べない。皆の胸の中に生まれた疑念が、集団生活の空気を緩やかに汚し始めている。少なくとも俺にはそんな風に感じられていた。

共同生活を続けていく上で、濁った空気は大敵である。

だから、その日、三度目となる親睦会が開かれたのも必然だったのかもしれない。

買い出しに出掛けた人間がいるということは、新鮮な食材があるということである。

頼まれていた食材を渡すと、山際さんが久しぶりに豪勢な料理を作ってくれた。

飽食の国に生まれた俺たちは、生きることの苦労を知らない。

苦しいのは、悲しいのは、きついのは、いつだって肉体よりも心の方だった。

しかし、廃校での生活が教えてくれた。人間が働くのは食べていくためだ。食事や入浴など、当たり前と感じていた習慣ですら、決して当たり前のものではなかった。

きっと、この十日間で、俺と似たようなことを考えたのだろう。

その日の親睦会では、普段、悪態をついてばかりの佐藤までもが、素直に輪の中に入っていた。七人全員で山際さんが作ってくれた料理に舌鼓を打つことになった。

佐藤は一言も話さずに、黙々と箸を口に運んでいる。相変わらず話しかけられても、そっけなく答えるだけだ。それでも、【クレア】が緩やかに悪女の仮面を脱いでいったように、彼女も彼女なりに、仲間の一員になろうと努力しているのかもしれなかった。

七人の中で食べるのが最も遅いのは純恋だ。

小柄な彼女は、盛り付けられた量が少なくても、大抵、最後まで口を動かしている。

そんな純恋が箸を置き、全員が料理を食べ終わると、

「あの原稿の出所は分かったのか？」

珍しく佐藤が自分から話し出した。

「出所？」

「この中に、調理室の前に原稿を置いた犯人がいるだろ」

「犯人呼ばわりは可哀想だよ。全員が読みたかった原稿だ」

「それは論点のすり替えだな。三日も経つのに、まだ犯人が見つかっていないのか？」

「そもそも探していないからね」

穏やかな声で塚田さんが答える。

「真っ先に疑われたのは、あんたなのにか？」

「いとこが担当編集者だし、皆が疑いたくなる気持ちは分かるよ。でも、俺は原稿を持ち込んだ人間が、俺じゃないことを知っている。本当に何も知らないんだ」

「あんたは気にならないのか？　誰が、どうやって、原稿を手に入れたのか」

「そりゃ、気にはなるよ。だけど、名乗り出ずに置いたってことは、知られたくないってことだろ。俺は感謝しているんだ。最終巻の冒頭を読めて、本当に幸せだった。あの原稿を読めただけで、この企画には意味があったと思ってる」

「私も同じ気持ちです」

言葉を繋いだのは山際さん。

「廃校での生活は、想像していた以上に大変でした。でも、すべてが報われました」

面白くなさそうな顔で、佐藤は残りの四人を見回した。

「俺も同じ気持ちかな。あの原稿は最高だったよ」

稲垣さんが口を開く。

「不満があるとすれば、これまで以上に、続きを読めないことが苦しくなったってことかな。ミマサカリオリは残酷な小説家だよ。奇跡みたいな物語を書けるのに、続きを読ませてくれないんだから」

清野も口を開く。

「俺は先生より、世の中の奴らに腹が立って仕方ないですよ」

「無責任に批難した奴らがいなけりゃ、先生は予定通りに続きを発売していたかもしれないんだ。【ジナ】が死んだのは五巻です。まだ最終巻が残っていたのに、奴らは身勝手な論理で先生を攻撃しやがった」

語気を強める清野を見つめながら、佐藤は溜息を一つついた。

「あんたたちは全員、子どもみたいに素直だな。悩みがなさそうで羨ましいよ」

「どういう意味ですか」

「あれが廊下に置かれていた理由はともかく、大前提の疑問が残っているだろ。そいつはどうやって原稿を手に入れたんだ？」

「原稿を入手出来るのは編集者だけだ。これ以上の押し問答を続ける気もないけど、結局のところ、俺は塚田さんがいとこからデータを渡されたんだと思っているよ。盗んだとは考えたくないしね」

「稲垣さんよ。大前提が狂っている。どんなにまぬけな編集者でも、これだけ話題になっている原稿を、部外者に見せるはずがない。大体、担当編集者がデータを持っていたというスタート地点から、あんたの妄想に過ぎない。ミマサカリオリが編集者すら信用していなかったことは、インタビューを読めば分かる」

確かにミマサカリオリにはそういう節があったかもしれない。インタビューを読む限り、編集部に対しても一線を引いており、身内だとは考えていないようだった。

「編集者があの原稿を入手していたっていう推理自体、眉唾なんだよ」

「でも、それ以外に入手経路を説明出来ないのも事実だ」

「だから、あんな猜疑心に満ちた作家が、未完成の原稿を渡していたはずがないだろ」

「じゃあ、佐藤さんはあの原稿が偽物だって言いたいのか？」

「いや、本物だと思うよ」

「それこそ理屈が通らないじゃないか」

もっともな反論だった。ミマサカリオリが未完成の原稿を渡すはずがない。しかし、見つかった原稿はミマサカリオリが書いたものだ。二つの主張は矛盾している。

「塚田さん。遺族は編集部の人間にもパソコンを渡さなかったんだろ？」

「そう聞いているよ」

「窓口になっていた父親は、息子の死後、執筆用のパソコンを覗いたと思うか？」

「どうだろう。チェックしようと思って出来るものじゃないんじゃないかな。先生がパスワードを紙にでも書き残していない限り、確認出来たとは思えない」

「だが、ここで原稿が見つかったんだ。誰かが託されていたとしか考えられない」

再び稲垣さんが断定する。

「それを否定するなら、それこそクラウドなんかにデータが保存されていて……」

「だから誰がそのクラウドのＵＲＬとパスワードを知っているんだよ」

「じゃあ、佐藤さんはあの原稿が何処からやって来たと思っているんだ？　否定するのは自由だ。でも、それなら別の可能性を提示するべきだろ」

「しないなんて言っていないだろ。誰が、どうやって、原稿を入手したのか。私の推理はシンプルだよ。むしろ誰もその可能性を指摘しなかったことが、不思議なくらいだ」

「随分と自信があるんだな」

「そりゃ、そうさ。状況を整理すれば、それ以外には考えられないからな」

「教えてくれ。あの原稿は誰が、どうやって？」

一つ、呆れたように溜息をついてから、佐藤は告げる。

「人格者は小説なんて書かない。中でもミステリを書こうなんて人間は全員、漏れなく性格が悪い。人を騙すことに愉悦を感じるような人間だからな。ミマサカリオリもそういう人間の一人だ。小説家としての評価はともかく、人間性は愚劣そのものだ」

「おい。言葉を選べよ」

怒りに満ちた声で凄んだ稲垣さんを、塚田さんが手で制止した。

「最後まで聞こう」

「大樹社の発表はこうだ。『諸事情により「Swallowtail Waltz」の刊行は中止となります。長らくのご愛顧に感謝します。』掲載されたアナウンスは、それだけだった。おかしいと思わなかったのか？　諸事情って何だよ。作者の死は本人のSNSで公表されているんだぞ。『ご冥福をお祈りします』の一文くらいあってしかるべきだ」

「先生の死に事件性があったからじゃないか？」

「事件性？」

「単に病死や事故死だったなら、出版社も素直に発表したと思うよ。でも、それ以外の理由だったなら、発表には慎重さが求められる。もしも先生の死が自殺なら、後追いが出るかもしれない。他殺が疑われるなら、なおさら安易には発表出来ない」

「有名人が死んだんだ。事件なら警察が事実を発表しているだろ。自殺の場合だってそうだ。後追いを恐れて死因を明かさなかったのだとしても、作者が死んだことにまで触れないのは不自然だ」

「だったら一体何だって言うんだ。結論を言えよ。自殺でもない。他殺でもない。病死でも事故死でもないなら、ミマサカ先生は……」

「性格の悪い小説家が考えそうなことなんて、あとは一つしか残っていないだろ」

軽蔑とも嘲笑とも違う下卑た笑みを浮かべながら、佐藤が告げる。

「ＳＮＳの書き込みが嘘なんだ。ミ、マ、サ、カ、リ、オ、リ、は、死、ん、で、なんかいないのさ」


ミマサカリオリが生きている？

この期に及んで、彼女は何を言い始めたのだろう。

佐藤は協調性のない人間だ。初日から棘のある言動が目立つし、共同作業にも加わらないことが多かった。

輪に交じり、ようやく口を開いたと思ったら、ミマサカリオリが生きている？

冗談もほどほどにして欲しい。敬愛する作家の死に、俺たちファンが、どれくらいショックを受けたと思っているんだ。


「想像以上に退屈な十日間だったけどな。やっと面白くなってきたよ」

「何を言うかと思えば。先生が生きているはずないだろ」

稲垣さんが嘆息する。

「警戒心の強い小説家のパソコンから、誰かがデータを吸い出した。そんな憶測をするより、私の推理の方が、よっぽど合理的だ」

「何処が合理的なんだよ」

「続編を書けなくなったミマサカリオリは、家族を装ってＳＮＳに訃報を投稿し、自分を死んだことにしたんだよ。実際、ミマサカリオリの生存を疑う記事が、週刊誌に上がったこともあった」

『文秋《ぶんしゅう》』の記事のことを言っているのか？　それなら俺も読んだよ。でも、証拠も関係者の証言も載っていなかった。単に憶測で書かれた記事だった」

「火のない所に煙は立たない。その死に疑わしい点があったから、記事になったんじゃないのか？　ミマサカリオリが生きていたとすれば、すべてに説明がつく」

「つかないだろ。仮に先生が生きていたとして、原稿を誰が入手出来たって言うんだ。あんたの推理では、続きを書けなくなったから死んだと嘘をついたんだろ？　そこまで追い込まれた人間が、誰に未完成の原稿を渡すって言うんだよ。それとも、やっぱり誰かが盗んだって言うのか？」

「原稿を渡す必要も、盗まれる必要もない。本当に鈍いな」

何度皮肉を告げられても、稲垣さんは冷静さを保っている。どう見ても彼の方が大人の対応をしていたが、悲しいかな、気になるのは佐藤の言葉の方だった。

「じゃあ、誰が、どうやってここに持ち込んだんだよ」

「答えは一つしかない。自分で置いたんだよ」

佐藤は横柄な態度で一度、全員を見回してから、

「私たち七人の中に、い、い、い、い、ミマサカリオリがいるんだ」

低い声で、それを告げた。

5

最初に鼻で笑ったのは稲垣さんだった。

「馬鹿馬鹿しい。先生がどうしてそんなことをしなきゃいけないんだ」

「ミマサカリオリの陰湿な性格は、本を読めば分かるだろ。緑ヵ淵中学校にだって入っているさ。信者しかいない会員制コミュニティに、アクセスしない理由がない」

「だとしても、こんな企画に作者自ら参加するはずがない。いや、そもそも前提が間違っている。先生は死んだんだ」

「ソースはSNSの書き込みだけだ。次の買い出しで、大樹社の公式サイトにもう一度アクセスしてみろよ。作者の死亡はアナウンスされていない」

「作者のSNSこそが一番の公式だよ」

「だからこそ、出版社も適当な説明でお茶を濁すしかなかったんじゃないのか？　何しろミマサカリオリは、自分を死んだことにして、すべてを終わらせてやろうと考える程度には病んでいたんだからな」

「あの……俺も、そんな話は信じられないです」

勇気を出して口を挟む。

「佐藤さんの推理は、性質の悪い妄想にしか聞こえません」

思ったことを素直に伝えると、侮蔑の眼差しで見つめられた。

「広瀬。お前、焦っているのか？」

「何がですか？」

「塚田さんが三日前に口を滑らせたばかりだもんな」

何を言われているのか、すぐには理解出来なかった。

「ミマサカリオリは男だったんだろ？　生年月日は明かしていないが、インタビューに鑑みれば、二十歳前後の可能性が高い。広瀬と清野、怪しいのはお前ら二人だ」

「まさか俺のことをミマサカ先生だと疑っているんですか？　冗談も休み休み言って下さい。そんなことあるはずないでしょ。先生は死んだんだ」

強い口調で否定したのに、佐藤には響かなかった。

「お前、最初から胡散臭いんだよ。二浪していたことも隠していたよな」

「隠してなんていません。話す必要がないから黙っていただけです」

懇親会で皆とお酒が飲みたかったから、年齢を明かしたに過ぎない。

「お前の通っている大学は、浪人してまで入学する価値のある学校じゃないだろ」

あまりの言葉に、頬が引きつった。

「二年間も何をしていたんだ？　浪人中に小説を書いていたんじゃないのか？」

「学力の問題で受験に失敗しただけです。努力だけじゃ、どうにもならないこともある。皆が皆、優秀じゃないんだ」

「数百万部売れる本が書けるなら優秀だろ。そもそも、お前に学歴なんて必要ないもんな。サラリーマンの生涯年収なんて、とっくに稼ぎ終わっている」

「俺がミマサカ先生だって前提で話をするの、やめてくれませんか？　俺は小説家じゃない。そんな才能ありません」

鼻で笑ってから、佐藤は首の向きを変えた。

「清野。お前も次点で疑わしい。高校三年生には思えないんだ。児童養護施設で暮らしているって言っていたが、世間のことを知り過ぎているように見える」

「俺は十八歳ですよ。一巻が刊行されたのは三年前だ。中学生があの小説を書いたって言うんですか？」

「お前が本当に十八歳なら、そうなるな。塚田さんに見せた身分証明書は、生徒手帳だろ？　生年月日なんて簡単に書き換えられる。データで送ったのなら、画像編集ソフトで数字をいじったって良い。さて、ミマサカリオリ大先生は、どちらかな」

なめ回すような目で、佐藤は俺と清野を見比べた。

「先生は死んだんです。あなたはちょっと歪み過ぎだ。これ以上、根拠のない推理で、先生を愚弄するのはやめて下さい。先生の死を疑うなんてどうかしています」

「お前らだって大樹社のアナウンスが奇妙だったことは理解出来たはずだ」

「だとしてもです。先生を悪く言われるのは不愉快です」

「まあ、良い。この場で、すぐに認めさせられるとは思っていない。候補者はほかにも二人いるわけだしな。ミマサカリオリの正体が誰でも、今更、驚きはしない」

佐藤は自身の推理が真実であると確信しているようだった。

大樹社が出したアナウンスは、俺だって覚えている。よくよく考えてみれば、違和感を覚えないわけでもない。実際、マスメディアの中に、ミマサカリオリの生存を疑う声があったことも覚えている。だが、先生が生きていて、俺たちの中に紛れているなんて幾ら何でも突飛に過ぎる想像だ。

「ミマサカリオリはＳＮＳに家族の振りをして書き込み、自分を死んだことにした。それから身分を偽ってファンサイトの企画に参加し、遺稿を信者に読ませ、反応を楽しんだ。相当に趣味が悪いが、あの作家なら、そのくらいのことをしても不思議じゃない」

男たち四人を順番に見つめてから、

「なあ、ミマサカ先生。今、どんな気持ちで私の話を聞いているんだ？　頼むから教えてくれよ。私は、あんたのそういう歪んだところが、本当に大っ嫌いだ」

6

三度目の親睦会が解散となり、自室に戻っても、佐藤の言葉が頭から離れなかった。

ミマサカリオリは生きている。七人の中に潜んでおり、最終巻の原稿を読んだ皆の反応を見て、楽しんでいる。そんな馬鹿げた話あるものか。理性ではそう思う。

だが、執筆に使われていたパソコンやクラウドから、誰かがデータを吸い出したなんて推理と比べたら、よっぽど現実的に思えてしまう。ここで原稿が発見されている以上、佐藤の推理を頭ごなしには否定出来ないのだ。

本日の入浴は、俺が最後だった。

用務員室に内接された薄暗い浴室で、狭い湯船に浸かりながら、振り払えない疑念に思いを馳せる。

佐藤は親睦会で、真っ先に俺を疑っていた。

ただ、俺は、俺が、あのミマサカリオリではないことを知っている。

残る候補は、塚田さん、稲垣さん、清野の三人だ。

言動を踏まえて考えるなら、最も可能性が高そうなのは清野だが、彼は高校三年生である。デビュー年を思えば、さすがに無理があるだろう。ただ、佐藤も言っていたように、清野が年齢を偽っていたなら話は変わってくる。清野は初日の夜に『皆、多かれ少なかれ嘘をついていますよね』とも、『俺もすべてを正直に話しているわけじゃない』とも話していた。

このコミュニティの中に、本当にミマサカリオリがいるとして、本人が隠し通そうと考えているなら、そう簡単には見抜けないはずだ。

清野とは初日の夜に星を眺めて以来、よく二人で喋るようになった。

彼は思慮深く、時に年齢からは想像もつかない鋭い発言をする。その言動にハッとさせられたことも、一度や二度じゃない。それでも、年齢を考えるなら、二十四歳の稲垣さんや、二十六歳の塚田さんの方が、候補としては現実的であるように思う。あの二人がセンシティブな小説を書いている姿は想像しにくいけれど、ミマサカリオリは天才である。演技で人格を虚飾していても不思議ではない。

憧れの小説家が、同じ屋根の下にいるのかもしれない。その可能性を思うだけで、吐き出す息にまで色がつくような気がした。

浴槽の水は、翌日以降に校内で再利用する。

お湯を張ったまま上がり、薄暗いランタンの灯りを頼りに、髪が乾くのも待たずにジャージに着替えていたら、誤ってゴミ箱を倒してしまった。

膝をかがめて、手を伸ばしたところで気付く。散乱したゴミの中に、コンタクトレンズが落ちていた。ソフトタイプの使い捨てだ。

七人の参加メンバーの中で、眼鏡をかけているのは山際さん一人である。ほかのメンバーを見ていて、目が悪いのかなと感じたこともない。勉強も運動も苦手だけれど、俺も視力だけは無駄に良かった。

これを残していったのが男か女かも分からないけれど、一体、誰だろう。

日没後の校舎は、気持ちの良い場所ではない。人の気配がないこちらの棟は、なおさらである。朽ち果てた塗料の缶や錆まみれの工具は、その存在だけで不気味だった。ランタンを手に廊下に出ると、思わぬ顔が待っていた。

「……佐藤さん」

夜に廊下で待ち伏せするのは卑怯だと思う。驚き過ぎて心臓が止まるかと思った。

「どうしたんですか？　こんな所で」

初日に啖呵を切った引け目があるのか、彼女は今日まで風呂に入っていない。日中、裏の小川で、洗濯がてら水浴びをしているようだが、そんなことでは身体も休まらない。国民的アニメの台詞じゃないが、風呂は命の洗濯なのだ。彼女が四六時中、苛々しているのは、風呂に浸かっていないことも遠因にある気がする。

「もしかして、こっそり風呂に入りに来ました？　追い炊きしましょうか？」

「気持ちの悪いことを言うな。赤の他人が入った後の風呂になんて入れるかよ」

「疲れが溜まっているでしょ。風呂に浸かったら癒やされますよ。まあ、他人が入った後の風呂が嫌って気持ちも分かりますけどね。じゃあ、明日、一番に入れるよう、俺から皆に話します。もちろん、佐藤さんに頼まれたなんて言わないので安心して……」

「偽善者が」

苦虫を嚙み潰したような顔で吐き捨てられた。

「風呂になんて入らなくて良いって言ってるだろ。言葉を、言葉のまま理解しろよ」

「じゃあ、何をしに来たんですか？　こんな時間に」

「お前に話があっただけだ。一階に下りた時に、お前が用務員室に向かうのが見えたんだよ。誰もいない場所で話したかったから、好都合だった。今日はお前が最後に風呂に入るって聞いていたしな」

「じゃあ、俺が上がるのを、ずっと待っていたんですか？　すみません。長風呂で」

待っていると知っていたなら、もう少し早く上がったのに。今日は最後だったから、いつも以上にゆっくりしてしまった。

「立ち話もなんですし、用務員室に入りませんか？　椅子もあります。人に聞かれたくない話なんですよね」

促すと、佐藤は素直に部屋に入って来た。

室内には踊り場にあった巨大な鏡が運び込まれている。背後に立つ佐藤は、鏡越しでも仏頂面のままだった。

用務員室の扉は鍵つきだが、佐藤がそれをかけることはなかった。

考えてみれば、俺は男で、彼女は女である。密室にはしたくないだろう。

鏡の前に置かれていたパイプ椅子を、彼女の前に置いた。パイプは腐食が進んでいるものの、座面は山際さんが廃屋にあった布地で補強しているため、抵抗感なく座ることが出来る。しかし、佐藤は見向きもしなかった。

「俺に話って何ですか？」

「さっきの話の続きに決まっているだろ」

「先生が生きているって話ですか？」

「違う。ミマサカリオリが誰かって話だよ」

「原稿がここにあった理由を説明するって意味じゃ、納得のいく推理でした。でも、やっぱりミマサカ先生のように賢い作家が、ＳＮＳであんな稚拙な嘘をつくとは思えません。社会的に自分を抹殺する行為だし、嘘がバレたら次は炎上じゃすまない」

「つまり、お前はミマサカリオリがここにいないと考えているんだな？」

「先生と一緒に『Swallowtail Waltz』をなぞっているなんて、夢のような話です。ですが現実的に考えるなら」

率直な思いを告げると、鼻で笑われてしまった。

「まあ、お前は、ミマサカリオリがここにいるって前提の話には乗ってこないだろうと思っていたよ」

「含みのある言い方ですね」

至近距離で見ると、よく分かる。彼女の派手な金髪は自分で染めたものだ。もしかしたら染めたのではなく、脱色しただけの可能性もある。明らかにむらがあるし、共同生活で身に着けている服装は、軽薄な印象を受けるものばかりだ。

町で会ったら絶対に近付かない。たとえクラスメイトでも、友達になることは絶対にない。そんな彼女の鋭い眼光が、俺を捉えていた。

「私はお前がミマサカリオリだと思っている」

「何を思うのも佐藤さんの自由です。ただ、俺は自分がそんな大それた人間ではないと知っています。叶うなら先生のような才能が欲しかったですけどね」

「お前は二十一歳だって言っていたな。ミマサカのデビューは三年前。執筆に一年、応募から出版までに、もう一年かかっていたとしても、十分に成立する年齢だ。清野が本当に高校三年生なら、ミマサカリオリはお前しか有り得ない」

「稲垣さんと塚田さんもいるでしょ」

「仮に塚田さんがミマサカリオリなら、素性を隠すために性別は明かさない。大体、塚田さんや稲垣さんみたいな男は、SNSで死を偽装したりしないよ。どう見ても病んでいないからな」

「心の奥に何を抱えているかなんて分からないでしょ」

「十日も一緒に暮らしているんだ。本質も見えるさ。『Swallowtail Waltz』は人間の心の病巣を弄ぶ陰湿な小説だ。あんな本を書けそうな男は、お前と清野だけだし、清野は若過ぎる。幾ら天才でも中学生に書ける小説じゃない。消去法で考えれば、お前しかいないんだよ」

「でも、その推理には根拠がない。先生がここにいるとは限りません」

「あの原稿が本物だと全員が認めたはずだ」

「塚田さんが、いとこからかすめ取ったんじゃないですか？　先生が生きているなら、そんなに嬉しいことはないですよ。でも、佐藤さんの推理は信じられません」

「あくまでも自分がミマサカリオリだとは認めないってことか」

「最初からそう言っています」

佐藤は一度、溜息をついた。それから、

「中里純恋が可愛いか？」

下卑た笑みを浮かべて、脈絡もなくそんなことを聞いてきた。

「次は何の話ですか？」

「随分と打ち解けたみたいじゃないか」

「……別に、あの子と話すようになったのは、俺だけじゃないですよ」

「二人きりで水を運んでいるのを見たぞ」

「なりたくて二人きりになったわけじゃありません。お互い、自発的に動くのが苦手だから、塚田さんたちの指示に従っていると、仕事が一緒になるだけです。邪推されるのは不愉快です」

「純恋はストーカーまがいのファンだったんだろ？」

「何ですか、それ。そんな話、知りませんよ」

「毎週、長文のファンレターを編集部に送っていたそうじゃないか。半年に一回しか出版されない本に、何をそんなに書くことがあるんだ？」

「だから俺に聞かれても分かりません」

「ファンというより『狂信者』だと思わないか？」

「思いませんね。俺はファンレターを書いたことがありません。でも、先生に伝えたいことなら、語り切れないくらいにある。あんなに面白い小説を書ける作家は、ほかにいません。俺はやっぱり、今でも続きが読みたいです」

「白々しいことを」

佐藤は俺の反論に耳を傾ける気がないようだった。

「純恋が繰り返し原稿を読む姿を、お前は見つめていたじゃないか。信者が目の前で新作を貪るように読む姿を見るのは、さぞかし楽しかっただろうな。要するに、お前は救われたいんだろ？　自分を崇め奉る信者に囲まれて、傷ついた心を癒やしたいんだ。違うか？」

「違います。大体、佐藤さんが言っていることは変ですよ」

「何が変なんだ。言ってみろ」

「本当に俺のことをミマサカリオリだと思っているなら、そんな態度にはならないでしょ。憧れのミマサカ先生を前にしたら、そんな口はきけないはずだ」

「なるほど。お前にしては筋の通った主張だな」

「本当は佐藤さんだって俺がミマサカリオリだとは思っていないんだ。だけど、わずかでも可能性があるならと考えて、鎌をかけている」

「残念ながら見当外れの断定だ。私はミマサカリオリがいるなら、年齢的にお前しか有り得ないと確信しているからな」

「年齢なんて幾らでも誤魔化せるでしょ。俺は清野が年上でも、純恋ちゃんが中学生だったり、逆に二十歳だったりしても驚きません。女の人の年齢なんて見た目じゃ判断がつかない」

「よく動く口だ。いつか尻尾を摑んでやるからな」

「好きにして下さい」

仮に、本当にここにミマサカリオリがいるのだとして、先生が正体を明かしたくないと考えているなら、俺は無理に暴きたいと思わない。だが、彼女は違うのだろう。

ミマサカリオリを表舞台に引き出し、問い質したいことが山ほどある。

きっと、佐藤もまた、迷惑なまでに、あの作品に魅了された人間の一人なのだ。

7

入浴後に待ち伏せされた翌日。

朝から歩き回り、山菜を収穫して廃校に戻ると、笑顔の山際さんが、小皿を差し出して来た。そこに載せられていたのは……。

「うわ、めちゃくちゃ美味しいです。……これってベーコンですか？」

「時短レシピで作ったんだけど、それでも出来たては美味しいよね」

「はい。俺、こんなに美味しいベーコンは食べたことがありません」

「空腹は最高の調味料だからね」

「いいえ、腹が減っていなくても、絶対に美味しいです。お店で出せると思います」

何日か前に、山際さんは廃屋で発見した燻製機を、グラウンドに運び込んでいた。昨日の買い出しでは、燻製チップと豚バラを頼まれていたし、昨日の夜から何か作っているることにも気付いていたが、まさかろくに機材も揃っていないこんな場所で、ここまで本格的な燻製が完成するとは夢にも思っていなかった。

「美味しいうちに皆に食べて欲しいんだけど、稲垣さんと佐藤さんが見つからないんだよね。広瀬君、二人を見なかった？」

「見ていないです。佐藤さんはまだ部屋で寝ているんじゃないですか？」

「美術室も確認したんだけど、いなかったんだよなぁ」

ならば珍しく山菜採りにでも出掛けたんだろうか。


山際さんが腕によりをかけたという豪勢な昼食を食べた後、調理室で後片付けをしていたら、塚田さんに小声で話しかけられた。

「広瀬君。少し相談があるんだ。後で部屋にお邪魔して良いかな」

「はい。ここでは話せないようなことですか？」

調理室には今、五人の人間がいる。窓際では山際さんの指示を受けながら、純恋と清野が保存食を作ろうと奮闘していた。

「二人きりで話したくて」

「分かりました。俺も聞きたいことがあったので、丁度良かったです」

「そうなの？」

「はい。引っかかっていることがあって。良い機会なので」

「分かった。じゃあ、後片付けが終わったら伺わせてもらう」

初日の夜、清野は、塚田さんと山際さんのことを夫婦ではないかと疑っていた。

推測の真偽はともかく、七人の中で二人が特別に親しい関係であることは間違いない。塚田さんが山際さんにも聞かれたくないこととは何だろう。

塚田さんは十一日間、共同生活のリーダーとして、生い立ちも個性も違う七人をまとめてきた。山奥の廃村で今日まで平穏な生活を送れているのは、彼のリーダーシップによる部分が大きい。

作中では序盤から問題が頻発していたし、塚田さんのロールモデルである【カラス】は主人公の【ヒナト】と共に、日々、煩雑な難題に悩まされていた。それが物語の面白さを加速させていたわけだけれど、当事者の立場なら、トラブルなんてない方が良いに決まっている。衣食住いずれにも不満はあるが、耐えられないほどではない。

現実的に考えるなら、出来過ぎと言えるほどに、上手くいっているように思う。

この企画のそもそもの目的である、物語の結末は見えていない。それでも、大好きな小説を、この身でなぞっているという充足感があった。

後片付けを終え、自室で待つこと十分。

やって来た塚田さんから二メートルほどの距離を取り、椅子に腰掛けた。

「相談って何ですか？」

「もうすぐ二週間になるだろ。何か気になっていることや、大変なことはないかなって思って」

主催者として参加者の現状を把握しておきたいということだろうか。

気になっていることなら、もちろんある。ただ何処まで話して良いかが分からない。

「何度か佐藤さんに絡まれていたよね。大丈夫だった？」

「どうしていつも、あんなに苛々しているんでしょうね。まあ、気にしても仕方ないのかなと思っています。これが終われば、二度と関わることもないでしょうし」

俺の答えを聞いて、塚田さんは苦笑いを浮かべた。

「稲垣君も似たようなことを言っていたよ。非協力的な態度を続けるなら、何で参加したんだって」

「小説の中にもトラブルメーカーはいましたから」

「そういう人間がいないと物語の動きも鈍くなるしね」

「あれ。じゃあ、はじめからそういう意図でエントリーさせたんですか？　佐藤さんのロールモデルは【クレア】ですよね。物語と同じ働きを期待していたとか」

「【クレア】に近い年齢の女性と考えて、佐藤さんに打診したのは事実だね。でも、コミュニティを引っかき回して欲しいとは考えていなかったよ。その人がどんな性格かなんて実際に会ってみるまで分からない」

確かに言われてみれば、その通りだ。参加に際し、面談のようなことはされていない。幾つか簡単な質問に答えてはいるが、それだってメールでのやり取りだったし、塚田さんは俺たちの人格を把握していなかったはずだ。

「さっき、広瀬君も俺に聞きたいことがあるって言っていたよね。それは何だろう」

教室の扉は、どちらも閉まっている。それを確認してから、

「単刀直入に質問します。塚田さんと山際さんは恋人ですか?」

「藪から棒にどうしたの。俺たちはそんな関係じゃないよ」

「でも、二人は共同生活が始まる前からの知り合いですよね。初日から特別に親しく見えていました」

「この企画を最初に相談したのが山際さんなんだ。だから、信頼しているという意味でなら、間違いではないかな」

「では、恋人でもないし、この企画が立ち上がる前からの知り合いではないと?」

「山際さんに最初に声をかけたのは、サイト内で何度かやり取りをしたことがあったからだ。そういう意味では、以前からの知り合いかもしれないね」

肯定とも否定とも取れる口調で、塚田さんは淡々と答えたが、正直、はぐらかされているようにしか思えなかった。

「昨日、買い出しで町まで下りた時に、皆のことを調べたんです。ＳＮＳ全盛の時代だからかな。六人の名前を検索して、二人が引っかかりました。ヒットしたってだけなら佐藤さんもか。同姓同名が沢山い過ぎて、ここにいる彼女は見つけられませんでしたけど、残りの二人は、ここのメンバーで間違いありません」

「検索に引っかかったのは誰？」

「稲垣琢磨さんと山際恵美さんです」

稲垣さんはともかく、後者の名前を出せば、塚田さんは何らかの反応を示すはずだ。そう予想していたのだけれど、彼の顔に貼り付いた表情は変わらなかった。

稲垣さんのロールモデルは【ルナ】の恋人だった【カブト】であり、山際さんのロールモデルは【ルナ】の姉の【ノノ】だ。【ルナ】の死後、悲しみを共有する二人には、浅からぬ絆が生まれていく。

作中で密接な関係性にあった彼らをロールモデルとする二人を、俺はインターネット上で発見していた。

「稲垣さんはプロのアスリートです。カヌーで国際大会に出場していました」

「スラロームの選手だったみたいだね」

「知っていたんですか？」

「うん。参加を打診した時に、本人が教えてくれた。川が近くにあれば、力になれることが色々あると思うよって。競技の方は二年前に引退したみたいだけどね」

そこまでは知らなかった。俺が発見したのは競技記録と顔写真だけである。写真の中の稲垣さんは、髪を短く刈り込んでおり、今ほど癖毛も目立っていなかった。

「どうして引退したんですか？　年齢的にも充実する時期ですよね」

「慢性的な怪我を肘に抱えていて、見切りを付けたらしい。彼が自分の経歴を皆に話さなかったのは、付加的な印象が加わることで、自分のイメージが【カブト】から遠ざかることを避けたかったからじゃないかな」

稲垣さんには悪いが、一般人からしたらカヌーはマイナー競技である。

ニュースを読むまで、俺はオリンピックでメダルを取った日本人がいたことすら知らなかった。たとえ有望選手であっても、引退は記事にならなかったということだろう。

まあ、良い。稲垣さんには同情するが、話したいのは彼についてじゃない。

「もう一人、俺が聞きたかったのは、山際さんについてです。何人か同姓同名の人間がヒットしましたけど、写真で本人を確認しました。彼女は家事手伝いと話していましたけど、それは嘘でした」

この教室で対峙してから、初めて塚田さんの表情が陰った。わずかかもしれないが、俺の目にはそう見えた。

「論講社《ろんこうしゃ》の文芸編集者。記事の中で、山際さんの肩書きはそうなっていました」

「やっぱりその記事を見ていたんだね。昨日から広瀬君の態度がおかしいって、本人が気にしていたんだ。十中八九、あの記事を見たんだと思っていたよ」

「ご存じだったなら話は早いです。塚田さん。山際さんは家事手伝いなんかじゃなかった。出版社の社員です。ミマサカ先生とも繋がりがあったんじゃないですか？」

「彼女が出版社を退職しているとは考えないの？」

「考えませんね。最終巻の原稿が見つかっている以上、ミマサカ先生に近しい人間がここにいると考える方が自然です」

「でも、『Swallowtail Waltz』は論講社ではなく大樹社の本だ。山際さんが現役の編集者だとしても、ミマサカ先生との繋がりはない。音羽グループとは系列も違うしね」

「随分と詳しいんですね」

俺にはもう彼が色々なことを誤魔化しながら話しているようにしか見えなかった。

「最終的な推理を話して良いですか？」

「どうぞ」

「山際さんは現役の編集者で、ミマサカリオリと面識がある」

「ミマサカ先生と会ったことがある編集者は、一人もいないよ。公式サイトに掲載されたインタビューで、担当編集者がそう答えているだろ」

「ミマサカ先生にはSNSから連絡を取ることが出来ますよね。あれだけの人気作家です。他社の編集者が放っておくはずがない」

「大樹社の編集者を差し置いて、他社の編集者に会うとは思えないけど」

「ないとは言い切れません」

「まあ、そうだね。可能性を語るのは自由だ」

「俺、考えたんです。佐藤さんが推理していたように、やっぱり先生はここにいるんじゃないかって。最初は清野を疑ったけど、山際さんが編集者だったと知り、別の可能性を考え始めました。塚田さん、あなたがミマサカリオリなんじゃないですか？　山際さんはあなたをサポートするために、ここに来たんじゃないですか？」

俺はずっと、塚田さんのロールモデルを、リーダーである【カラス】なのだと考えていたけれど、本当は彼こそが創造主であり……。

「さっきまで俺たちを恋人と邪推していたのに、今度は編集者と作家か」

「少なくとも俺が読んだ記事がアップロードされた時点では、山際さんは論講社の編集者でした。同じ眼鏡をかけている顔写真を見ていますから、間違いありません。スクリーンショットを撮ってきたので、お見せしましょうか？」

「いや、必要ないよ。その記事は俺も読んだことがある」

憂いを帯びた微笑が、塚田さんの顔に浮かんだ。

「広瀬君。俺は、君に、話があるんだ。だから、この部屋に来た」

「今、話しているじゃないですか」

「真剣な話だ」

「俺はずっと真剣です」

「そうだね。じゃあ、君の質問に答えるよ。俺はね、本当は……」

8

その時は、何の前触れもなく訪れた。

共同生活が二週間目を迎えたその日、昼食のタイミングで調理室に久しぶりに七人が揃った。

そして、七人が席に着くと、不意に、

「食べ終わったら、俺はここを出て行くよ」

稲垣琢磨さんが、そう告げた。

呆気に取られていたのは俺だけじゃない。感情をほとんど表に出さない純恋も、会話に交じることの方が少ない佐藤も、戸惑いを浮かべていた。

稲垣さんはこのコミュニティの中で、ある意味、最も重要な人間の一人である。

狙いたいと言っていた猪や雉を捕まえることは出来なかったけれど、連日の釣果でタンパク源を供給してくれていたし、野草にまつわる知識も圧倒的だった。

食べられる物と食べられない物は、図鑑を見れば分かる。しかし、そもそもそれらをどんな場所で、どうやって探せば良いかが分からない。この二週間、彼はリーダーである塚田さんや潤滑油である山際さんよりも、重要な役割を果たしていた。

「休学して最後まで残るか、学生生活に戻るか、二週間で決めようと思っていたんだ。このタイミングで戻れば、前期の試験に間に合うからな」

「結局、現実を忘れて馬鹿にはなれなかったってことか？」

棘のある口調で佐藤が尋ねたが、

「いや、決め手はあの原稿だよ」

穏やかな眼差しで、稲垣さんは淡々と回答した。

「最終巻の冒頭を読めたことで、心が決まった。ミマサカリオリは天才だった。ミマサカリオリだけが特別だった。皆もあの原稿を読んで似たようなことを思ったんじゃないか？　俺はあんなに面白い小説を読んだことがないよ。あんなに続きが気になる話、漫画でも、映画でも、ドラマでも、見たことがない」

「分かりません。だったら、どうしてですか？　『Swallowtail Waltz』が大好きだから、ここで物語をなぞっているんじゃないんですか？」

「続きが読めないなら、もちろん、そうしたさ。でも、佐藤さんが言った言葉を信じてみたくなったんだ。ミマサカリオリは生きている。そして、俺たち七人の中にいる。今でも夢みたいな話だと思っている。でも、信じてみたいんだ。ここにミマサカリオリがいるなら、この共同生活がきっかけになって、続きを書いてくれるかもしれない」

似合わない熱っぽい口調で、稲垣さんは続ける。

「『Swallowtail Waltz』の続きを読めるかもしれないなら、俺がここで生活を続ける意味もない。正直、俺みたいな人間が、先生の創造力の助けになるとも思えないしな」

「おめでたい男だな。あんたは勘違いしているよ」

いつもの人を小馬鹿にしたような顔で、佐藤が笑う。

「ミマサカリオリは続きを書きたくないから、自分を殺したんだ。何をどう考えたら、続きを書いてくれるなんて発想になるんだよ」

「そうだな。佐藤さんの言う通りかもしれない。SNSの書き込みが嘘だと分かれば、炎上どころの騒ぎじゃすまない。そんなことは分かっているよ。でも、何か考えがあったから、先生は最終巻の原稿を読ませてくれたんだろ?」

稲垣さんの訴えに対して、佐藤はもう何も答えなかった。

「引き留めるのは無理か?」

しばしの沈黙を経て、塚田さんが口を開いた。

「俺は先生が生きているなんて話、眉唾だと思っている。ましてや、ここに先生がいるなんて到底信じられない。ただ、もしもそうなのだとしたら、先生は君に残って欲しいんじゃないかな。君がいなくなれば、クオリティ・オブ・ライフは確実に下がる」

「それはまた別の話ですよ。俺は先生と一緒にいたいわけでも、生活のお手伝いがしたいわけでもない。ただ、続きが読みたいだけです。その可能性が見えた以上、この生活を続ける意味がない」

塚田さんの引き留めに対しても、稲垣さんが首を縦に振ることはなかった。

「俺は子どもの頃から、プロのアスリートを目指していた。オリンピック出場を目標にして、青春時代をすべて捧げてきたし、その目標を叶えるためだけに大学も選んだ。でも、肘を壊してしまって、落ち込んで、人に言えないような恥ずかしい荒み方をしてしまった。付き合っていた彼女に見切りを付けられて、別れを告げられた時に渡されたのが『Swallowtail Waltz』だった」

稲垣さんの顔に浮かんでいるのが、後悔なのか、それとももっと別の何かなのか、俺にはよくわからなかった。

「『これを読んで、少しは人の気持ちを理解して』って、彼女に言われた時は、正直、何だよって思った。小説なんかで人間の心は学べない。そう考えて、一週間くらい放置していたんだけど、読み始めてからは、あっという間だった。人間の心だとか大仰なことは俺には分からない。でも、どうしようもないほどに面白かったんだ。こんなに面白い小説が世の中にあるんだって感動して、たったそれだけのことで救われたみたいな気分になった。すぐに続きを買いに行って、読み終わった勢いで、緑ヵ淵中学校にも入った。あの日から、俺はずっと、結末を読む日だけを楽しみに生きてきた。新しい目標はまだ見つかっていないけど、読みたい本があるから頑張ろうって思えた。こんな気持ち、皆には分からないかな」

「分かります」

答えたのは意外にも純恋だった。

「私は分かります」

短い言葉だったが、少女の思いは、稲垣さんに伝わったらしい。それが、彼の両目に浮かんだ小さな雫で分かった。

「こんな風に中途半端な形で離脱することを、謝りたい」

「謝罪は必要ないよ。最初に言った通り、ルールは『Swallowtail Waltz』に準拠する。いつ、どんな理由で、出て行くのも自由。誰にもそれを責める権利はない。稲垣君が参加してくれて良かったよ。本当に助かったし、楽しかった」

「ありがとう。俺も塚田さんに感謝しています。もちろん、皆にも」

仲間たちと握手をしてから、稲垣さんは最後の一人に向き直る。

輪から少しだけ外れていた佐藤だ。

「あんたは俺のことを仲間だと思っていないだろ？　安心してくれ。俺もあんたのことは仲間だなんて思っていない。でも、感謝はしている。最終巻を読めるかもしれないって希望をくれたのは、あんただ。あんたのお陰で、自分の人生に戻ることが出来る」

「私はミマサカリオリが趣味の悪いことをしていると告発しただけだ」

「そんな風に怒ってばかりで疲れないか？」

「大きなお世話だ」

「まあ、良いや。ここに残るなら、あんたも体調に気をつけて頑張りな」

稲垣さんは俺たちに向き直り、五人の顔を見回す。

「最後に一言。ここにいるかもしれないミマサカ先生に」

そう告げた稲垣さんが見つめていたのは、俺だった。

「素晴らしい作品を生み出してくれて、ありがとうございます。世の中の奴らが何を言おうと、俺は先生の作品に救われました。何年でも待ちます。どんな結末でも受け入れます。だから、先生が書きたいものを書いて下さい。そして……」

深々と頭を下げて、

「いつか、それを俺に読ませて下さい！」

よく通るその声で、純真なる願いが吐き出された。

共同生活が始まって二週間。

初めての離脱者は、サバイバル生活に誰よりも精通していた稲垣琢磨さんだった。

第四話

さよならも言えない

1

電波も届かない廃村での共同生活である。何もかもが順風満帆に進んでいたわけじゃない。それでも、頼りになる大人たちのお陰で、覚悟していたよりも快適な生活を送れていたように思う。

しかし、稲垣琢磨さんの退場により、企画は大きく揺れ動いていくことになった。自分たちで用意したルールまでもが枷となり、共同生活は次第に、きつく、苦しいものへと変わっていった。

稲垣さんは釣り竿を残していってくれたけれど、知識だけで同じことは出来ない。アウトドアでの活動は、稲垣さんに頼りっぱなしだった。清野と純恋と三人で出掛けた時ですら、そうだった。前日にアドバイスをもらったスポットに向かったに過ぎない。

山で収穫出来る山菜や果実についても、元ボーイスカウトである稲垣さんが、誰よりも精通していた。付け焼刃の知識では、どうにもならないこともある。図鑑と見比べるだけでは確信が持てない。写真と少し違うだけで、怖くなる。それが本当に食べて良い物なのか、俺たちだけで判断するのは至難の業だった。

初日の話し合いで、買い出しは必要最低限にすると決めている。

必要な物すら揃っていなかったスタート直後はともかく、ある程度、生活が安定してからも買い出しに頼るのでは、廃村で生活する意味がない。頭では分かっているのに、稲垣さんの離脱によって顕在化した食料事情を改善するため、買い出しの頻度は必然的に上がってしまった。

ここにきての気温上昇もまた、大きな悩みの種の一つである。拠点としている廃校は、山中の奥深くにあり、平地よりは涼しいが、夏の到来と共に蒸し暑さが増してきた。当然のことながらエアコンは存在しない。扇風機は校舎にも廃屋にもあったけれど、残念ながら電気が通っていない。暑さをしのぐ手段は、ほとんど皆無と言って良かった。そして、もう一つの大問題は……。

共同生活が思いのほか上手くいっていたのは、主催者である塚田さん、知識の豊富な稲垣さん、母のような存在の山際さん、三人の大人が各自の能力を存分に発揮していたからである。

しかし、ここに来て、山際さんの体調不良が深刻なものになってきた。

「私、暑さに弱いから、夏になってからが心配だな」

彼女は初日からそんな風に話していたけれど、恐らく根幹の原因は気候の変化じゃない。皮肉ばかりを吐く佐藤の言動に当てられ、精神が参ってしまったのだ。

底抜けに優しい山際さんは、毎日、佐藤に根気強く話しかけていたが、あんな風に辛辣な反応ばかりされていたら、いつかは滅入ってしまう。

山際さんはずっと、佐藤と皆の仲を取り持とうと頑張っていた。だが、次第に諦めの色を滲ませるようになっていき、同時に、心の弾力みたいなものも失ってしまった。どう見ても、メンタルをやられ始めていた。

佐藤の言動にストレスを感じているのは、山際さんだけじゃない。

最終巻の原稿が見つかって以来、「お前がミマサカリオリだろ」と、俺は何度も詰問を受けている。清野も同様だ。佐藤は俺か清野がミマサカリオリであると決めつけている。何度説明しても、どちらかが嘘をついていると言って、譲らなかった。

話が通じない人間の相手をするのは、心底、疲れる。

ただ、それでも、あの子に比べれば、まだマシだった。

佐藤が誰よりも目の敵にしているのは、最年少の純恋である。

小柄な純恋は、力が弱く、不器用で、体調もすぐに崩してしまう。共同生活を送る上では、単純にお荷物であり、標的になりやすかった。毎日のように「狂信者」と罵られ、嘲りの対象とされていた。

もう六人しかいないのだ。残った人間で協力して、楽しく生活していきたいのに、たった一人、輪を乱す人間がいるせいで、空気が日に日に重くなる。

稲垣さんがコミュニティから退場してから一週間後。

夕食の席で、またしても佐藤が純恋に対し、性質の悪い絡み方をした。

いつものように言いたいことだけを言い、後片付けもせずに佐藤が去った後で、我慢出来なくなった清野が憤慨の声を上げた。

「塚田さん。あの人は本当に『Swallowtail Waltz』のファンなんですか？」

清野の気持ちはよく理解出来る。作中にも【クレア】というトラブルメーカーがいたが、ここは現実の世界である。とてもじゃないが、ファンの態度とは思えなかった。

「彼女も緑ヵ淵中学校の一員だよ」

「それって別にファンの証明にはならないですよね。だってアンチが狙うのは、ファンが多く集まる場所じゃないですか」

「俺は管理人じゃないから、基準は分からない。ただ、アンチと認定されたアカウントはブロックされていたはずだ」

「もう一台、携帯電話を用意して、メールアドレスを変えれば、別アカウントを簡単に作れます。塚田さんはどんな基準で、この企画の参加者を選んだんですか？」

「一つ目の基準は、二年以上、緑ヵ淵中学校にアクセスしていたことかな。彼女の最初の書き込みは、二巻が発売される前のものだ。書き込みの頻度はともかく、古参であることは間違いない。あんな性格の人だとは思わなかったけど」

「問題あり過ぎでしょ。作品の世界を再現しようとしているんだから、ファンなら協力しなきゃいけないはずです。純恋ちゃんへの態度は見ていられません。ほとんど、いじめじゃないですか。山際さんの元気がないのだって、佐藤さんのせいでしょ」

昨日から山際さんは自室で休んでいる。女性陣の部屋は二階の音楽室であり、食事は一緒に寝泊まりしている純恋が運んでいるため、俺は顔も見ていない。

「彼女は熱が出たらしい」

「実際に確かめたわけじゃないですよね。佐藤さんと顔を合わせたくなくて、仮病を使っているとは考えないんですか？」

我慢の限界なのだろう。清野の不満は止まらない。

「作品のルールに準拠したいというのは分かります。でも、こんなのおかしいじゃないですか。追い出さないにしても注意すべきです」

「もちろん、何度も話したよ。でも、聞き入れてもらえなかった」

「じゃあ、主催者権限で追放するなり……」

「そんな権利は誰にもない」

「それなら皆で話し合って、合意の上で退場してもらうとか」

「賛成は出来ない。出て行くのは自由だけど、周りがそれを強制するのはなしだ」

「でも、そんなことをやっていたから、稲垣さんが出て行ったんじゃないですか？　山際さんまで出て行ったら、本当に終わりますよ。純恋ちゃんは料理が苦手だし、あの女は協力してくれない。ただでさえ食事に不満が溜まっているのに、唯一、料理が出来る山際さんまでいなくなったら……」

「清野君。山際さんはコックじゃないよ。それに、料理は女性だけの仕事じゃない」

「でも、力仕事は俺たちがやっているんだから……」

「それも最近は、水汲みと薪拾いくらいじゃないかな」

「塚田さんは危機感が足りないと思います。俺は社会から離脱する覚悟で、ここに来ました。でも、塚田さんは駄目になったら戻れば良いって考えているから、問題を解決せずに先延ばしにしている」

「そうだね。俺は共同生活が破綻したら、東京に帰れば良いと思っているよ。でも、余暇の延長とは考えていない。俺だって、ここで真剣に暮らしている」

多分、この話は最後までまとまらないだろう。そんな予感は的中し、平行線の話し合いが、そのまま三十分以上も続いていった。


塚田さんはトラブルメーカーとなっている佐藤に、注意喚起以上のアクションを起こす気がない。そして、そんな塚田さんの気持ちを、清野が理解することも有り得ない。人と人が分かり合うのは難しいとか、そういう哲学的な話ではなく、単に塚田さんが本当のことを話していないからだ。

だから、俺は二人の話し合いが物別れに終わった後で、塚田さんの部屋に向かった。

「清野にはまだ話していないんですね」

きちんと確認しておきたかった。

彼が何を考えて動いているのか、きちんと理解しておきたかった。

「そうだね。言っていない」

「どうしてですか？」

それを俺には説明したのに、清野には説明しなかった理由を知りたかった。

「一度でも聞いてしまったら、以前の世界には戻れないからかな」

「言いたいことは分かります。でも……」

「この判断が正しいのか、それとも間違っているのか、俺にも分からない。でも、皆がこんな無謀な企画に参加したのは、『Swallowtail Waltz』を愛しているからだろ。俺はそこにだけは嘘がないと信じている。だから、もう少しだけ、このまま続けたいんだ」

「清野には限界が近付いていると思いますよ」

そんな俺の言葉に、塚田さんは小さく笑うだけだった。


そして、二人が佐藤のことで火花を散らしてから二日後の夜。

懸念を具現化するように事態が動いた。

寝込んでいた山際さんが復活し、夕食の宴に笑顔が戻ったのも束の間。

「ごめんなさい。私は明日の朝、自宅に戻ろうと思います」

穏やかな口調で、彼女がそれを告げた。

2

二十六歳、女性陣の最年長である山際恵美は、共同生活における良心であり、潤滑油であり、半ば母のような存在だった。

彼女の退場は、単なるマイナス一以上の意味を持つ。

山際さんは七人の中で、料理を得意としていた唯一のメンバーだった。生活の質に直結する能力もさることながら、最大の問題は、残る二人の女性が、相性最悪と言って良い佐藤友子と中里純恋の二人であることだ。自己主張が希薄な純恋のことを、佐藤は初日から嫌悪している。ほとんど八つ当たりのような態度も酷くなる一方だ。

山際さんの決断に誰もがショックを受けていたけれど、純恋のそれは俺たちの比ではなかった。稲垣さんが帰ると宣言した時は、戸惑いの表情を浮かべただけだったのに、今回は口をポカンと開けて、今にも泣き出しそうな顔をしている。

山際さんは人慣れしていない純恋に目を留め、孤立しないように気遣っていた。

純恋は当初、山際さんに対しても、警戒心を剝き出しにしていたように思う。しかし、彼女の柔らかいオーラと粘り強い優しさにほだされ、いつしか自然とその後ろについて回ることが多くなった。山際さんの料理を誰よりも手伝っていたのも純恋である。

長い時間を共有してきた二人は、いつしか姉妹のように仲良しになっていた。けれど、その姉のような存在となった山際さんが、退場の意思を告げた。反応を見る限り、恐らくは純恋にさえ相談せずに。

「……どうしてですか？」

最初に疑問を口にしたのは清野だった。

「私、もともと身体が強い方じゃないんだよね。自己紹介では家事手伝いって言ったけど、本当は休職中なの」

「何か持病があるんですか？」

踏み込んだ清野の問いに、山際さんは困ったような顔で笑った。

「あると言えばあるし、ないと言えばないのかな。お腹が痛くて、微熱が続くことも多くて、何度かお医者さんに見てもらったんだけど、はっきりと悪いところは見つからなかった。最終的に診断された病名は身体症状症。聞いたことある？」

清野が首を横に振る。俺も聞いたことがなかった。

「だよね。私もメンタルクリニックで診断された時に、初めて知った言葉だからなぁ」

「メンタルクリニック？」

「心の病気を診てくれる精神科のことだよ。身体症状症は、明らかに身体に異常があるのに、幾ら検査をしても異常が見つからない場合に下される診断みたい。要するに、原因は不明だけど、問題は起きているし、あなたは病気ですってことかな」

「何が原因なんですか？」

「ストレスが原因って言われて、漢方や抗鬱剤を処方された。でも、私には効かなかった。嘘をついていたみたいで言いにくいんだけど、私、論講社で編集者をしていたの。会社が違うから、もちろん『Swallowtail Waltz』に関わったことはないけどね」

「過去形で話したってことは、今は違うんですか？」

「うーん。腹痛も微熱も治まらなくて、倒れる前に一度休みなさいって、上司に休業を命じられたの。退社したわけじゃないから、一応は現役の編集者なのかな」

「一応じゃなく、立派な編集者だよ」

塚田さんの補足を受けても、山際さんの顔に浮かぶ苦笑いは変わらなかった。

「時間だけは有り余るほどにあったの。ストレスが原因で病んだなら、好きなことをするのが一番じゃない。私は『Swallowtail Waltz』のことを、今、一番、面白い小説だって信じている。それこそ、過去に自分で編集してきた本と比べてもね。だから塚田さんに話を聞いて、すぐに立候補した」

山際さんの顔に、憂いが落ちる。

「作品世界に飛び込んだみたいで、毎日、楽しかった。でも、それと同じだけ、大変なことや嫌なこともあったかな。小さい頃から虫が苦手で。料理係に立候補したのも、なるべく屋内にいたかったからなんだよね。今日まで騙し騙しやってきた。でも、やっぱり現代っ子にサバイバル生活は厳しかったみたい。微熱が下がらなくなっちゃった」

「風邪を引いたってことではないんですよね？」

「うん。腹痛も合わせて、いつもの感じだから、よく分からない病気が、また暴れ出したんだと思う」

「それは、ここにいる限り、治らないものなんですか？」

「うーん。ここにいても治らないし、ここから出て行っても治らないかもね」

何かを諦めたかのような口調で、山際さんは悲しそうに告げた。

「私が出て行ったら五人になるね。この三週間で逞しくなっていったけど、純恋ちゃんを残していくのは、ちょっと怖いかな」

「行かないで欲しいです」

少女が発した懇願は、夜の帳に消えそうなほど小さかった。

今日で二十三日目になるが、純恋が小説以外の何かに対して、願いらしい願いを口にしたのは初めてかもしれない。

「ごめんね。私ももう少し続けたかった。先生の物語を体験していたかった。でも、もう、身体が言うことを聞かなくて」

「それも本当かどうか怪しいもんだけどな」

低く、冷たい声が響き、振り返ると、佐藤が冷ややかな笑みを浮かべていた。

「アレルギーだか心の病だか知らないが、結局、あんたは『Swallowtail Waltz』より自分の身体の方が大事だったってことだろ？」

皮肉に固まってしまった山際さんに、佐藤はさらに矢のような言葉を浴びせる。

「病気だったのは【ジナ】も同じさ。だが、私の記憶が確かなら、【ジナ】は逃げたりしなかった。狂気に殺されるまでな」

「佐藤さんも私に残って欲しいんですか？」

「誰がそんなことを言った。言葉は、言葉の通りに理解してくれ。私は初日から知っていたよ。あんたのその作り笑いも、表向きの勤勉さも、全部、男に媚を売るための点数稼ぎだってな。裏で色目を使っていた相手は、塚田さんか？　それとも、稲垣さんか？　まさか、そこの坊やたちじゃないだろ？　ま、正解なんて何でも良いか。稲垣さんは帰ってしまったし、塚田さんもあんたに靡きそうにない。だから諦めて出て行くことにした。そういうことだろ」

「邪推するのは自由です。でも、私の気持ちは、先ほどから話している通りです」

眼鏡の下に、必死に穏やかな笑顔を作って、

「この企画に参加したのは作品を愛していたからで、それ以上でも、それ以下でもありません。そこにどんな気持ちを足すことも、引くことも、出来ない。私はただ、読むことが叶わなかった物語の結末を知りたかった。それだけです」

「だったら、なおさら出て行かないだろ。ミマサカリオリはこの中にいるんだぞ。稲垣さんだったとは思えないしな。今はもう単純に三択だ。塚田さんか、広瀬か、清野か。本当に作品を愛しているなら、最後まで先生に付き合って見せろよ」

佐藤は挑発の言葉を緩めず、山際さんも微笑を崩さなかった。

「佐藤さんは本当に、先生がここにいるって信じているんですね。私は、そんな夢みたいな話があるとは思っていません」

「じゃあ、あの原稿は何だったんだよ。ファンが書いた原稿だって言うのか？　あんたら全員、認めていたじゃないか。あれはミマサカリオリが書いた原稿に違いないって」

「ええ。でも、私は単に、それを手に入れた人がいただけの話だと思っています」

「誰が？　どうやって？　私の言葉を否定するなら答えろよ。何のために、そいつはこっそりと私たちにだけ見せたんだ？　作者本人だからに決まっているだろ。いかにも性格の悪い小説家が企てそうなことじゃないか」

「佐藤さん。あなたは、ミマサカ先生が嫌いなんですか？」

「質問に質問を返すな」

「私たちは全員が『Swallowtail Waltz』のファンです。作品のことも、先生のことも、悪く言わないで下さい。そんな話は聞きたくありません」

「私は事実を述べているだけだ」

「ならば私も事実を述べて抗議します。純恋ちゃんをこれ以上、いじめないで下さい」

毅然とした口調で告げられた言葉を、佐藤は鼻で笑った。

「それは見解の相違だ。私はいつだって本当のことを言っているだけだからな。狂信者に狂信者と言って何が悪い」

「純恋ちゃんは狂信者なんかじゃありません」

「もう、やめよう。最後の日に喧嘩なんて……」

「止めないで下さい」

山際さんは二人の間に割って入ろうとした塚田さんを手で制し、

「佐藤さん。退場する前に聞かせて下さい。あなた、ずっと、苛々していますよね。私たちにも、自分にも、ずっと、苛々している。怒っている。だから攻撃せずにはいられない。馬鹿にせずにはいられない。そんな生活、何が楽しいんですか？」

「知らないよ。あんたに関係ないだろ」

「あなたは変わる必要がある。あなた自身が変わらない限り、きっと、いつまで経っても、あなたは世界を許せないんだと思います」

3

山際さんはコミュニティから出て行く理由を、体調不良と説明した。

実際、寝込んでいる日が多かったし、その言葉は真実であるように思う。

翌朝、相変わらず午前中は起きてこない佐藤を除いた四人のメンバーに別れを告げ、山際さんは去って行った。

拠点である廃校から、タクシーを拾える場所まで、徒歩で一時間近くかかる。塚田さんが付き添うことになり、彼はそのまま買い出しを済ませてくることになった。

二人を見送ってから、清野と純恋を釣りに誘ってみた。

働かざる者食うべからずではないけれど、ここでは食料調達こそが日々の仕事である。山際さんが中庭で始めた家庭菜園からは、まだほとんど成果を得られていない。

採卵鶏として塚田さんが買ってきた白色レグホンは、一週間以上前に、二羽とも消えてしまった。いや、消えてしまったという言い方は、正確ではないだろうか。

毟られたように散乱していた羽根から推測出来るのは、囲いの中に侵入してきた何らかの野生動物に襲われてしまったということだ。逃げられないようにではなく、外部からの侵入者を阻むように、柵を作るべきだった。今更、何を後悔しても手遅れだけれど、養鶏にあたり、本当に注意すべきは、そちらだったのだろう。

購入してきた食料と釣った魚。山菜と果実。

共同生活を始めた頃から主たる食料は変わっていない。

買い出しなくしては、生活が成立しない。それは、図らずも独立したコミュニティとして未だ機能していないことの証左だった。

背に腹はかえられないと言うけれど、恐怖は空腹よりも弱いらしい。

当初は餌となる川虫に触ることすら出来なかったのに、いつしか甲虫であれば自分で捕まえられるようになっていた。

清野と純恋、三人での川釣りは、これまでにも何度か経験している。ただ、その度に、上手くなるどころか、釣果は下がっていった。

山際さんが去った今、料理には期待出来ない。ならば食材の方を豪華にして物量で満足感を得ようと思うのに、今日も稲垣さんがいた頃のようには上手くいかなかった。

稲垣さんは釣りの度に、ポイントを変えていた。それぞれの場所で、釣り竿の伸ばし方まで含めて、細かなアドバイスをくれた。彼の言葉を思い出しながら、何度もチャレンジするのだけれど、三人ともいっこうに当たりがこない。

「駄目だ。何がいけないんだろう」

滴る汗を拭いながら、清野が岩の上に腰を下ろす。

「魚影は見えているし、魚がいなくなったわけじゃないよね」

「言われた通り、自分の影を見られないようにしているんだけどな。最近、毎日のように釣りをしていたから、警戒されるようになったんでしょうか」

「魚ってそんなに賢い生き物？　釣られた魚は川からいなくなる。情報の伝達、共有は不可能だよね」

朝、軽くオートミールを食べてきたけれど、あんな量の食事で何時間も動けるはずがない。

昼食は現地で調達する予定だった。この釣果は完全に想定外だった。

「あー。全然、魚も釣れないし、肉を食べたい」

人間、疲労の度が過ぎると、脈絡のないことを呟き始めるらしい。

「きっと塚田さんが買って来てくれるよ」

「ファストフードの味の濃い、どうってことないハンバーガーが食べたいです」

「分かる。何でも良いから食べたいよね。肉なら」

「稲垣さん、猪を狙うって言ってたのに、一回も捕ってくれなかったしなぁ」

「雉も捕まえたいって言ってたよね」

「雉も鳴かずば撃たれまいって言うじゃないですか。俺、慣用句にさえ腹が立ってきました。だって、鳴かれたところで、捕まえようがないですよね」

俺たちの会話が聞こえていないのか。それとも、聞こえてはいても興味がないのか。

純恋は我関せずといった顔で、根気よく釣り糸を垂らしている。

釣果がないのは彼女も同様だ。このままでは全員、昼食抜きである。煮沸した川の水と、その辺に生えている木の実くらいしか口に入れられるものがない。

「一匹も釣れないことを坊主って言うよね。あれ、何でなんだろ」

「坊主って悟りを開くのが仕事でしたっけ。無我の境地？　それがゼロみたいな状態を指すからかな」

「髪の毛がないからだって読んだことがあります」

純恋の低い囁きを聞き、思わず清野と顔を見合わせてしまった。

何だかんだで二週間以上、共同生活を続けているのだ。避けられているということもないし、話しかければ答えてもらえる。しかし、彼女の方から会話に加わってくることは、今でもほとんどない。

質問したわけでもないのに答えが返ってきた。それだけの事実で、心は跳ねる。

「ごめん。それと釣りの坊主が繋がる理由がよく分からないや」

「『もう毛がない』が『儲けがない』と重なるからだったと記憶しています」

「なるほど。有り得そうな話だな」

「このままだと坊主で終わってしまいますよね。下流まで行ってみませんか？」

意外な提案だった。

「俺は大丈夫だけど、純恋ちゃんは疲れていないの？」

「はい。大丈夫です。【ジナ】と同じことをしているって思うだけで楽しいので」

「じゃあ、少し下ろうか」

「塚田さんも出掛けているし、俺たちがお昼になっても帰らなかったら、佐藤さん、起きて慌てるかもしれないですね。内緒で解散したんじゃないかって。いい気味だ」

「いや、あの人は何があっても通常営業でしょ。荷物も残っているし、解散だなんて思わないさ」

「あー。まあ、確かにそうか。あの人が帰ってくれたら、平和になるんだけどな」

清野の佐藤に対する怒りは、日に日に増す一方だ。

「物語を動かすために悪役が存在するのは、仕方のないことだと思いますよ。でも、現実で空気が読めない人間は、本当に害悪ですよね。俺、陰口を叩く奴とか、本人がいないところでそいつの悪口を言う人間を軽蔑していました。だけど、あの女に対する不満だけは止められる気がしません」

山際さんの体調不良が、佐藤の態度と無関係だったとは思えない。

このまま佐藤を放置すれば、三人目の退場者が生まれてしまうかもしれない。そんな事態、清野には看過出来ないのだろう。

下流に移動したいという純恋の提案を聞き入れて正解だった。

支流が合流した先で釣りを再開すると、十分もしないうちに、清野の釣り竿に当たりがあったからだ。

「これ、何でしたっけ?」

あんなに何度も稲垣さんに教えてもらったのに、俺も清野も魚の名前を覚えていなかった。純恋も同様であり、

「正直、川魚って全部、同じに見えますよね」

「同じだとまでは思わないけど、見分けがつくかというと……。味の違いもよく分からなかったしなぁ」

「俺、鮎なら分かりますよ」

「いや、鮎だったら俺も分かると思うよ。背中が美味しいよね」

「鮎、泳いでないかなぁ」

「この辺に生息していたら、稲垣さんが真っ先に狙っていたでしょ」

「ですよね」

「鮎って友釣りをするんじゃなかったでしたっけ？」

自然と純恋も会話に入って来る。

「あ。それ、聞いたことある。でも、友釣りって何？」

「私も小説で読んだことがあるだけなので、具体的なことは分からないです」

「友達を使って釣るってことなら、そもそもスタートの時点で無理ってことか」

別に鮎じゃなくても良いから、たまにはお腹がはち切れるまで食べたい。

俺はここで共同生活を始めるまで、ろくに努力もせずに、与えられた現状に不満ばかりを並べている、どうしようもない人間だった。

だが、廃校での共同生活を通して、図らずも意識を変えられてしまった。

俺たちが享受していた普通の生活は、当たり前のものではなかった。三食、不自由なく口に出来る生活は、決して当たり前のものではなかったのだ。

ポイントを変えてから一時間半は粘っただろうか。

純恋が三匹、清野が二匹、俺が一匹釣り上げ、合計六匹になったところで、随分と遅くなってしまったけれど、お昼にしようということになった。

廃校まで戻るのか、それともここで食べるのか。二択の結論は、すぐに出た。性格の悪い話になってしまうが、何の労働もしていない佐藤に分ける必要などない。労働という対価を払った俺たちだけで、食べてしまえば良い。

清野の提案に、純恋でさえ一も二もなく頷いていた。そもそも一匹しか釣ることが出来なかった俺に、発言権などありはしない。純恋の好意に甘えて一匹もらい、三人で昼食にありつくことになった。

小振りな川魚が二匹、されど二匹である。お腹が満たされるほどの量ではなくとも、自分たちで釣った魚を食べているという事実だけで、腹とは別の場所が満ち足りていった。手間を考えたら、嘘のように短い時間で食べ終わってしまったが、一連の時間に空しさを覚えないのは、一人ではないからだ。仲間との共同作業であり、大好きな小説を自ら体現しているからだ。

「広瀬君って女の子に告白したことありますか？」

食事が終わると、清野が意外な話を始めた。

「いや、ないよ。告白なんて、したことも、されたこともない」

それが情けないことなのか、当たり前なのかも分からない。意図したわけでも、望んでいたわけでもなく、恋愛なんてものとは距離を取りながら生きてきた。

「清野は？」

「告白されたことはあります。何度か」

「まあ、格好良いもんね」

綺麗な顔立ちの清野は、高校でも人気があることだろう。

「付き合っている子はいなかったの？」

「はい。誰に告白されても、そういう気持ちになったことがなかったから。付き合うって、好きな人とする行為ですよね」

物憂げな眼差しだけで言葉に重みが生まれるのだから、顔が整っているというのは得だと思う。

「純粋だね」

「どうだろう。俺、好きって感情が、ずっと、よく分からなかったんです。でも、皆と共同生活を始めて、ようやく、こういうことなのかなって気付きました」

「高校の友達を思い出してってこと？」

「いえ、ここの仲間に決まっているじゃないですか」

その相手が純恋なら、目の前でこんな話はしないだろう。残るは二人だが、清野に限らず佐藤にそんな感情を抱く人間がいるとは思えない。となれば、

「山際さんです。あの人と話していると夢見心地になります」

純恋は『Swallowtail Waltz』にまつわる話を除けば、大抵、淡白な反応しか見せない。聞いているのかいないのか分からないことも多い。しかし、珍しく真剣な眼差しで清野を見つめていた。

「これまで俺は薄い人付き合いしかしてきませんでした。知らなかっただけで、本当は同級生にも人格者はいたのかもしれません。でも、初めてだったんです。あんなに安心出来る人に会ったのは」

山際さんは分別のある出来た大人だった。誰に対しても分け隔てなく接し、純恋や佐藤はもちろん、男子メンバーが孤立しないようにも気を配っていた。自分自身が会話の中心にいるわけじゃないのに、気付けば、輪に入れない人に水を向けている。誰にでも気を遣えて、勤勉で、料理まで上手で、そういう出来た大人だった。

ここを去る前、自身が抱えていた病状を、身体症状症と言っていた。俺はその病気のことをよく知らない。ただ、心に起因する病気を患っていたのは、きっと、特別に繊細で、優し過ぎる人だったからなのだと思っている。

「何となく分かるな。山際さんみたいな人に惹かれるのは分かる」

「私も分かります」

小さな声で純恋も同意する。

「山際さん、部屋でしか眼鏡を外しませんでしたけど、素顔も綺麗ですよ」

「そうなの？　その話、もっと詳しく」

「眼鏡で隠れる位置に、泣き黒子《ぼくろ》があるんです。外すのはお風呂に入って音楽室に帰った後ですし、髪の毛が濡れているからかもしれませんが、凄く色気があるんです。妖艶っていうか」

「それ、俺も見たかったなぁ。山際さん、本当に素敵ですよね。十代のガキを相手にしてくれるとも思えないし、友達以上の何かを望んでいたわけじゃないけど、一緒に過ごせて本当に楽しかった。もっと笑顔を見ていたかったし、声を聞いていたかった」

「清野は来年、進学するの？　それとも就職？」

「働く以外の選択肢はないですね」

「社会人になるなら立場は一緒だね」

「高校中退じゃ、山際さんに釣り合わないと思います」

「彼女も現在の立場は家事手伝いだよ」

「それは、病気で休職しているからじゃないですか。あの人、六大学を出ていますよ」

「そうなんだ」

「はい。二人で仕事をしていた時に、人生相談がてら色々と聞いたんです。実は連絡先も教えてもらいました」

清野の気持ちに、山際さんは気付いていたんだろうか。

「俺、もう社会には戻らないって、そういう覚悟を決めて、ここに来たんです。でも、稲垣さんと山際さんが帰ってしまって、少しずつ現実も見えてきました。こんなこと、本当は永遠には続かないんだって。いつかは終わりにしなければならないんだって」

望むにせよ、望まないにせよ、いずれ、その時はやって来る。それくらいのこと、馬鹿な俺にだって分かる。

「この生活が終わった後、どうすべきなのか、何処に向かいたいのか、今は何も分かりません。でも、きちんと一人で生きていけるようになったら、山際さんともう一度、会いたいなって」

「自立していなくたって彼女は会ってくれると思うよ」

助けを求めている人を放っておけない人だから。

「一つ、どうしても気になることがあるんです。結局、最後まで質問出来なかったんですけど、本当は、やっぱり塚田さんと恋人なんじゃないかなって」

清野の横顔に憂いが落ちる。

「年齢も同じだし、特別に親しい感じもするし」

その気持ちは、よく分かった。実際、俺も本人に直接、尋ねたことがある。

「恋愛のアドバイスは出来ないけど、その疑問にだけは、はっきりと言えることがあるよ。清野はその質問を塚田さんにするべきだ」

「広瀬君は何か知っているんですか？」

曖昧な角度で、しかし一つ、頷いて見せた。

「そっか。やっぱり、そういうことなのかな」

「直接、質問した方が良い。清野の気持ちを知ったら、塚田さんも話してくれるよ」

そこで君が手に入れる答えは、きっと、想像も出来ないものだろうけれど。

清野は平たい石を手に取り、サイドスローで川に向かって投げる。

水面で跳ねた石が、三度、波紋と水しぶきを上げた。

「純恋ちゃんは？」

振り返った清野が、屈託のない顔で尋ねる。

「純恋ちゃんは男の子を好きになったことある？」

「ないです」

「ミマサカ先生のことは？」

清野の質問に、純恋はきょとんとした眼差しを浮かべた。

「塚田さんがミマサカ先生は男だって言っていたじゃない。純恋ちゃんより読み込んでいるファンは、世の中にいないと思う。そんなに毎日読んでいたら、ミマサカ先生に恋心を抱いたりするんじゃないかなって」

先ほどは一秒と間を置かずに否定したのに、純恋は困ったような顔で黙り込んでしまった。質問が不愉快だったからではない。自分でも答えが分からずに戸惑っている。そんな感じだった。

「ミマサカ先生ってどんな男の人なんでしょうね」

囁くように告げた清野は、意味深な眼差しで俺を見つめてきた。

「……気難しい人なんじゃないかな」

「俺は逆だと思いますよ。あんな風に人の心を動かせる小説を書く人です。きっと、優しくて、少しだけ不器用な人です」

4

そうなることを予感していなかったと言えば、嘘になる。

山際さんについて、塚田さんから話を聞いた方が良い。そう勧めた時点で、その後の展開について推測出来ていた。

清野の気持ちを知れば、塚田さんはすべてを正直に話すだろう。そして、真実を知った清野は、そう遠くない未来に、その決断を下すだろう。そう予想していたけれど、こんなに早く、彼が答えを出すなんて思わなかった。

山際さんへの気持ちを聞いてから三日後。

共同生活、二十七日目の早朝、清野は「さよなら」も言わずに出て行った。

たった一言、『俺の物語は終わりました』そんな置き手紙を残して消えてしまった。

夜明け前に出て行った清野に、誰一人として別れを告げることが出来なかった。

七人で始まり、七人で積み上げてきた生活は、稲垣さんの退場から二週間もしないうちに、大きく変わってしまった。あっという間に、四人にまで減ってしまった。

「もう駄目だな。ここは」

お昼に起きてきて、最後に清野の手紙を読んだ佐藤は、いつもの小馬鹿にするような口調で、そう告げた。

「ま、分かりきっていたことか。こんなこと、土台、馬鹿げた話だったんだ」

佐藤は三人を見回してから、お手上げだとでも言わんばかりの表情で両手を上げた。

「追体験で物語の顚末を探る。それがこの企画のコンセプトだったな」

「その理解で間違いないよ」

佐藤がどれだけ棘のある口調で話しても、塚田さんの対応が変わることはない。

「結局のところ私たちはキャラクターじゃない。フィクションと現実は別物だ。所詮はただの真似事。同人活動みたいなものだ」

「どんな感想を抱くのも佐藤さんの自由だよ。ただ、俺は本気で物語の結末を探ろうと思っている」

「だとしたら、塚田さん。あんたはここを出たら病院に行った方が良い。ガキどもの妄想ならともかく、二十六歳の社会人が描く夢想としては、幼稚に過ぎる」

「だけど、その幼稚な夢想に、佐藤さんだって付き合ってくれているじゃないか。君だって結末が知りたいからだろ」

「さあ、どうだったかな」

曖昧に答えてから、佐藤は純恋に向き直った。

「お前も、もう帰れよ。誰もお前に言わないだろうから、私があえて悪役を買って出てやる。お前みたいな狂信者が残っているから、塚田さんは解散出来ないんだ」

「そんなことないよ」

「あんたはそう言うだろうな。塚田さん。私はあんたの子どもみたいな発想や思想に呆れている。率直に言って、あんたみたいに馬鹿な大人を初めて見たよ」

「面と向かって断言されると、少しは心にくるね」

「あんたは根っからのお人好しだ。最初は外面が良いだけの偽善者かと思ったが、それだけで一ヵ月もガキの面倒を見続けられるはずがない。あんたは真性だ」

「どうかな。佐藤さんの人を判断する目は、若干、濁っているように思うよ」

「おいおい、私はあんたのために言ってやっているんだぞ。決断が出来ないあんたに代わって、エンドマークを打ってやろうとしているんだ」

　再び少女に向き直り、

「もういい加減、消えたらどうだ？　お前みたいな奴がいると、苛《いら》つくんだよ。私だけじゃない。皆、そうだ。お前みたいなのろまに付き合うことに疲れて、稲垣さんも、山際さんも、清野も、出て行ったんだ」

「それは違うと思……」

「違わないさ」

　塚田さんの言葉を遮り、嬉々とした表情で佐藤は純恋に続ける。

「お前はお荷物だ。何の役にも立たないどころか、仲間の足を引っ張り続けている。お前のせいで塚田さんはここを解散出来ないし、お前のお守りに疲れた人間から出て行った。なあ、お前、何が楽しくて生きているんだ?」

「佐藤さん、さすがに言い過ぎだ。何を思うのも自由だけど、思ったことを何でも口にして良いわけじゃない。人は言葉で傷つくんだ」

諌められても佐藤は鼻で笑った。

「よく分かっているじゃないか。私はむしろ傷つけたいんだよ。小説なんかに救いを求めて、人に迷惑をかけている自覚もなしに、呑気に生きているこいつをな。なあ、早く気付いてくれよ。稲垣さんや山際さんが帰った時に、皆が本当に思っていたことを、私が教えてやろうか?」

怯える純恋の前に立ち、佐藤は冷ややかな笑みと共に告げる。

「真っ先に、お前がいなくなりゃ良かったんだ。そうすりゃ、この馴れ合い生活も、もう少しはマシになっただろうさ」

5

カーテンの隙間から差し込む眩しい光で、いつの間にか夢から覚めるように。

泥棒に盗まれたみたいに、少年時代が終わっていたように。

積み上げられた共同生活は、何の予告もなしに終わりを迎えようとしていた。

清野の退場が決定的だった。そう断ずるに些かの迷いもない。

あの日を境に、共同生活は緩やかに崩壊していった。

梅雨の季節に、無為な時間ばかりが過ぎていく。

世話をする者が消えた畑は荒れ果て、いつしか釣りに出掛ける人間は、俺一人になった。塚田さんは定期的に町へ買い出しに下りているけれど、そんなやり方で、この生活を継続することに何の意味があるのか、まったく分からなかった。

純恋はこれまで以上に、自室である音楽室に閉じこもるようになってしまったし、佐藤は口を開けば不平不満ばかりだ。

塚田さん一人の力では、腐ってしまった空気を変えられない。

平凡を絵に描いたみたいな人間である俺に出来ることもまた、ありはしなかった。

共同生活を始めて一週間が経ったあの日、親睦会が開かれ、皆でお酒を飲んだ。

誰かと、仲間と、お酒を飲むなんて初めての経験だった。楽しかった。ただ、同じ思いを共有している仲間がいるという事実だけで、高揚した。あんな風に誰かと笑い合った夜は初めてだった。

生活は軌道に乗っているように見えていたし、このまま新しい人生みたいなものが始まるのだと思った。そう期待した。

だけど翌日、八日目の朝に、最終巻の遺稿が見つかって。

その謎も解けぬまま、稲垣さんが、山際さんが、清野が、去ることになって。

この生活が所詮は幻想に過ぎなかったのだと思い知った。

ここでなら新しい人生を始められるんじゃないかと思った。俺のような人間のことも見捨てず、尊重してくれる皆となら、何もかもをやり直し、今度こそ胸を張れる人生を送れるんじゃないかと期待していた。

しかし、人間は、人生は、小説とは違う。本を取り替えるみたいに、新しい物語を始めることは出来ない。日々は、昨日と明日は、どんな力にも負けずに継続している。

それでも、俺は、俺たちは、出て行かなかった。

とっくの昔にコミュニティが崩壊していると気付いているのに、離脱者が増えることはなく、一ヵ月目のその日を迎えることになった。

今日も朝から塚田さんは買い出しに出掛けている。

佐藤と顔を合わせるのを避けるため、最近、俺と純恋は示し合わせたように、昼食の時間を早めていた。

午前十一時前、レトルトのソースをかけただけのパスタを盛り付け、二人で調理室の椅子に腰掛ける。半分ほど食事を進めたところで、

「純恋ちゃんは、ここから出て行こうとは思わないの？」

ずっと、聞いてみたかったことを質問してみた。

彼女は高校を中退し、引きこもりのような生活を送っていたと聞く。親との関係が上手くいっていたとも思えないけれど、帰る家はあるはずだ。

十六歳という年齢を考えるなら、これから、どんな場所にだって羽ばたいていける。

「帰りたいと思わないので」

「家が嫌い？」

「少なくとも好きではないです」

「帰れない理由がある？」

「いえ、ありません。そうしたいと思わないだけです」

ここでの生活が始まった当初、純恋は山際さんを除けば、ほとんど誰とも喋ろうとしなかった。しかし、一ヵ月という時を経て、俺とも普通と呼んで差し支えないだけの会話が出来るようになった。

知人以上、友達未満。

今の俺たちの関係性を言葉にするなら、そんなところだろうか。

「じゃあ、どうして？　ここに残っても、もう得るものはないでしょ」

「広瀬さんは？」

「俺の場合は、帰っても仕方ないからかな。もう一年以上、まともに大学に通っていないんだ。教務課に急かされて履修表は提出したけど、受講している講義も覚えていない。どうせ次の春で退学になる。考えれば考えるほどに、どうしようもない人生なんだ。ここで何かを変えたかった。何でも良いから、きっかけが欲しかった。でも、何も出来ないまま、何も変えられないまま、時間だけが過ぎてしまった。俺は、そういう、どうしようもない人間で、帰る理由も、帰らない理由も、どっちもないんだ」

子どもの頃から、何かに憧れたことがなかった。特撮ヒーローにも、週刊少年ジャンプの主人公にも、なりたいとは思わなかった。

それでも、漠然と考えていた。大人になれば自然と、やりたいことが、なすべきことが見つかるに違いない。

しかし、現実は大きく違っていた。

こんな世の中だ。大半の人間は、夢を叶えることも出来ないまま人生を終える。自分のように怠惰な人間が、都合よく、映画みたいに、夢を叶えられると期待していたわけじゃない。ただ、まさか夢さえ持てないまま大人になってしまうなんて思わなかった。

「純恋ちゃんがここに残る理由は何？」

「『Swallowtail Waltz』が好きだから。私には、それしかないから」

純恋は佐藤に幾度となく狂信者と罵られている。実際、彼女の愛情は異常に見える。あれは小説だ。ほかのどんな小説よりも面白いけれど、ただの物語でしかない。

「だったら、ここにいてもつらくなるだけなんじゃないの？　あの世界を再現しようって試みは、もう終わったみたいなものじゃない。コミュニティは物語のようには続かなかった。多分、皆、最初は、すべてを捨てる覚悟でここに来たんだと思う。でも、人や社会との繋がりを絶つというのは、本当に難しくて。家族がいるから、立場があるから、結局、一人ずつ帰ってしまった」

俺たちの冒険は、物語の再構成は、終わったのだ。

「逆だと思うんです」

「逆?」

「私たちの生活が、物語と符合しているとは思いません。でも、七人から一人ずつ減っていくというのは、最終巻の展開と同じじゃないでしょうか。一人、また一人と減っていって、最後の一人になる。それが【ヒナト】なのか、【ユダ】なのか、それとも【ユダ】の正体に気付いた別の誰かなのか、答えは分かりませんが、そんなラストシーンが待っている気がしていました。だから終わってなんていないんです。ここは、まだ冒険の途中です」

「なるほど。つまり君はまだ物語を続けていたんだね」

「はい。皆、そうなんだと思っていました」

俺は違う。塚田さんも多分、違う。

佐藤が考えていることは分からないけど、まだ物語を追っているつもりでいたのなんて、きっと、純恋だけだ。彼女だけが、ずっと、愚かなまでに執着している。

「純恋ちゃんは最後の一人になるまで帰らないつもり?」

少女の首が横に振られる。

「最後の一人になっても帰りません」

それは、危うい少女の揺れることなどない決意だった。

「そっか」

「広瀬さんは、どうするつもりですか？」

「どうしようかなぁ。帰る理由もないけど、住居として快適でもないしね。夜もどんどん寝苦しくなる。それに七人だった時の方が楽しかったから、何でこんな思いをしてまで頑張っているんだろうって考えてしまう」

「その気持ちは分かります」

「あ、純恋ちゃんも？」

「はい。山際さんには残っていて欲しかったです」

「塚田さんと佐藤さんはどうするつもりなんだろうね」

聞けば答えてもらえるのかもしれないけれど、こんな風にコミュニティがぐちゃぐちゃになってしまった後で、今更、どんな顔で質問すれば良いかも分からなかった。

6

終わりはいつだって唐突にやって来る。

これまでに三人が出て行った時だって、それぞれに驚かされた。とはいえ、最も動揺させられたのは今回で間違いない。

共同生活が始まって三十五日目、昼食を終えた後、塚田さんが深々と頭を下げた。

「皆、ごめん。俺も今日で終わりにしようと思う。ここを出て行くよ」

覚悟していなかったと言えば嘘になる。

前夜に「明日の昼食は、四人で一緒に食べたい」と告げられた時から、得体の知れない不安を覚えていた。

七月に入り、日に日に暑さが増している。体力的なきつさを感じているのは、俺だけじゃないだろう。ただ、精神的な側面に限っての話であれば、一番消耗しているのはどう見ても塚田さんだった。上手くいかない生活に責任を感じ、焦燥を募らせていた。

それでも、主催者である塚田さんだけは、最後まで留まるのだと信じていた。

「『俺も今日で終わり』ってことは、ここを解散するわけじゃないのか？」

棘のある口調で尋ねたのは佐藤。

「終わりの幕を引く権利は、誰にもないからね」

「だが、あんたは主催者だ」

「発起人ではあるけど、全権を持っているわけじゃない。俺の役割は、問題が起きた時に、その責任を取ることだ」

「あんたがそれを取ってきたようには見えないけどな」

「問題らしい問題が起きていないからね」

「見解の相違か？　これだけ次々に退場者が生まれているんだ。それを問題と呼ばずして、何を問題と呼ぶ？」

「幸いなことに行政との衝突はなかった。未成年も参加しているけど、保護者や学校とのトラブルも起きていない。俺たち七人は、現状、誰にも迷惑をかけていない」

「私に傷つけられた、迷惑を被った。そう考えて、出て行った奴もいたみたいだが」

「それこそ見解の相違さ」

覇気こそ感じられないものの、塚田さんはいつもの穏やかな微笑を浮かべていた。

「共同生活の中で傷つくことも、失望することも、追体験の一環だ」

「つまりコミュニティの崩壊は、誰のせいでもないと？」

「そもそも俺は崩壊したと考えていないけど、仮にこの状況をそう表現するのだとしても、それこそが俺たちがなぞった物語の結末だ。悲観するようなことじゃない」

「物は言いようだな。ここを出て行くと言うなら、あんたは解散を提言すべきだ」

「佐藤さんは俺に解散を提案して欲しいの？」

「あんたが去った時点で、このコミュニティは終わりだ。違うか？」

「もう終わったと思うなら、君自身の判断で出て行けば良い」

塚田さんの言葉を、佐藤は鼻で笑う。

「子どもを二人残してか？」

「意外だな。そういう責任感みたいなものとは無縁に見えていたけど」

「一ヵ月以上生活を共にしたんだ。事件でも起きたら、さすがに寝覚めが悪いだろ」

「もう一度、はっきりと言うよ。俺は解散を宣言しない。全員がここを去ったなら、後片付けをするために、一度、戻って来る。残ったメンバーに、のっぴきならない問題が発生したなら、その時も責任を取るために戻って来る。今後の俺の仕事は、その二つだけだ。あとは残ると決めた人たちに、すべてを任せる。俺は期限を設けないし、君たちの意思に働きかけるつもりもない。出て行くかどうかは、最後まで個人の判断だ。俺は誰にも強制しないし、俺の決定を止めて欲しくもない」

「何一つ答えが出ていないのに、あんたは諦めたんだな」

「答えなら出たさ。このままこの生活を続けても、俺が求めていたものは得られない。それが辿り着いた結論だ。君たち三人も、俺のように後悔を残さず、ここから旅立てるよう願っているよ」

7

多分、決定的だったのは、置き手紙だけを残して清野が去ったことだった。

稲垣さんや山際さんが離脱した時もショックだったけど、彼ら二人には明確な理由があった。稲垣さんには希望があったし、彼の場合、あのタイミングで帰れば、大学院の試験に間に合った。山際さんの場合は、単純に体力と気力の限界だった。

しかし、清野は違う。清野はここでの生活に見切りをつけたから去ったのだ。

彼が離脱して以降、俺たちは自給自足とはほど遠い生活を送るようになった。山中の廃校で無為な時間を過ごしているだけ。本当に、それだけの生活になってしまった。

作中には食料事情が逼迫した真冬に、苔を食べるシーンがあった。彼らはそこまで追い詰められたことがあったが、俺たちは定期的な買い出しにより飢えることがない。問題の根幹は、どう考えても、もっと別の場所にあった。

清野が離脱し、四人になって以降、会話自体が極端に減ってしまった。

熱心に働いているわけでも、密なコミュニケーションを取っているわけでもない。エアコンも娯楽もない場所で、何の意味があって、こんな生活を続けているんだろう。

無意味なことをやっているという思いを振り払えない。目的のない毎日は、忙し過ぎる日々よりも苦しかった。

塚田さんが去り、三人になったことでコミュニケーションはますます減るだろう。

現状、俺たちに選べる道は二つしかない。もっと真剣に、自給自足生活について考えるか。これまでと同様、買い出しによる食料の調達で、意味もなく食い繋ぐかだ。

一つ確実なのは、片道二時間はかかる買い出しに、佐藤や純恋が積極的に出掛けることはないということだった。そんなことをするくらいなら佐藤はそのまま帰宅するだろうし、純恋はそもそも外部に頼ることを良しと思っていない。彼女たちはどちらも、今日まで一度として買い出しに出掛けていない。

塚田さんが残していった食料で食い繋げるのも、あと数日である。

人間は食べずには生きていけない。

終わるにせよ、続けるにせよ、考えなければならない。

答えを、俺は、俺たちは、出さなければならない。

ただ、次の展開は、目の前の問いに答えを出すより早くやって来た。

塚田さんが去った日の翌日、まだ眠たい目をこすりながら調理室に向かうと、先に起きていた純恋が、興奮した眼差しで俺を見つめてきた。

「広瀬さん。これを見て下さい！」

少女が差し出したのは、原稿らしき物の束で。

「最終巻の続きが落ちていたんです！」

8

約一ヵ月前に発見されたのは、ダブルクリップで留められた十三枚の原稿だった。

本に直せば三十ページにも満たない序章である。

しかし、今朝見つかった原稿は、二十二枚だった。

「第一話の終わりまで書かれています」

「純恋ちゃんはもう読んだの？」

四度、高速で彼女の首が縦に動いた。

「ミマサカ先生が書いた原稿で間違いない？」

「間違いありません。これはミマサカリオリにしか書けません」

俺はまだ原稿を読んでいないけれど、純恋以上に作品に精通している人間はいない。彼女が断言するなら本当に最終巻の原稿なのだろう。

問題は、誰が、どうやって原稿を入手し、何のために、今日ここに残したのか、だ。

「塚田さんが帰宅する前に置いていったんでしょうか？」

「原稿は何処に落ちていたの？」

「調理室の扉の前です」

「昨日の夜に調理室を使っているから、塚田さんが帰る前に残していったなら、昨晩のうちに見つけていたと思うよ」

「じゃあ、皆が寝静まってから塚田さんが途中で引き返して来たとか」

「何のために？　慎重な塚田さんが、日が落ちてから動き回るとは思えないかな。そもそも自分の仕業だとバレたくないなら、数日、間を空けると思う」

「でも、じゃあ……」

そう、塚田さんを除外するなら、残りは三人だ。

この原稿を発見した純恋か、俺か、今日も起床が遅い佐藤か。

「先に帰った三人のうちの誰かが原稿を手に入れていて、私たちにも読ませようと思ったんじゃないでしょうか」

「だとしても正体を隠したまま置いていく意味が分からないよ」

「最初の原稿と、今日見つかった原稿を残していったのは、同じ方ですよね？」

「同じダブルクリップを使っているし、それは間違いないと思う」

「どうして正体を明かさないまま原稿を置いていくんでしょうか。私は続きを読めるだけで幸せだから、別に、その人が何を思っていても構わないけど」

何だかんだ言ったところで、純恋にとってはそれがすべてなのだろう。

俺たちがこの企画に参加したのは、物語を模倣することで、少しでも結末に近付きたいと願ったからだ。企画自体は腰砕けに終わってしまったが、手に入れた物を思えば、望外の成果を得ていると言える。

「俺も読ませてもらって良いかな」

「もちろんです。絶対に読むべきです。最高ですから。本当に最高ですから」

普段は極端に口数が少ないのに、『Swallowtail Waltz』が絡むと、純恋は饒舌に、そして、早口になる。

少女が未だ興奮冷めやらぬ状態であることを、上気した頬が雄弁に語っていた。

純恋が断定した時点で、この原稿の真偽を疑う必要はない。

前回の原稿は、衝撃的な結末を迎えた五巻の続きだった。冒頭から予想もしなかった展開が続き、大いに驚かされたけれど、それは今回も同じだった。

ミマサカリオリの想像力は常人の比ではない。七人の物語は、予想もしない方向へと舵を切り、読み手の感情を容赦なく揺さぶっていく。

ほかの作者が書いた本では、こんな感情は絶対に味わえない。

唯一無二の想像力に彩られた物語、それがミマサカリオリの小説なのだ。


用紙にして二十二枚、ページ数で言えば四十四ページ。そこまで多い分量ではないのに、読み終えるまでにたっぷり三十分もかかってしまった。

その一行が、紡がれた単語の一つ一つが、愛おしい。

ミマサカリオリだけが小説家じゃないのに。小説だけがエンターテインメントじゃないのに。やっぱり『Swallowtail Waltz』だけが特別なのだと感じてしまう。

「この原稿、起きてきたら佐藤さんにも見せる？」

読み終えた後で、俺が最初に口にしたのは、感想ではなく質問だった。

「え、見せないんですか？」

「一応、聞いてみようと思っただけ。俺たちが黙っていれば、この原稿には気付かれないから、純恋ちゃんの気持ち次第では、そういうことも出来るなって」

「隠す意味が分かりません」

「うん。まあ、それはそうなんだけど」

「こんなに素晴らしい小説が読めないなんて、死んでいるのと一緒です」

「純恋ちゃんは優しいね」

彼女は意味が分からないといった顔で首を傾げた。

「あんなに嫌がらせを受けているのに」

「関係ないです。だって私の人生なんて、どうでも良いですから。何を言われても気になりません。その時は嫌だなって感じるけど、別に、それだけです」

「これを読んだら、佐藤さんはまた乱暴なことを言い出しそうだけどね」

「乱暴なこと?」

「あの人はミマサカリオリ先生が生きていると信じてる。残っているのは三人だし、男はもう俺だけだから、きっと……」

お前がミマサカリオリなのだろうと、再び詰め寄られるはずだ。

「だから隠しておきたいってことですか?」

「次は何を言われるのか、想像しただけで気が滅入るかな。でも、純恋ちゃんに従うよ。そうするのが一番正しい気がするから」

「どうしてですか?」

「君より作品を愛している人はいないでしょ」

まあ、本音を言えば、別にどちらでも良いのだ。

この素晴らしい原稿を読んだことで、俺の心は固まった。

ここ数日、悩みに悩んでいた問いに、塚田さんが離脱を表明し、夜も眠れずに考え続けた問いに、ようやく答えを出すことが出来た。


「広瀬。お前がミマサカリオリだったんだな」

午後一時。

いつものように、ふざけた時刻に起床してきた佐藤は、原稿に目を通すと、案の定と言って良いだろう言葉を発した。

「何度も否定したはずです。俺はミマサカリオリじゃありません。ただのファンです」

「じゃあ、この原稿は誰が用意したんだよ」

「知りません。俺に言えるのは、それを書いたのが俺ではないということだけです」

真剣に話しているのに、いつものように鼻で笑われた。

「この期に及んで、まだ言い逃れが出来ると思っているのか？　ミマサカリオリは男で、ここに残っている男は、今やお前一人だ」

「帰ってしまったメンバーの中にいたとは考えないんですか？　塚田さんはこの場所を参加者以外には教えていない。この原稿を残した人間が、七人の中の誰かであることは間違いないでしょうけど、先に帰った四人を候補から外すのは早計だと思いますよ。ここは廃村です。誰にも見つからずに戻って来ることは、そう難しい話じゃない」

「ほかの容疑者については考えるだけ無駄だ。原稿を置いた人間は、明らかに私たちの反応を楽しんでいるからな」

「そんなこと、どうして断言出来るんですか?」

「そいつが名乗り出ないからだよ。ファンの反応を盗み見て楽しもうなんて悪趣味な人間が、原稿だけ置いて帰るわけがない。この原稿を廊下に置いた人間は、私たち三人の中にいるし、ミマサカリオリが男である以上、該当人物はお前しかいない」

「先生が男であるというのは、塚田さんの又聞き情報です。編集者が作家の性別を隠すために、意図的に嘘をついた可能性だってありますよね」

「じゃあ、お前は私かこいつがミマサカリオリだって言いたいのか?」

「俺はそもそも先生が生きているとは思っていません。原稿を手に入れた方法は、さっぱり分からないけど、それを七人の中の誰かがこっそりと置いたのだと考えれば、不思議な話でも何でもない」

「愚かなことを。なあ、広瀬。お前、何でそんなに嘘ばかりつくんだ? SNSで死んだ振りをしてみたり、ファンの集まりに正体を隠して交じってみたり、原稿を小出しにして反応を楽しんだり、悪趣味だと思わないのか?」

「それが事実なら、悪趣味かもしれませんね」

俺と佐藤のやり取りを、純恋は険しい表情で見つめている。

「佐藤さん。分からないことがあるんです。長く疑問に思っていることがあります」

「何だよ。聞きたいことがあるなら、もったいぶらずに聞けば良いだろ」

「佐藤さんは俺がミマサカリオリだって断言していますよね」

「ああ。もう確信しているからな」

「仮に、仮にですよ。それが事実で、俺がミマサカリオリだとして」

「ようやく認めたか」

佐藤の顔に勝ち誇った笑みが浮かんだが、無視して話を続ける。

「どうして俺に、そんな口を聞けるんですか？　あなたはミマサカリオリのファンなのに、どうしてそんな風に俺を責めるんですか？」

ずっと、ずっと分からなかった。

彼女が、俺に、どうして辛辣な言葉ばかりぶつけてくるのか。

「あなただってファンの一人ですよね。原稿を読めたことを、素直に喜べば良いだけじゃないんですか」

「先生様が世間の人間が読めない最終巻の原稿を恵んで下さったからか？」

皮肉たっぷりに告げられた。

「それですよ。それが分からないんだ。何でそんなに攻撃的なんですか？　読みたかったんでしょ？　物語の結末が知りたかったから、この企画に参加したんでしょ？　だったら、何で悪く言うんですか？　意味が分からない。あなたはまるでミマサカリオリを嫌っているみたいだ」

一番の疑問を口にすると、佐藤は左の口の端を奇妙な角度に上げ、それから、

「ようやく気付いたのか？」

冷めた眼差しで、それが告げられた。その真意を俺たちが悟るより早く。

「お前がミマサカリオリであることを認めたんだから、もう隠す必要もないな。教えてやるよ。私はファンじゃない。いや、もっと分かりやすい言葉で言ってやろう。私はアンチだ。『Swallowtail Waltz』が大嫌いで、ファンが集まるコミュニティを潰したかったから、あのサイトに入っていた」

佐藤は緑ヵ淵中学校の古参である。塚田さんはそう話していた。

チャットや掲示板に頻繁に顔を出すことはないけれど、古くからの参加者で、開設当初から履歴が残っている。そう聞いていた。だけど、アンチだなんて……。

「分かりやすく批判を撒き散らしたら、アカウントを削除されるからな。サイトでは大人しくしていたが、ずっと、めちゃくちゃにしてやりたいと思っていた。ゴミのような作品に群がるお前らごとな」

純恋の顔に、見たこともないような怒りが滲んでいた。

握り締めたその右の拳が震えている。

「塚田さんに声をかけられた時は笑ったよ。あんな作品に夢中になる奴らは、やっぱり相当な馬鹿なんだと思った。作品の真似をして結末を探る？　そんなこと出来るわけないだろ。頭の中がお花畑にも程がある。だから、ある意味、これは慈善活動だったのさ。

馬鹿なお前らを私が啓蒙してやった」

「コミュニティを潰すために、参加していたってことですか？」

「広瀬。いや、ミマサカリオリ。お前は本当に性格の悪い男だったな。ファンを騙すのは楽しかったか？　狂信者どもが新作に熱狂する姿を見るのは愉快だったか？」

ようやく追い詰めた。そう言わんばかりの顔で、佐藤が笑っている。

「ミマサカリオリ。お前にずっと、直接、言いたいことがあった」

「聞きますよ。何でも」

「お前の小説はまるで面白くない。何の価値もない。本当にゴミのような……」

「もうやめて！」

真っ赤な顔で、純恋がテーブルを叩いた。

「もう、これ以上……」

叫んだ純恋を手で制し、佐藤に先を促す。

「言いたいことがあるなら最後までどうぞ。聞かせて下さい」

「ミマサカリオリにどうしても言いたいことが、もう一つある」

「何ですか？」

「お前みたいな作家は、本当に死んでいたら良かったんだ」

ありったけの悪意に触れ、思わず、足が震えてしまった。

背筋に激しい怖気を感じていた。

「佐藤さん。俺には後悔していることが沢山あります。死にたいと思ったことも何度もある。でも、やっぱり思うんです」

「何だよ」

「死ぬのだけは違うんじゃないかなって」

「ミマサカリオリを死んだことにしたのはお前だろ」

そうかもしれない。ミマサカリオリを殺したのは、ほかならぬミマサカリオリだ。それでも、それでも、思うのだ。

生きていて良かった。生きていてくれて良かった。

だって死んでしまったら、本当に何もかも終わりだから。

どんな後悔も、後悔のままで終わってしまうから。


佐藤から視線を外し、純恋に目をやると、少女は怒りと悲しみをない交ぜにした眼差しで、俺を見つめていた。

「ごめんね。純恋ちゃん。本当に、ごめん」

こんな場面なのに、どうして俺は、満足な言葉を見つけられないんだろう。

本当はもっと伝えたいことがあった。伝えなければならないことがあった。

だけど、それ以上、何も言えなかった。

何を言っても、何を言わなくても、間違いな気がしてしまった。

だから俺は、この物語を閉じることにした。

二人と別れ、自室に戻ると、既にまとめてあった荷物を背負う。
そして、さよならも言えずに。
誰にも、嘘をついた自分にも、お別れさえ言えないまま。
俺は、五人目の退場者として、廃校を去ることになった。

第五話

あなたが見た夢

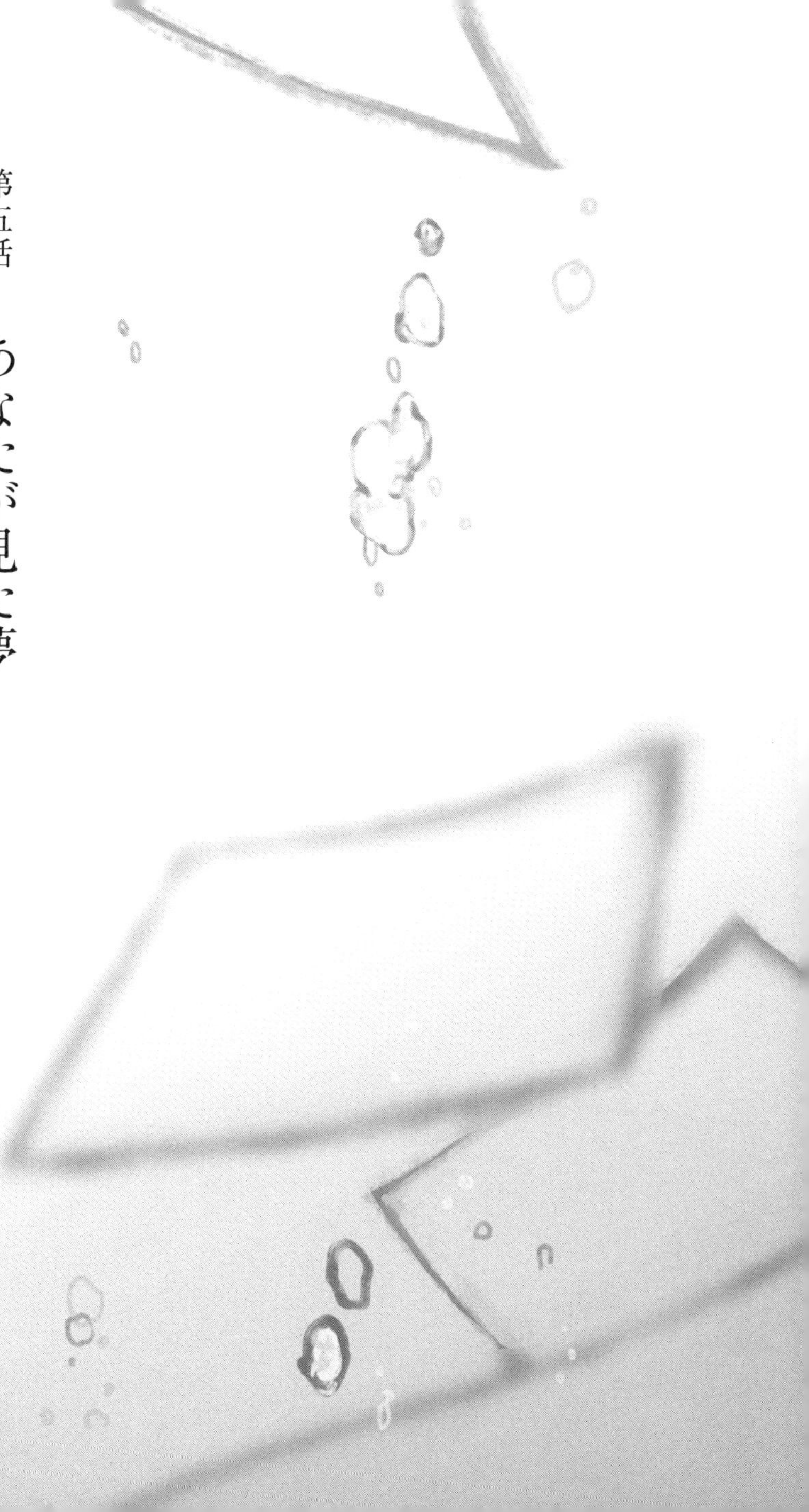

1

共同生活では、一階の教室を四人の男性陣が一部屋ずつ、二階の音楽室を山際恵美と中里純恋が、同じく二階にある美術室を佐藤友子が、自室として使用していた。

調理室や職員室、用務員室などの共有スペースを除けば、利用されていたのは、その六つの教室だけである。一ヵ月間、皆がそう考えていたはずだ。

しかし、校内にはもう一つ、誰にも知られずに利用されていた部屋があった。体育館のステージ脇にある階段を上った先、中二階のような空間に作られた更衣室である。

錆びた鉄の匂いが充満したその狭く薄暗い部屋で、眼鏡を外し、ミマサカリオリは一人、空虚な思いを抱きながら天井を見上げていた。

どうしてこんなことになってしまったのか。

自分は一体、何がしたかったのか。

答えなんて出るはずもない問いを浮かべながら、茫漠とした溜息を量産していく。

ミマサカリオリが秘密の隠れ家として更衣室を選んだ理由は、以下の通りだ。

ステージ上部から吊された緞帳が階段を隠しており、そもそも部屋の存在が気付かれにくいこと。体育館のキャットウォークが南棟二階の廊下に通じており、一階と二階どちらからでも行き来出来たこと。中から鍵をかけられる希少な部屋であり、室内に扉のついたロッカーがあったこと。最後に、換気用の小窓が南側についていたことだ。最新のソーラーパネル型モバイルバッテリーがあっても、太陽光を確保出来なければ意味がない。電気の通っていない廃校で電子機器を起動するには、モバイルバッテリーを充電するために、南向きの窓がどうしても必要だった。

もちろん、自室でも電子機器の起動は出来る。だが、未発表の原稿が校内で見つかっている以上、ノートパソコンやプリンターに触っている姿を見られてしまえば、言い逃れ出来なくなる。お前がミマサカリオリだったのかと弾劾されるに違いない。彼らにとって作家は尊敬の対象だから、弾劾といったニュアンスにはならないかもしれないが、自分にとってはそれと相違なかった。電子機器を自室に置くわけにはいかなかったし、それに触るのも、誰も近付かない体育館内の更衣室がベストだったのである。

共同生活が始まってから、既に一ヵ月以上が経っている。

稲垣琢磨、山際恵美、清野恭平、塚田圭志、広瀬優也、五人の参加者が去ったが、未だ二人の人間が残っている。

目的も、意味も、見出せない人生だ。

今の自分には向かうべき場所も、向かいたい場所もない。

最初から企画の結末ばかりが気になっていたけれど、エアコンもない夏場の悪環境で、女二人だけが残るなんて、企画が始まった段階では想像も出来なかった。

子どもの頃から、天真爛漫とはほど遠い性格をしていたように思う。

根っからの臆病者で、猜疑心の塊みたいな人間だったし、毎日、延長時間ギリギリまで預けられていた保育所では、同級生どころか保育士にさえ懐けなかった。

とはいえ、今ほど歪んでいなかったことは間違いない。

誰のことも信用出来ない。したくない。するつもりもない。ミマサカリオリがそんな人間になったのは、幼少期に経験した二つの出来事がきっかけだ。

難病に冒され、医療研究の被験者として都内の大学病院に入院していた母とは、普段から、ほとんど会うことが出来なかった。既に愛情が冷えているのか、父がお見舞いに向かうのは数ヵ月に一度であり、それはそのまま自分が母に会える日数でもあった。

最も鮮明に残っているのは、六歳、小学校に入学したばかりの四月の記憶である。

式典の後、父と訪れた大学病院で、母から入学祝いにテディベアのぬいぐるみをプレゼントされた。手縫いで作っている職人を探し、オーダーメイドで購入したらしい。ドイツ製のモヘアを素材とした、ダークトパーズの瞳と赤いリボンを持つ可愛らしい女の子だった。

なかなか会えない母からのプレゼントが嬉しくて、その子が可愛くて、涙が出るほどに喜んでいたら、胸の躍る言葉を告げられた。

「私も頑張って病気を治すから、夏休みになったら、一緒にテディベアミュージアムに遊びに行こうね」

それは、ミマサカリオリが交わした、人生で最も大切な約束だった。

母と旅行に行けることも楽しみだったけれど、何より嬉しかったのは、母の病気に治る見込みがあると分かったことだった。その見込みがないなら夏の約束なんてしないはずである。もうすぐ、この空疎な生活も終わるのだ。

病気が治った母と一緒に暮らしたい。ささやかな、しかし、叶うとは期待していなかった願いが成就する未来を思い、小さな胸が揺れた。

夏休みまで我慢すれば、大好きな母と旅行に行ける。

買い物をしよう。この子に、姉妹を作ってあげよう。家庭でも、学校でも、孤独に苛まれていた六歳のミマサカリオリにとって、母との約束は、たった一つの希望だった。

その約束だけで、どんなに苦しいことでも、耐えられる気がしていたのに……。

希望はある日、不意に、枯れる。母が、夏休みどころか、ミマサカリオリの七歳の誕生日さえ待てずに、死んでしまったからだ。

「お母さん。約束したよね」

棺の中、冷たくなった母の上に、涙が落ちる。

「夏休みになったら遊んでくれるって言ったのに、どうして約束を破るの？」

分かっている。本当は、よく分かっている。

母だって頑張ったはずだ。生きるために、必死に努力したはずだ。

自分を傷つけたくて約束を破ったわけじゃない。本当は母だって約束を守りたかったはずである。そんなことは子どもの頭でも分かっていた。だけど、駄目だった。

余りにも大きな希望は、破裂した時、痛みを伴って反転する。

信じたから、期待したから、こんなことになったのだ。だったら、もう誰のことも信用しなければ良い。そうすれば、もう二度と、あんな思いをすることもない。

誰のことも信頼するものか。誰にも期待するものか。

母の死は、幼いミマサカリオリの心に、一生消えない傷をつけることになった。


小学一年生、思い出すだけで胸が冷たくなるあの一年には、対照的に、胸が焼けるような怒りを覚える事件もあった。

母が亡くなってから二ヵ月もせずに、父が再婚したのである。

女性は配偶者と死別した後、妊娠を否定する医師の証明書がない限り、百日間は再婚出来ない。一方、男性には再婚に関する制約がない。父にはいつでも再婚する権利があったわけだが、物事には倫理的な限度がある。

母が亡くなる前から、父はその女性と関係を持っていたのだろう。尋ねるまでもなく分かったし、それが不貞行為であることも理解出来ていた。

だが、七歳の子どもに出来ることなどない。怒りを訴える術もない。

赤の他人が突然、同じ屋根の下で暮らし始める。幼いミマサカリオリにとって、それは、ただそれだけで、究極と言っても良いほどに気持ちの悪い話だった。

継母は善人ではなかったけれど、悪人でもなかった。とはいえ、継母の人間性など、そもそも些末な話である。母と暮らした家に別の女を住まわせるということが、自分たちに対する裏切り行為なのだ。だから、ミマサカリオリは父を見限ることになった。その日から、父は単に血が繋がっているだけの他人になった。

一万回生まれ変わっても、あの女を「母親」と呼ぶことはない。

父が再婚したその日、ミマサカリオリは正真正銘、家族を失ったのだ。


凍りついたあの家の中で、すがれる存在はテディベアだけだった。

そして、彼女に語りかけていた物語を、いつしか小説として描き出すようになった。

最初は大学ノートに、中学生になってからは、機嫌を取るために「欲しい物はないか」と聞いてきた継母に買ってもらったノートパソコンに、綴るようになった。

楽しかった。夢想した世界を描き出すその瞬間が、たまらなく幸福だった。

ミマサカリオリには家族がいない。学校では大抵、一言も喋ることなく一日が終わったし、孤独を煮詰めた寂寞の日々は、灰色の世界だった。けれど、いつだって頭の中に仲間がいた。同じ夢を追い、戦ってくれる親友が、物語の中にいた。

小説を書くことで、登場人物たちと踊ることで、十代になったばかりのミマサカリオリは救われていた。

2

広瀬優也が出て行った日の翌日。

美術室で佐藤友子が目覚めると、今日も太陽が空高く昇っていた。

ベッド脇の腕時計で、既に午前が終わろうとしていることに気付く。

共同生活の参加者は全員がソーラー式のランタンを持参していたが、基本的には電気のない生活だ。覚束ない光に頼るより、太陽が出ている時間に活動した方が良い。この時期であれば午前四時には空が白み始めている。ほとんど全員が早朝から活動を始めていた。しかし、佐藤は今日に至るまで、周囲のリズムに合わせることが出来なかった。

子どもの頃から、朝が、太陽の光が、嫌いだった。

帰宅してすぐに仮眠を取り、家族が就寝した真夜中に活動する。高校時代にそんなスタイルを確立し、卒業してからは、完全に昼夜逆転の生活を送るようになった。

今更、身体に染みついたリズムは変えられない。共同生活が始まった当初は、無理をして周りに合わせていたが――少なくとも自分なりに合わせてきたつもりだったが、すぐに諦めてしまった。

あいつは、太陽は、どうして毎日、あんなに鬱陶しいんだろう。

午前中は、太陽が頭上に輝いている間は、頭が働かない。夜が、雨の日が、好きだった。誰も活動していない深夜が、出歩いている人間のいない土砂降りの日が、とにかく心地好かった。

子どもの頃から人が苦手だった。馴れ合うことが出来なかった。誰に除け者にされたわけでもないのに、社会に腹を立てていた。いつだって何かに苛立っていた。

昨日、五人目の退場者が出た。主催者の塚田が出て行き、立て続けに広瀬が消えたことで、共同生活は今度こそ完璧に終焉を迎えたと言って良い。

昨晩、広瀬が出て行ったことに気付いても、残ったもう一人の少女、中里純恋は何も言わなかった。佐藤が声をかけることもなかった。

少女の、いつだって怯えたような眼差しが嫌いだった。最初に会った日から、被害者みたいな面が気にくわなかった。だが、それも昨日で終わりである。

幾らあの少女がとろくても、この時間なら、とっくに出て行ったはずだ。

この廃校に残っているのは、今や自分一人だけである。

季節も季節だ。生来、忍耐力のない自分が、エアコンもない場所で、一ヵ月以上暮らせるとは思わなかった。

他人が浸かった後の風呂になんて入れない。初日に啖呵を切ったせいで、ずっと、気持ちの悪い何かが身体に貼り付いているような気がしていた。校舎裏の清流で、毎日、水浴びをしていたけれど、あれがなければ三日で逃げ出していたに違いない。

コミュニティの崩壊まで見届けたいと考えていたものの、率直に言って、ここまで頑張れるとは思っていなかった。

全員に嫌われ、軽蔑の眼差しを浴び続けてきたが、過酷な環境に音を上げて逃げ出した奴らこそが、根性なしだった。物語に人生を変えられたとか、大仰なことを恥ずかしげもなく語っていたけれど、彼らは全員、自分の都合を優先する程度のファンだった。どんなに熱っぽく作品への愛を語っても、結局は自分自身の方が可愛いのだ。小説なんかに変えられてしまうような薄っぺらい人生を生きているから、堪え性もないし、自分で吐き出した言葉さえ守れない。

やっと全員が退場した。本当に、心の底から、せいせいする。

今日で三十七日目だっただろうか。些か日が高く昇り過ぎているけれど、ここで暮らし始めてから、一番、気持ちの良い朝だった。

何かあれば、自分がすべての責任を取る。何度もそう強調していたくせに、意気消沈していた塚田は、出て行く際、残された自分たちに指針を残していかなかった。

ここは忘れられた村である。主催者なら幕引きの形にも責任を持つべきだ。全員が帰宅したら後片付けに戻って来ると言っていたけれど、それだって怪しいものである。

まあ、そんなことも最早、自分の知ったことじゃない。

立つ鳥跡を濁さずなんて、自分には関係ない。

顔を洗って、腹を満たしたら、適当に荷物をまとめて帰ろう。

最初から何を期待していたわけでもない。

こんな生活、体験するだけ時間の無駄だった。


「お前、何で……」

調理室に純恋の姿を発見し、思わず、うめくように囁いてしまった。

既に帰ったと思っていた少女が、まだ残っていたからだ。

純恋は佐藤を発見すると、露骨に嫌そうな顔を見せた。それから、食べかけの器が載ったお盆を持ち、反対側のドアに向かう。

「おい。待てよ」

小さく肩を震わせて、少女が立ち止まる。

「何ですか？」

「何をしているんだ？」

「お昼を食べています」

「お前もさっきまで寝ていたのか？」

「私は朝から活動しています。水も汲みました。自分一人のためにお風呂を沸かすのは無駄だから、そっちは手つかずですけど、あなたが浸かりたいなら……」

「待て待て。何の話をしている？」

しごく当然の疑問を呈したのに、少女は不愉快そうに首を傾げた。

「お前、今日もまだ泊まるつもりなのか？」

躊躇いもなく少女の頭が縦に振られた。

「何でだよ。広瀬の奴も正体を認めて逃げて行ったじゃないか」

「広瀬さんがミマサカ先生だと何が変わるんですか？」

「はあ？」

「誰が先生だろうと関係ありません。私は続きが読みたいだけです」

「お前は馬鹿なのか？　また続きが読めるとでも思っているのかもしれないが、広瀬が出て行ったんだから、もう二度とそんなことは起こらないぞ。時間の無駄だ」

「そんなのあなたに関係ないでしょ」

「ああ、関係ないな。お前の人生なんて、私には何の関係もない」

「だったら放っておいて下さい。私はここで生活を続けます」

「何のためにだよ」

「『Swallowtail Waltz』の続きを知るために決まっているじゃないですか」

「だから、もう続きは読めないって分かるだろ」

「続きを読むために参加したわけじゃありません。たまたま原稿を読めただけで、そんなこと期待していなかった。私は小説の真似をしたかっただけです」

「ガキが」

「あなたはアンチなんですよね。だったら、もう帰ったら良いじゃないですか。何で私に絡むんですか?」

「お前みたいな馬鹿を見ていると、苛々するからだよ」

「関わらなきゃ良いだけじゃないんですか? 私だってアンチとなんて話したくない。もう放っておいて下さい」

少女の懇願を受けてもなお、佐藤はその場を動かなかった。

「私が帰ったら、お前はどうするんだ?」

「どうもしません。ここで生活を続けます」

「いつまで?」

「死ぬまで」

この少女は何を言っているんだと思った。

意味がまったく分からない。そんなことをして何になると言うのだ。

「馬鹿だな。お前は本当に、どうしようもない馬鹿だ。子どもみたいなことを言ってないで、もう帰れよ。お前がここで野垂れ死んだら、この企画に参加した人間は全員、警察に疑われる。最後までお前と残っていた私は特にそうだ」

「『Swallowtail Waltz』が批判されるような死に方はしません」

「お前みたいな人間が言うことを信用出来るわけないだろ。うだうだと子どもみたいなことを言ってないで、さっさと帰れって」

「帰りません」

「殴るぞ」

「お好きにどうぞ。私が帰ったら、今度こそ本当に『Swallowtail Waltz』が終わってしまう。そんなの嫌です。私は一人で死ぬことになっても絶対に終わらせたりしない」

少女の愚かさに目眩を覚えた。この少女は何処まで馬鹿なのだろう。

何の意味もないことを、たった一人で、いつまでも続けようとしている。

「お前、本当に気持ち悪いよ」

吐き捨てた佐藤を睨み付けてから、純恋はお盆を持ったまま調理室を出て行った。

広瀬の離脱で、ようやくコミュニティを崩壊まで導けたと思っていたのに。

二人だけの共同生活が、もう少しだけ続くようだった。

3

体育館ステージ脇の中二階、薄暗い更衣室の中で、ミマサカリオリは一人、学生時代のことを思い出していた。

十代の自分にとって、小説を書くという行為は、現実からの逃避であり、益体もない日々に手向けた救済だった。

放課後も、土日も、時間を忘れてパソコンに向かっていたと記憶している。

中学生になってすぐに視力が急激に悪化し、眼鏡なしでは黒板の文字も読めなくなったけれど、たとえそれが執筆による弊害であっても気にはならなかった。目に映る世界になど、はなから興味がなかったからだ。

幾つもの物語がノートパソコンの中で生まれ、人知れず閉じられていった。

次々に完成していく小説を誰かに見せることはなかった。ネット上であれば匿名で発表出来る。しかし、そんなことをしたいとは一度も思わなかった。

顔も名前も知らない誰かに評価されるなんて耐えられない。生来、人間を信用することが苦手だったから、紡がれた物語が日の目を見ることもなかった。

高校生になり、新人賞への投稿を考えるようになったのは、『Swallowtail Waltz』が書けたからだ。既に長短編合わせて十の物語を紡いでいたが、どれと比べても出色の出来だった。

しかも、その頃よく読んでいた小説家が、来年から大樹社が主催する新人賞の最終選考委員を務めることになっていた。何処の馬の骨とも知れない人間に評価されるなんて我慢ならないが、あの小説家ならば信じてみても良いと思った。

完成した原稿があり、挑戦する新人賞も決まっている。

しかし、すぐには投稿に至れなかった。封筒を用意して切手まで貼ったのに、いつもの臆病が顔を覗かせたからだ。

もしも否定されたら、落選したら、傷つくだけでは済まないだろう。

小説を書くことは、物語を紡ぐことは、こんなにも楽しくて、こんなにも幸せなことなのに、否定されることで、完全なる世界に傷がついてしまうかもしれない。

新人賞なんて大抵は数百倍の狭き門だ。大樹社の新人賞なら、千倍を超える年も珍しくない。落選する方が普通である。編集者や選考委員が、この物語を理解出来るとは限らない。世の中の人間たちは、どう考えたって自分とは違う感性を持っている。

そうだ。理解されない可能性の方が圧倒的に高いのだ。

否定される未来を想像したら、投稿なんて出来なくなってしまった。

ミマサカリオリにとって世界は、高校生になっても、頭の中だけで完結していた。

物語があるというだけで、揺らぐことなく鮮やかに息づいていた。

自宅では十分な広さの自室を与えられていたし、父親も継母も二階には上がって来ない。自分は二人のことを家族だと思っていないけれど、邪魔だと思うほどに、迷惑をかけられているわけでもない。期待しなければ苛立つこともない。

自宅から通える大学に進学するのであれば、学費は出してやる。高校生になってすぐに、父親にそう言われていた。選ばなければ通える大学など幾らでもある。このまま何もしなくても、この完全なる世界は継続する。わざわざ新人賞に投稿して、傷つく必要はない。そう考えていたのだけれど……。

ある日、不意に、それが期限付きの平穏であることに気付いてしまった。

自室にこもって好きな小説を書き続けていられるのは、学生だからだ。現状、あの二人が自分のことを扶養すべき子どもだと考えているからに過ぎない。

それは高校卒業か、遅くとも大学を卒業したタイミングで終わってしまう。家から追い出されることはなくとも、社会と一人で向き合うことを余儀なくされるだろう。

大人になっても、あんな親に寄生しながら生きていくなんて耐えられない。だが、教室で誰かと机を並べるだけで苦痛を感じる自分が、社会でまっとうに生きていけるとは思えない。就職なんてしたくない。出来るとも思えない。

親の世話にならず、社会とも関わりたくないのであれば、方法は一つしかなかった。

遅かれ早かれ、こうなることは決まっていたのかもしれない。

今の生活を続けたいなら、この完全で安全な世界を守りたいなら、自分は小説家になるしかないのだ。

4

佐藤友子がこの企画に参加したのは、『Swallowtail Waltz』を憎んでいたからだ。

ファンサイト経由で、塚田にコンセプトを聞いた時は、思わず鼻で笑ってしまった。

物語と現実は違う。どれだけシチュエーションを似せたところで、模倣など出来るはずがない。作者以外に結末が分かるはずもない。

だから、本当に最初から、共同生活の中身など、どうでも良かった。

佐藤にとって共同生活は、ほとんど暇潰しと変わらない。小説を模倣しようとする愚か者どもの努力を、踏みにじっていく行為にこそ、目的を見出していた。

呑気にキャンプまがいの生活を送る六人に、終始、苛立っていたし、コミュニティがどうなろうと知ったことではなかった。案の定、堪え性がない人間から離脱していき、コミュニティは崩壊していったが、さしたる驚きもなかった。

リーダーである塚田が出て行き、立て続けに広瀬までもが姿を消した時、これで完全に終わったと思った。

しかし、中里純恋は廃校から出て行こうとしなかった。それどころか、死ぬまでこの企画を続けると、狂気じみたことを言う始末だった。

五人が出て行くまでにかかった日数は三十六日。むしろ、よくもった方だろう。

ようやく、この馬鹿みたいな企画から解放されると期待したのに、最後に残った少女は、強情にもこの生活を続けようとしている。

放っておけば良いのだ。誰が野垂れ死のうが、原因が『Swallowtail Waltz』にあると分かり、作品が批難されることになろうが、自分の知ったことじゃない。

あんな少女、無視して出て行けば良い。

頭では分かっているのに、足が外の世界に向かなかった。

二人きりになっても、佐藤と純恋が会話を交わすことはなかった。

残された食料を、それぞれが調理し、空腹を満たすだけの生活。

純恋は明らかに佐藤を避けていたし、自分を避けている少女を追いかけまわすほどの気力は、佐藤にもなかった。

純恋は時々、釣りをしているようだった。

既にほとんど枯れている畑に水をやる様子も、窓から見かけたことがあった。

まさか野菜が育っているのかと思い、見に行ってみたけれど、広がっていたのは収穫など望めそうもない荒地だった。肥料もないまま素人が畑作りを始めるなんて、土台無茶な話だったのである。

蓄えられていた食料で食い繋げるのも、あと数日だろう。

純恋は高校中退の引きこもりである。買い出しに行きたいなら、麓まで下りてから携帯電話でタクシーを呼ぶ必要がある。少女にそれが出来るだけのお金があるとは思えない。そもそも携帯電話を所持していない可能性すらある。

ここでの生活を一刻も早く終わらせたいと考えている佐藤が、買い出しに出掛けるなんてことは有り得ない。自給自足生活が成り立っていないのだから、そう遠くない未来に、少女は諦めざるを得なくなるはずだ。

三日前、死ぬまで続けると啖呵を切っていたけれど、さすがに冷静になれば考えも変わるだろう。

そう考えていたのに、二人きりの生活が始まってから五日後、調理室に蓄えられていた乾麺や米の量が、一気に増えた。

昨日は丸一日、気配を感じないと思っていたが……。

「お前、働いていなかったはずだよな。親の金でも盗んだのか？」

夕方、調理室で少女を待ち伏せて尋ねる。

「貯めていたお小遣いを持って来ていただけです」

「どうだか。万引きでもしたんじゃないのか？」

「こんな量を万引き出来るわけないじゃないですか」

「小遣いはまだあるのか？」

「ありません。全部、使いました」

「あの小説、四巻以降は買い出しなんてしていなかったと思うけどな」

「釣りも畑も上手くいかないんだから仕方ないじゃないですか」

「だからって金の力に頼ったんじゃ、物語の模倣にならないだろ」

「嫌なら食べなきゃ良いでしょ」

意外な答えが返ってきた。

「私にも分けるつもりだったのか？」

「独り占めするつもりなんてありません。これは共同生活ですから」

純恋はこの生活を、あくまでも物語の模倣であると考えているようだった。その愚かしさに苛立ちもするし、憐れみも覚える。

既に参加者は二人しかいないのだ。少女が購入してきた食料だけでも数週間はもつだろう。これだけの荷物をたった一人で持ち帰るなんて、一体どれほどの……。

「お前は本当に、どうしようもない馬鹿だな」

「馬鹿でも良いです。私には信じるものがあるので」

「信じるもの？」

「小学生の頃から、早く死んでしまいたかった。私みたいな人間、生きている意味がないって、ずっと思っていた。でも、『Swallowtail Waltz』と出会えた。馬鹿で構いません。だって、そのお陰で、今、凄く楽しいんだから」


梅雨が終わり、本格的な夏が始まって、廃校での生活は厳しさを増していった。

太陽が沈んだ後はともかく、日中は暑さでまともに活動出来なくなった。

ただ休んでいるだけでも体力を奪われていく。そんな猛暑だった。

増えた食料について問いただして以来、佐藤は純恋と喋っていない。

ずっと、閉じこもって益体もないことばかりを考える毎日だった。

どうして自分はこんなことをしているんだろう。幾ら考えても分からなかったし、だからこそ、気が滅入る。出て行けば良いだけなのに、それが出来ない自分にも、少女の頑なな心にも、等分に怒りと苛立ちを覚えていた。

そして、二人きりの生活が始まって十日後。

再び、あれが目の前に現れた。

調理室前の廊下に、三度、原稿が置かれていたのである。

5

十代のミマサカリオリは、大樹社が主催する新人賞の募集ページを睨みながら、言語化の難しい不快感に襲われていた。

新人賞に投稿するには、タイトルやペンネームを始めとして、プロフィール欄に書かなければならないことが沢山ある。職業、投稿歴など、作品とはおよそ無関係なものから、氏名、性別、年齢、住所、電話番号、メールアドレスといった基本情報である。加えて、大抵の新人賞では、自分でまとめた作品の梗概を添付する必要がある。

タイトル、ペンネーム、梗概は構わない。問題は残りの情報だった。

彼らが自分を小説家にしてくれるとは限らない。確率だけで言えば、むしろ、そうでない可能性の方が圧倒的に高い。ほとんどの原稿を一読してゴミにするくせに、個人情報だけは吸い出そうなんて不届き千万だ。

最終選考委員を務める小説家ならともかく、一次審査や二次審査をおこなう、顔も見えない編集者たちに、何故、自分のことを正直に教えてやらなければならないのか。

人間を信用していないミマサカリオリは、応募原稿に添付するプロフィールに、でたらめばかり書き込んだ。住所にはこの世に存在しない地名を書き込み、生年月日は九十九歳になるように設定した。母がつけてくれた名前も、明かすことはしなかった。

新人賞に落選したら、死にたくなるに違いない。否定されるなんて恥以外のなにものでもない。落ち込んで、しばらくは小説を書けなくなるだろう。

それでも、自分は小説に取り憑かれた人間だから、いつかはまた書き出すに違いない。物語を紡ぐことを至上の喜びとする自分は、必ずもう一度、書き始めるはずだ。

プロフィール欄の中で唯一、本当の情報を書いたのは、メールアドレスだった。メールアドレスなら幾らでも作り直せる。投稿の度にアドレスを変えれば、新人賞に再度投稿したとしても、以前の原稿と紐付けられることはない。

信用も信頼もしていない人間に、馬鹿正直に素性を明かす必要なんてないはずだ。

ミマサカリオリには物語を紡ぐ才能があったが、自分ではそれに気付けていなかった。生まれてこの方、あらゆることに対して自信を抱いたことがなく、それは大好きな小説を書くことに関しても同様だった。

作家になりたい人間などごまんといるのだから、落選する方が自然である。心を守るために予防線を張っていたのではなく、本心からそう考えていた。新人賞に投稿した後も、傷ついてしまうだろう未来ばかりを想像していた。

だから、投稿作を手放しで絶賛するメールが届いた時には、目を疑った。

『最終選考会は来月おこなわれますが、この小説は間違いなく受賞します。必ず本になると私が保証します。どうか連絡先を教えて下さい。まずは電話で、これからの相談をさせて下さい。』

メールには物語の感想も長文で綴られており、編集者である彼が、いかにこの物語に魅せられたかが明かされていた。

最初に覚えたのは安堵だった。否定されなかった。自分が信じた物語は、赤の他人にも届いた。メールを送ってきた山崎義昭《やまざきよしあき》なる編集者がどんな人間なのかも分からないけれど、少なくとも一人の人間の心には刺さったのだ。

『選考会が終わったら、もう一度、連絡を下さい。』

随分と逡巡してから、一文だけ返信を送った。

信じたい気持ちも、期待したい気持ちもある。だが、まだ何も確定していない。油断は出来ない。山崎なる編集者は自分の小説を理解出来たようだけれど、最終選考委員は全員が一流の小説家だ。彼らが下す評価は想像もつかなかった。


三週間後、再び編集者の山崎からメールが届いた。

結果は五年振りの大賞受賞。

選考委員満場一致での受賞は、新人賞始まって以来の快挙であるとのことだった。

先月、山崎がメールで熱っぽく語っていた評価は、独り善がりなものでも、大袈裟なものでもなかったらしい。

綴った物語が本になることは嬉しい。望んでいたことだし、沢山の人間に読んで欲しいとも思っている。ただ、届けたいのは物語であって、自分自身のことではなかった。

読者にも、出版社の人間にも、素性は知られたくない。自分自身に関する情報は、すべてを秘匿したい。選考会の結果を待つ間に心は決まっていた。

父親に使っていない口座の通帳をもらい、賞金も印税もそこに振り込んでもらうことにした。連絡先として父親の名前と住所を伝え、同居していることは明かさないまま、郵送物はすべてそこに送るよう頼んだ。

スムーズな打ち合わせのために電話番号を教えて欲しいと言われたが、やり取りはメールだけで十分に成立する。性別を知られたくなかったから、電話でやり取りするつもりはなかった。入金の関係で電話番号が必要と言われ、渋々、実家の番号は伝えたけれど、携帯電話の番号は教えなかった。

父親には必要最低限の説明しかしていない。それでも、子どもに興味のない父親に対しては、それで十分だった。

初代担当編集者となった山崎は、ミマサカリオリが徹底して貫く秘密主義を「異常だ」と断定した。どうして、そこまで隠さなければならないのだと、何度も翻意を促してきたが、考えが変わることはなかった。

だからこそ、何も考えていない父親の取り次ぎで、うっかり電話に出てしまい、性別を知られてしまったことは痛恨の極みだった。世の中には相手の性別を知った途端、高圧的な態度になる人間がいる。誰にも会わないと話していたのに、山崎が家まで押しかけて来たのも、とどのつまり、こちらが女で、舐められていたからだ。

自分は、自分のことが世界で一番嫌いだ。赤の他人に受け入れられるはずがない。

担当作家の精神的な危うさを見抜いたからか、山崎はデビュー前に幾つかの助言をしてきた。ＳＮＳでの振る舞いについては、とりわけきつく言い渡された。

『Swallowtail Waltz』は公募総数が極めて多い新人賞を受賞している。それが故に、当然、落選した応募者たちから嫉妬されるし、負の感情に起因する謂われのない批難、批評を受けることになる。ただでさえ賛否が起きやすい作品なのだ。絶対にエゴサーチをしてはいけない。ファンレター以外の感想は読まないようにと伝えられていた。

担当編集の言葉、助言、すべてに従っていたわけではない。

デビューからわずか二ヵ月後、有志が『緑ヵ淵中学校』という承認制のファンサイトを立ち上げており、存在に気付いて、すぐに入会を申し込んでいた。ファンだけが集まる場所でなら、批判されることはないと考えたからだ。

そんな推測は、半分正解で半分間違っていた。ファンサイトの中にも作品の批判をする人間はいた。ただ、それらはすべて、作品への愛情に端を発する言葉だった。

的外れな批判を読めば、気が滅入る。それでも、悪意ではなく、作品への過剰な想いからきていると分かっていた。

だから、致命的なショックを受けることはなかった。

誹謗中傷と、愛ゆえに発せられる駄目出しは違う。緑ヵ淵中学校は、編集部から転送されてくるファンレターと並んで、長い間、拠り所だった。


もともと欲しかったのは、親の世話にならずに生きていけるだけのお金だった。

切望する閉じた世界は、小説家になれたことで、いつまでも形を保っていける。

幸せとは無縁の人生だったが、これからは誰のことも気にせずに、大好きな小説のことだけを考えて生きていける。ついに自分は、完璧な幸福を手に入れたのである。

『Swallowtail Waltz』が発売された後、本気でそう思った。

わずか二年で、その大好きな小説に、何よりも苦しめられることになるなんて、あの頃はまだ、想像出来るはずもなかったのだ。

6

共同生活、四十六日目となるその日も、佐藤は午後になってから一階に下りた。

空腹を満たすために調理室に入ると、純恋に大きな声で呼ばれた。

「佐藤さん！　これを見て下さい！」

長い間、共同生活を続けてきたが、少女に名前を呼ばれたのは初めてだった。二人きりになっても、純恋は今日まで決して自分の名前を呼ぼうとしなかったからだ。

「新作が三十一枚も落ちていたんです！」

これで三回目の出現である。前回までの原稿と合わせれば、物語は中盤まで進んでいるかもしれない。

「お前はもう読んだのか？」

「はい。今回も本物で間違いありません」

「ミマサカリオリは続きを書けなくなっていたんじゃないのかよ」

「一年以上、時間がありましたから」

「私はお前らほど読み込んじゃいないが、今までに見つかった原稿は、本人が書いたものだと思った。あんな性格の悪い展開、ミマサカリオリ以外には考えつかないだろうからな。ただ、あくまでも、そう感じるってだけだ。確信までは持てない。お前はこれを本物だと断言するんだな？」

「はい。こんなに面白い小説を書ける作家は、世界にただ一人です」

「そんなに大層なもんかね。こいつより上手い作家なんて何百といるだろ」

「いません。上手いとか下手とかは分からないけど、『Swallowtail Waltz』より面白い小説は存在しません。この原稿は世界で一番面白いです」

佐藤は辟易としながら、純恋から原稿を受け取る。

「お前の話は信用出来ない。世界中の小説を読んだわけでもないのに、何でそんなことが断言出来るんだよ」

「だって私にはそれが真実だから。この小説を読むために私は生まれてきました」

佐藤は呆れ顔のまま、調理室の二つのドアに順番に目をやった。

「お前、この集落で、私たち七人以外の人間を見たことがあるか？」

純恋の首が横に振られる。

「私も見ていない。塚田さんの話を信じるなら、そして、全員がルールを守っているなら、この企画を知っているのは、私たちだけだ。最初に原稿が見つかった時は、まだ七人全員が残っていたし、調理室は棟の中央に位置しているから、真夜中に外部の人間が置いていったというのも考えにくい。誰が何処で眠っているかも分からないのに、わざわざこんなところまで侵入する理由がないからな」

「何が言いたいんですか？」

「この原稿が本物なら、やっぱり私たちの中にミマサカリオリがいたってことだよ。広瀬の姿も見ていないんだな？」

「はい。出て行った人たちを見たことはありません」

「本当に、どうなってんだよ」

お手上げだとでも言わんばかりの顔で、佐藤は一つ、大きな溜息をつく。

「ふざけやがって。首根っこをひっ捕まえて、絶対に正体を暴いてやる。お前もいつまでもボーッとしていないで、ちゃんと捜せよ」

「……別に、私は先生が誰でも関係ないから」

「関係あんだろ。遊ばれているんだぞ」

「続きを読ませてもらえるなら、それで良いです」

「相変わらず、話になんねえな。もう良いや。行け」

「読まないなら返して下さい」

「読まないなんて言ってないだろ。どんな胸くそ悪いことが書いてあるのか、興味はあるんだよ」

原稿に伸ばされた純恋の手を払い除けて、佐藤は近くにあった椅子に腰を下ろした。

7

誰にも知られていない体育館内の更衣室で、ミマサカリオリは一人、四十六日間に及んだ共同生活を振り返り、葛藤していた。

軽い気持ちで始めてしまった、この物語の終わらせ方を考えていた。

識字率がほとんど百パーセントみたいな国である。小説なんて誰でも書ける。誰だって一度だけなら、その人間にしか紡げない物語を描き出せる。そう信じている。

特別なことをやってきたわけではないけれど、自分が小説を書いたのは、それならば出来ると考えたからではなかった。小説を書きたかったから、頭の中に無限に生まれてくる物語を紡ぎたいと思ったから、形にしたのだ。

思い出した。最初はそうだった。小説を書きたかったから、書いたのだ。

物語は編集者にも選考委員にも好意的に受け取られ、目一杯の後押しを受けて発売された。順風満帆と言って良いスタートを切ったし、想像もしていなかった喜びが沢山あった。届けられた数え切れないファンレターは、その最たるものである。

しかし、幸福な時間は長く続かなかった。

批判されて、人格まで否定されて、傷ついて、痛くて、つらくて、もう二度と小説なんて書けないと思わされた。

それでも、頭の中で蠢く物語は、死ななかった。SNSに嘘の事実を投稿して、ミマサカリオリを死んだことにしたのに、傷口から物語は生まれ続けた。

今になり分かることがある。この企画に自分が参加したのは、物語を完全に殺せてはいなかったからだ。あんなに痛かったのに、あんなに苦しめられたのに、やっぱり物語から手を離すことが出来なかった。

最終巻の原稿は冒頭の十三枚しか書けていない。しかし、旅立つ前に印刷して、リュックに詰め込んでいた。気付けば、そうしていた。

集まったファンに原稿を読ませるかどうか、長い間、迷っていた気がする。

心が決まったのは、塚田がミマサカリオリの性別を断言した夜のことだった。編集者の杉本が何を話したのか知らないが、塚田は作者の性別を誤認していた。

ミマサカリオリは、自分は、女である。

最終巻の原稿が見つかれば、コミュニティの中にミマサカリオリがいると疑い始める者が現れるかもしれない。しかし、女というだけで自分は容疑者から外れるだろう。

疑いの目が向けられる心配がないなら、感想を聞いてみたいと思った。ファンを公言する彼らが、五巻の続きにどんな反応を見せるのか知りたくなってしまった。

全員が寝静まった真夜中、調理室前の廊下に原稿を置いたその時、新人賞に投稿した時と同じように、心臓が強く鼓動を打った。

いつだってそうだった。小説を初めて読んでもらう時は、信じられないほどに怖くて、胸が痛いくらいに苦しくなる。

翌日、原稿を読んだ六人の参加者は、全員が物語を絶賛してくれた。

この人たちは本当に、嘘でも、演技でもなく、作品のファンなのかもしれない。

油断するだけで泣いてしまいそうだったけれど、あの日も臆病で卑怯な自分は素直になれなかった。正体を明かすことが出来なかった。

自室に戻っても、更衣室にこもっても、原稿を読んだ皆の顔が忘れられない。

だから考えてしまった。もう二度と小説なんて書かない。そう決意したはずなのに、続きを書きたくなってしまった。もう一度その先を読んで欲しくなってしまった。

原稿を見せてから三日後、ノートパソコンとソーラーチャージャーのモバイルバッテリーを買うため、夜明けと共に一人で山を下りた。

共同生活では皆が皆、それぞれのことで精一杯だ。一人きりの買い出しは、誰にも気付かれないと思っていたのに、そんな日に限って、腕によりをかけた昼食が作られており、結局、出掛けていたことは皆に知られてしまった。ただ、姿を消していた自分が、町まで往復していたとまでは推測されなかったようだ。ノートパソコンを購入して持ち込んだことも、今日までバレずに済んでいる。

ロッカーが発する錆びた鉄の匂いが充満した更衣室で、一年振りに原稿に向かったあの日。

打鍵したキーボードが嘘のように重かった。

書くべきことは頭の中でまとまっているのに、言葉が出てこない。

満足に文章を編めない。

これまでに浴びせられた罵詈雑言を思い出し、気付けば手が震えていた。

それでも、時間だけは幾らでもあった。もう一度、あの人たちの、あの顔を見てみたい。そんな気持ちにすがりながら、ゆっくりと続きを書いていった。

第一話を書き上げた後、再び町まで下りて原稿を印刷したが、それをすぐに皆に見せることはしなかった。

一人、また一人と、離脱者が生まれていたからである。

裏切られるのは、初めての経験じゃない。アニメのプロデューサーにも、炎上後に掌を返され、約束を反故にされている。ここに集った人間も、あいつらと同じだった。

作品への愛を主張して、物語の結末が分かるまで帰らないと言っていたくせに、結局、どいつもこいつも中途半端な覚悟しか抱いていなかった。

ファンの愛情など、所詮はその程度のものだ。

声高に告げられた作品への愛は、自分の期待と比べれば遥かに薄いものだった。

主催者である塚田までもが帰宅した後、残ったメンバーに第一話の原稿を見せた理由は、自分でもよく分かっていない。

小説なんて、ただの娯楽である。本質的には生きる上で必要ないものだ。人生を変えられたとか、大仰なことを語る奴に限って、すぐに別の作品に目移りする。それが世の常であり、実際、その原稿を読んですぐに広瀬も出て行った。

ほら、見たことか。立ち直りたいなんて、そんなことを一瞬でも考えた自分が馬鹿だったのだ。そう思ったのに、中里純恋は最後まで帰ろうとしなかった。

物語の続きを知りたいと言って、本気で、こんな場所で死のうとしていた。

結局のところ、ミマサカリオリを動かしたのは、少女の頑なな想いだったのだろう。

共同生活、四十六日目の朝。

少女の愛を試すように、ミマサカリオリは三度、最終巻の原稿を晒すことにした。

8

佐藤友子には中里純恋と中身のある会話を交わした記憶がない。

五人が出て行き、二人きりになってからは、食事すら一緒にしていない。

それでも、彼女の生活リズムについては把握していた。

午後六時半に調理室を訪ねれば、純恋が料理をしていると分かっていた。もっとも彼女に出来るのは、麺を茹でるとか、その程度のことだが……。

開いていた調理室のドアを、あえて音を立てるようにして最後まで引いた。

二人しかいない校舎では、自分以外の立てる物音が珍しい。笑えるくらいに少女の背中が震えた。

「原稿を読んだぞ」

簡潔に告げると、分かりやすく少女が破顔した。自分となんて喋りたくもないだろうに、小説が話題になっただけで、こんな顔が出来てしまうらしい。

「どうでしたか？　今回も最高に面白かったですよね？」

「喋るなら火を止めろ」

パスタでも作るつもりだったのか、大鍋が火にかけられていた。

「もう一度読みたいので、原稿を貸して下さい。私……」

「やっと分かったよ。正直、今でも信じられない気持ちでいるけど、ようやくすべてが分かった」

「分かったって【ユダ】の正体がですか？」

今回の原稿は、物語最大の謎である【ユダ】と思しき人物を【ヒナト】が追い詰め、その背中に手をかけたところで終わっていた。純恋は佐藤が小説のストーリーについて話し始めたと思ったようだが、

「違うよ。【ユダ】なんて、どうでも良い。分かったのはミマサカリオリの正体だ。塚田さんが出て行った日の翌日に、原稿が見つかっただろ。あれで私は、広瀬がミマサカリオリなんだと確信した。でも、もう一人、疑わしい人間がいた」

「誰ですか？」

「決まってんだろ。塚田さんだよ。塚田さんは全員の身分を確認したと言っていたが、本人が主催者なら正体を隠すも何もない。十中八九、広瀬がミマサカリオリだと思っていたが、塚田さんのことも頭の片隅にあった。何しろ原稿が見つかったのは、あの人が帰った翌日だからな。集落に身を隠し、夜に調理室の前に原稿を置いて帰れば、残った三人に容疑を被せられる」

広瀬優也か塚田圭志か。ミマサカリオリの候補を二人に絞った後で、

「冒頭しか書けていないなんて話は間違いだった。炎上騒ぎで書けなくなったのは事実

かもしれないが、ミマサカリオリはもう続きを書き始めていたんだ。そして、その原稿を信者にならなら見せても良いと思った。何しろここに集まったのは、物語を再現しようなんて馬鹿なことを本気で考える狂信者ばかりだからな」

原稿を左手で掲げて、鼻で笑う。

「そんなに傷つくのが怖いかね。信者だけに囲まれて、ちやほやされて、それで心の平穏を保とうだなんて卑怯な奴だよ」

「それで、どっちが先生だったんですか？」

「罠を仕掛けておいたんだ。町まで下りるための山道には、伸び放題になった木々のせいで、暗く、細くなっているところがある。広瀬が出て行った後、そこに透明な釣り糸を張っておいた。もちろん、引っかけて転ばせるためじゃない。そこを通過した奴がいるかを確認するためだ。お前も買い出しに出掛けた時に引っかけている。気付かなかっただろ？」

純恋が頷く。

「お前が帰って来た後、もう一度、糸を仕掛けておいた。ミマサカリオリは生きていて、原稿を書き進めている可能性がある。完成しても世の中には出せないだろうが、あれだけ自己愛の強い男なんだから、信者の感想を知りたがるに違いない。私はそう確信していた。なあ、中里純恋。全部、嘘だったんだろ」

「……何の話ですか？」

「本当は塚田さんも知っていたんじゃないのか？」

「だから何をですか？」

わけが分からないといった顔で、純恋が問う。

「原稿を部屋で読んでから、山道を確認して来たんだ。広瀬か塚田さんが戻って来たんだと思っていたからな。でも、糸は外れていなかった。五日前にお前が買い出しに出掛けて以降、山道は誰も通っていないんだ。分かるか？　広瀬が消えて以降、ここには私たち以外、存在していない」

　純恋の顔には依然として戸惑いが浮かんでいた。

「導き出せる結論は一つだ。塚田さんが嘘をついたのか、塚田さんのいとこが嘘をついたのか、正解は分からないが、私たちが聞かされた事実は間違っていた。今回の原稿を読んで、疑いも確信に変わったよ。違和感は五巻の時からあったんだ。作者が男なら、ヒロインを作中で、あんな形で死なせることはしない。男なんてものは無知で、幾つになっても女に幻想を抱いている生き物だからな。ミマサカリオリは女だ」

　佐藤がそれを告げても、純恋の表情は変わらなかった。

「この十日間、外部からここにやって来た人間はおらず、今日、三度、原稿が見つかった。これ以上、説明は必要ないよな？　校内に潜んでいる三人目の人間がいるのでもない限り、私とお前、どちらかがミマサカリオリだ。そして、私はただのアンチだから、もう答えは出ている。なあ、教えてくれよ。お前、どんな気持ちで、私たちと一緒に暮らしていたんだ？　馬鹿どもが一喜一憂する様を眺めるのは楽しかったか？」

　強張った表情の純恋は口を開かない。

「おい、何とか言えよ。天才作家さん」

　佐藤は手にしていた原稿を、乱暴に投げ捨てる。

「お前、本当は十六歳じゃないだろ。第一巻が発売されたのは三年前だ。私はミマサカリオリなんて大した作家だと思っちゃいないが、あれを中学生が書けるとも思わない。お前、本当は幾つなんだ？　童顔で誤魔化しているけど、本当は私と大して変わらない年齢なんじゃないのか？」

「……知りません」

「中里純恋ってのも本名じゃないよな？　『純粋』な『恋』と書いて『純恋』だっけか。お前、恋になんて興味ないだろ？　何の酔狂で、そんな当て字をつけたんだ？　これからは、その名前で新しい作家人生を始めるのか？」

「偽名なんて使っていません」

「おいおい、この期に及んで嘘はやめろよ。山道に罠を仕掛けたって言っただろ。私とお前以外、誰もいないんだよ。お前がミマサカリオリじゃないなら、誰が、あの原稿を持ってきたんだ？」

「私じゃありません」

　消えそうな声で純恋が告げたが、佐藤は鼻で笑うばかりだった。

「最後まで認めないってわけか。強情な奴だな。まあ、好きにすれば良いさ。性悪女の正体が分かって、すっきりだ。さて、ミマサカリオリ大先生が本当は生きていたと知ったら、世間の皆様はどう反応するだろうな」

「そんなの私には分かりません」

佐藤は少女の頰に手をやり、

「諦めろ。お前の作家人生は、もう終わりだ。こんなことをやった時点で、二度と誰も認めてくれやしない。ミマサカリオリも『Swallowtail Waltz』も終わりだ」

「そんなことない」

「そんなことあるんだよ。分かったら諦めて、さっさとママの待っている家に帰れ。大嫌いな作家が終わる瞬間を確認出来て、最高の気分だぜ」

9

二ヵ月前、主催者の塚田圭志に企画参加の旨を伝えた後で、ミマサカリオリは自身の外見を変えることにした。

ＳＮＳに訃報を書き込んだその日の夜に、大樹社の編集者たちが自宅まで押しかけてきている。自分は鍵をかけた自室から出なかったし、問いかけに対しても反応しなかったが、娘の態度に呆れた父親は、扉の向こうで何度も怒鳴り声を上げていた。

編集者たちに姿は見られていないものの、事情を理解した父親が、何もかもをバラしている恐れがある。本名や性別、年齢だけじゃない。子どもの頃の写真を見せていても不思議ではない。最悪の場合、自分の身体的な特徴が、担当編集者経由で塚田に伝わっている可能性すらある。

企画に参加するにあたり、一番の懸念は、自分の正体を見抜かれることだった。

だから、使い捨てのコンタクトレンズを購入し、脱色力の強いブリーチで髪の色を抜き、人生で初めてとなるピアス穴を開けることにした。

ミマサカリオリは生まれてこの方、お洒落に興味を持ったことがない。美容室に行くのは年に一度だったし、前髪はいつも自分で切っていた。作家になって使い切れないくらいのお金を手にしても、それは変わらなかった。

どうせ誰にも会わないのだ。外見を飾っても仕方ない。見た目の虚飾に夢中になるなんて、中身のない人間がやることだ。ずっと、そう信じて生きてきた。

だが、今回ばかりは事情が違う。一度のブリーチでは変化に自信が持てず、実に三度の脱色を経て、髪の色は、ほとんど金色になった。

鏡の中に映った見慣れない自分を見つめ、今更ながらに気付く。

お洒落をするというのは、心を武装するということだったのかもしれない。

自信のない自分を少しでも誇るために、女たちは着飾り、化粧をしていたのだ。

髪の色を抜いてから、もう二ヵ月が経っている。既に根元は黒くなっているし、ケアしていない髪は、触れるまでもなく傷んでいるのが分かる。鏡に映る自分は、眼鏡を外して、髪の色を明るくした目の前の女は、文字通り別人のようだった。

ミマサカリオリは偽物の自分を演じる日々の中で、考えるようになった。

どれだけ他人を演じても忘れられなかったからこそ、思い知ることになった。

小説家は、誰のために、何のために、物語を紡いでいるのだろう。

少女時代、物語は自分だけのものだった。

しかし、小説家になり、完全なる世界は崩壊してしまった。

九十九人が褒めてくれても、たった一人の言葉に傷つき、心を病んでしまう。

こんなにも小説が大好きなのに。

小説を心から愛しているのに。

きっと、自分は小説家である限り、永遠に幸せにはなれないのだ。

10

佐藤友子か中里純恋がミマサカリオリである。

山道に透明な釣り糸を張ったなんて話は真っ赤な嘘だが、少女に分かって欲しかったのは、ここには二人以外の人間がおらず、そのどちらかがミマサカリオリであるというシンプルな事実だった。

少女がいくら愚鈍でも、ここまで言えば、さすがに理解出来たはずだ。

今度こそ本当に、完膚なきまでに、すべてが終わった。長かった共同生活も、ついに終わりを迎えることになった。

佐藤はそう考えていたが、翌日も、翌々日も、純恋は廃校から出て行かなかった。

最早、隠し事はない。どんなに愚かな人間でも理解出来るだけの真実が明らかになったのに、純恋は出て行こうとしない。

「おい。お前は何がしたいんだ?」

佐藤に詰め寄られても、

「茶番を続けるな! いい加減、帰れって言ってるだろ! おい、聞こえてんのか? お前に言ってるんだぞ。中里純恋! 親に扶養されている分際で、守られていることにも気付かずに、学校も辞めて、自分の世界に閉じこもって、人生を舐め過ぎだ! 甘えるのもいい加減にしろ!」

どれだけなじられても、怒鳴られても、少女は出て行こうとしなかった。

山際が持ち込んだ調味料は、とっくに底を突いている。

廃校付近の山菜も採り尽くしている。魚だってもう何日も釣れていない。

味のしない乾麺、炊いただけの米、ただ空腹を満たすためだけの食事を頼りに、少女は不健康な汗をかきながら、共同生活を続けようとしていた。

それから三日が経ち、五日が経ち、一週間が経っても、二人の生活は続いていた。純恋は決して出て行こうとしなかったし、佐藤もまた純恋を置いて出て行くことはしなかった。

会話にもならない、佐藤による罵詈雑言だけが、数を増していく。

そして、二人だけの生活が二十日目を迎えたその日、とうとう純恋が泣き出した。

「うるさい！　うるさい！　うるさい！」

感情的に叫んだ少女に気圧され、頬を引きつらせて佐藤が後ずさる。

「何だよ、突然」

怒りと恨みをない交ぜにして、純恋は佐藤を睨み付けていた。

「今度はキレた振りか？　ミマサカ先生よ。お前は本当に性根が腐って……」

「うるさい！　黙れ！　何でそんなことを言うの？　ねえ、何でそんなことばかり言うのよ！」

耳を塞ぎたくなるほどの絶叫が、二人以外には誰もいない校舎に響き渡る。

「ミマサカ先生を馬鹿にするのはやめて！」

「あ？　私はアンチなんだから馬鹿にするに決まって……」

「すべてなの！　私には『Swallowtail Waltz』がすべてだった！　それなのに、何で分かってくれないの？　ほかに欲しい物なんてない。私は救われたのに！」

「じゃあ、目を覚ませよ。あんなゴミみたいな小説……」

「うるさい！　あなたの意見なんて聞いてない！　これ以上悪く言ったら、許さないから！　私！　本当に許さないんだから！」

「知らねえよ。お前の許しなんて私には……」

「『Swallowtail Waltz』と出会わなければ、私はとっくに死んでいた。小学生の頃は、中学生になれば何かが変わるんだと思っていた。でも、中学生になっても何も変わらなかった。変われなかった。居場所なんて何処にもなかった！　だから、何度も、何度も、手首にカミソリを当ててきた。臆病な私はその度に失敗してしまったけど、次は、次こそは、躊躇わずにカミソリを引こうって、今度こそ死のうって、そう思っていた」

　少女の手首にリストカットの痕が残っていることは、佐藤も気付いていた。

「『Swallowtail Waltz』を教えてくれたのは中学校の先生だった。不登校の私を励ますために、先生が家まで本を持って来てくれて。興味なんてなかったけど、暇を潰すために本を開いた。それが始まりで、それが私のすべてを変えた。余りにも面白くて、一度も本を閉じられなかった。最後のページを読み終わるまで、立ち上がることも出来なかった」

　佐藤を睨み付ける少女の双眸から、透明な雫が零れ落ちる。

「あんな気持ち、初めてだった。胸騒ぎが収まらなくて、続きが読みたくて読みたくて仕方ないのに、小説は二巻までしか出ていなかった。だから思ったの。この小説の結末を知るまでは絶対に死ねない。死にたくないって」

少女の剣幕に気圧され、口を挟めない。

「学校なんて大嫌いだったし、親も、同級生も、消えて欲しいと思ってた。でも、先生だけは別だった。あの人は『Swallowtail Waltz』が分かる人だから、話を聞きたいって思った。その先生が高校に行った方が良いって言ったから、必死に勉強して、進学したの。結局、二ヵ月で辞めちゃったし、やっぱり私に普通の生活は無理だったけど、でも、後悔はしていない。進学したことも、退学したことも、間違ったなんて思っていない。何でか分かる?」

少女が自分のことを話すのは初めてだ。語られた話を受け止めることに精一杯で、佐藤には質問の答えを考える余裕などなかった。

「【ジナ】が『成功した人間より、失敗した人間を愛したい』って言ったからだよ。私は自分が嫌い。本当に嫌い。でも、【ジナ】の言葉で救われた。【ジナ】のお陰で、こんな自分でも失敗作なんかじゃないって思えた。そうやって救われたの!　誰も見捨てない【ジナ】の優しさに、私は救われたのよ!」

その【ジナ】は五巻で無残な死を遂げてしまったが、それでも。

「お願いだから、もうこれ以上、悪口を言わないで!　ミマサカリオリ先生のことも嫌わないで！　すべてなのよ。私はもう二度と、誰からも、悪口なんて聞きたくない。聞きたくないよ！」

両手で目を押さえて、その場に純恋は頽《くずお》れる。

「何で悪く言うの？　何でミマサカ先生を嫌うの？　こんなの絶対おかしいよ。私は愛してる。『Swallowtail Waltz』だけを愛している。続きが読めるなら、それだけで幸せなのに、どうしてそんなことばかり言うの？　お願いだから、もうやめて！　悪口なんて二度と聞かせないで！　私はただ、小説が読みたいだけなの！」

顔を覆った少女の両手の隙間から、涙が溢れ出していた。

少女の小さな身体から零れた涙が、冷たい床を汚していく。


中里純恋は気付いていなかった。

両手で目を覆っているから。

ただ、感情に任せて、泣きじゃくっていたから。

気付くことも、それを視認することもなかった。

少女の二メートル先で。

誰にも見せたことのない表情を浮かべて、佐藤友子が立ち尽くしていた。

幕間

ある小説家の死

1

その夜、編集者、杉本敬之は焦燥していた。

二十六年の人生で、最も難解な問題に直面し、困惑の渦中にいた。


大学卒業後、大手と言って良いだろう出版社、大樹社に就職した杉本は、書店研修を経て、営業部に配属されている。

与えられた役割に不満はなかった。「右肩下がり」なんて言葉が可愛く思えるほどの不況にあえぐ業界だったが、仕事は楽しかった。売れるべき本が認知されずに消えていくことも、資源の無駄としか思えない本が爆発的に売れることもある。葛藤は尽きない。それでも、大好きな書籍のために働ける環境に満足していた。

そんな杉本の人生を大きく動かすことになったのは、図らずも自身が営業を担当することになった『Swallowtail Waltz』シリーズだった。ミマサカリオリのデビュー作である第一巻を読み終えた時、あまりの衝撃で立ち上がれなくなったことを覚えている。

新人の分際で、一般書出版局の文芸編集部に異動願を出したのは、あんな風に人の心を動かす本を、自分でも作りたいと考えたからだ。憧れの作家の担当編集者になりたいだとか、そんな夢みたいなことまで考えていたわけじゃない。

しかし、数奇な運命が杉本の人生を動かしていく。

ミマサカリオリは冗談みたいに偏屈な小説家だった。その手癖は、どう見ても若い作家のものだったが、新人賞の応募要項には、計算すると九十九歳になる生年月日を書いていた。記されていた住所も電話番号も、でたらめだった。唯一、メールアドレスだけは正しく、初代担当編集者の山崎義昭はそこから連絡を取ったが、本名や性別は最後まで秘匿されたらしい。

一種異様な自意識を持ち、徹底した秘密主義を貫くミマサカリオリは、どうやら十代であるという。そのため、郵送物の宛先や印税の振込先には、父親が設定されることになった。

半ば事故のような形で、一度だけ山崎とは電話で喋ったらしいが、それ以降のやり取りは、すべてメールでおこなわれたと聞いている。つまり、山崎を除けば、年齢どころか性別すら誰も知らないのである。「絶対に明かさないで欲しい」という本人の懇願を聞き入れ、山崎は編集部の同僚にも、それを話さなかったからだ。

『Swallowtail Waltz』は記録的な売り上げを達成し、その年の賞レースを軒並み制している。ただ、時代の寵児となっても、ミマサカリオリのスタンスは変わらなかった。

こんな時代である。顔や素性を明かさない作家は少なくないものの、編集者にすら教えないなんて話は、聞いたことがない。

ミマサカリオリの病的とも言える徹底した秘密主義は、すぐに社内でも噂になった。とはいえ商業の世界は結果がすべて。本が売れるなら、あらゆるスタンスが許容される。作者の情報など、物語そのものと比べれば些末な話だ。

父親を名目上の代理人に立てた状態で、シリーズは順次、刊行されていった。

ミマサカリオリと初代担当編集者、山崎の関係がこじれた直接の原因は、最初の大きなメディアミックス、実写映画化に伴うやり取りにあったと聞く。

メールではスピーディーなやり取りが出来ない。その上、ミマサカリオリは妥協を知らない性格で、少しでも納得がいかないことがあれば、絶対に首を縦に振らない。

度重なる原作者NGを経て、ようやくキャスティングが固まったのも束の間、今度は脚本に対する執拗な駄目出しが始まる。そして、改訂稿が二桁に達したその時、とうとう山崎の堪忍袋の緒が切れた。本人と直接話し合うため、山崎は監督を連れて自宅に押しかけ、今度はそれがミマサカリオリの逆鱗に触れる。

『約束も守れない編集者とは、二度と一緒にやれない。担当編集者を替えない限り、何一つ許諾しないし、続きも書かない。』

新人が発するには傲慢な言葉だったが、何しろミマサカリオリの小説は売れる。仮に文芸編集部から発売されるすべての本が赤字となっても、シリーズ一つで部署の年間営業目標を達成出来てしまう。

『担当編集者を替えない限り、いかなる話し合いにも応じない。引退しろと言うなら、引退でも構わない。』

ミマサカリオリの意思は強固かつ明瞭だった。

作家の溜飲を下げない限り、あらゆる進行が止まってしまい、続刊の刊行も望めなくなる。状況を理解した部長、上田玄一の采配で、急遽、担当替えがおこなわれ、白羽の矢が立てられたのが、部署を異動したばかりの杉本だった。

ミマサカリオリは誰の言葉にも耳を貸さない。良くも悪くも癖の強い作家であり、誰が担当したところで、原稿の質は変わらない。担当編集者は作家のご機嫌を伺い、物事を円滑に進められるイエスマンであれば良い。『Swallowtail Waltz』に心酔して異動願を出した杉本は、うってつけの人材だったのである。

金の卵を産む人気作家の担当に、新人編集者を抜擢する。杉本自身にとっても青天の霹靂と言える采配だったが、結果的に部長の判断は正しかった。

ミマサカリオリは杉本にとって憧れの作家である。

作家のご機嫌を取るためではなく、本心から、作品に対する愛、褒め言葉が、溢れてくる。初代担当の山崎より、細か過ぎるほどの注意事項が伝えられておらずとも、上手くやったことだろう。ミマサカリオリに気分良く仕事をしてもらうために、杉本はあらゆるやり取りに細心の注意を払っていた。

完璧な創作者など、この世に存在しない。

心酔しているとはいえ、作品に対し、疑問を抱く瞬間が皆無だったわけではない。それでも、確実な間違いを発見したのでもない限り、杉本は作品に対して、一切、自分の考えを述べなかった。

一緒により良い作品を作りたい。編集者として感じたことを、意見として伝えたい。もちろん、そういう気持ちはある。ただ、ミマサカリオリの本に関してだけは、事務処理に徹しろという上司からの言葉が正しいと分かっていた。

ただでさえ自分は新人の編集者だ。ミマサカリオリは天才なのだから、凡人の意見など不要である。

作家が書きたいと思ったものを、純度百パーセントで世の中に届ける。それが自分の仕事であると理解していた。

杉本のスタンスは、ミマサカリオリにとっても好ましいものであったらしい。懸念していたようなトラブルが起きることは、ほとんどなかった。作品を心から愛する杉本が間に入ることで、呼吸をするように連発されていたNGも減っていき、ようやくすべての物事が前に進み始める。

まだ完結していない物語の映画化である。大成功とまでは言えなかったものの、まずまずの興行成績を残し、原作小説はさらに売り上げを伸ばすことになった。

杉本はミマサカリオリがメディアミックスに対して発する言葉を、間違っているとは思わなかった。何があろうと原作者が折れる必要なんてない。そう信じていたからだ。

時には重箱の隅をつつくような駄目出しだと感じることもある。ただ、それが是正されるべき誤りであることには変わりない。ミマサカリオリは完璧主義者であり、だからこそ、あれほどの作品が書けるのである。

ミマサカリオリは、ミマサカリオリが信じた道をゆけば良い。

きっと、それが、いつだって一番正しい。

天才から零れ落ちる物語を、自分たち読者は、ただ浴びるだけなのだ。

民放九時台の枠でドラマ化が決まった時も、自分が一から担当した第四巻が絶賛を浴びた時も、累計発行部数が三百万部を超え、メールで初めて感謝の言葉を告げられた時も、本当に誇らしかった。天才を理解し、支え、作品を待つファンのために、精一杯働く。こんなに素晴らしい仕事は、ほかにないと思った。

メインヒロインが死亡するという展開が待っていた第五巻を担当した時も、作品が大炎上した時も、杉本は信じていた。ミマサカリオリなら最高の最終巻を書き上げる。物語ですべての批判を黙らせるはずだ。そう、信じていた。

人生を変えられたと表現して差し支えない、憧れの小説家、ミマサカリオリの担当編集になって早二年。五巻発売後に発生した尋常ではない炎上が原因となり、既に一年以上、新作であり最終巻でもあるはずの原稿を受け取れていない。

とはいえ、予想通り、批判を声高に叫ぶ人間たちの怒りは、長続きしなかった。

ここ数ヵ月、目にするのは、最終巻を待ち望む声ばかりだ。

ミマサカリオリは執拗な批難に、確かに傷ついただろう。

だが、人間は立ち直ることの出来る生き物だ。時間と共に、傷口は癒える。

機を見て再始動を促そうと思っていた。その矢先の出来事だった。

仕事を終え、帰宅のための電車に揺られていた午後九時。


『家族による代筆で、訃報を申し上げます。ミマサカリオリは二十六日の未明に、心不全で息を引き取りました。これまで応援して下さった皆様に、心より感謝致します。本当にありがとうございました。』


フォロワー数が三十万人を超えるミマサカリオリのアカウントより、一年振りの投稿がおこなわれていた。その投稿はＳＮＳ上で瞬く間に拡散され、わずか一時間で関連ワードがトレンド上位を占めていく。

信じられない思いで投稿を見つめている最中、部長の上田から電話が入った。

『Swallowtail Waltz』は部署の業績どころか、会社の株価にまで影響を及ぼす作品である。作家の急逝が社内で情報として上がっていなかったことに、上司が激怒するのも無理からぬことだろう。しかし、今回の件に限って言えば、杉本に落ち度はなかった。

何故なら、担当編集者である杉本自身も訃報を知らされていなかったからだ。だからこそ、あの投稿を読んで、頭を抱えることになったのだ。

所謂、覆面作家であるミマサカリオリが、極端な秘密主義者であることは、社内外を問わず有名な話だ。打ち合わせはメールに限定されているし、父親が窓口に立てられており、本名すら教えてもらえていないため、性別も分からない。

担当を引き継いだ際、杉本は一度だけ父親と顔を合わせているが、家族と喋ったのもその一度きりである。父親はあくまでも窓口を務めているに過ぎない。印税の振込先、郵送物の受取人として名前を貸しているだけであり、作家と編集者のやり取りに口を出してくることはなかった。

これまでの希薄な関係性を思えば、心を痛めているであろう父親からの連絡が遅れたことも、仕方のないことかもしれない。それでも、せめてＳＮＳで情報を公開する前に教えて欲しかった。

担当作家の若過ぎる死は、余りにも衝撃的な出来事である。

怒りや悲しみを越えて、何で？　どうして？　という思いが頭の中を支配している。

大樹社で合流した上田は、喪服を着用していた。

ほとんど自宅の傍まで帰っていたのに、どうして気付かなかったんだろう。自分も喪服を取りに戻るか、レンタルした方が良いだろうか。

上田に伺いを立てると、今は一分でも早く実家を訪ねたいと告げられた。

ミマサカリオリは実家で暮らしていたのか、それとも、実家のすぐ近くで一人暮らしをしていたのか。杉本はそんなことすら知らない。

連絡先となっていた実家は、東京都と隣接する埼玉県南部の新座市にあった。

「本当に何も知らなかったのか?」

タクシーに乗り込むと同時に、早口で問われた。

「はい。完全に寝耳に水です」

「先生は持病を抱えていた?」

「すみません。何も知りません。プライベートな質問はしないようにと、前任の山崎さんにも強く言われていたので。本当に業務的なことしか」

「メールだけのやり取りじゃ、雑談をするのも難しいか」

「はい。業務内容からそれるやり取りは、一度としてなかったように思います。先生の方から話題を脱線させてくることもありませんでした」

「ミマサカ先生は女性だったよな?」

「部長も知っていたんですね。山崎さんにはそう聞いています」

「データベースを確認して、杉本君と合流する前に、ご自宅に電話をしてみた。でも、出てはもらえなかった。娘さんを亡くされたばかりだしな。会えたとしても、追い返されることを覚悟しないといけないかもしれない」

「二十六日に亡くなったと書かれていました。さすがに葬儀は終わっていますよね?」

「伺ってみないことには分からんな。今日だった可能性もある。お父様の携帯電話の番号は知らないのか?」

「実家の電話番号しか聞いていません」

実家の住所には部屋番号がないから戸建てだろう。ただ、このご時世、通夜や葬儀を自宅で執りおこなう方が珍しいはずだ。電話に誰も出ないということは、家族は遺体と共に、セレモニーホールに移動しているのかもしれない。


午後十一時。

ミマサカリオリの実家に辿り着き、恐る恐るチャイムを押す。

すぐに玄関の灯りがつき、寝間着姿の壮年の男が姿を現した。二年前に一度、挨拶したことがある。目の前の男は、ミマサカリオリの窓口となっていた父親だ。

喪服姿の上田がお悔やみを告げると、父親は訝しむような表情で首を傾げた。

まったく嚙み合わない会話がしばし続き、それから、階段を振り返った父親は「レイ！　降りて来い！」と叫んだ。

二階からの反応はない。父親が何度呼びかけても同じだった。

「レイ」は男でも女でも不思議ではない名前である。普通に考えるなら、ミマサカリオリの兄弟か母親のものになるが……。

「おい！　編集者が来ているぞ！　下りて来い！」

「お父様。お呼びになられているのは奥様ですか？」

「いや、娘だよ。俺が話を聞いても仕方ないだろ。本のことなんて分からん」

「娘さんというのは、ミマサカリオリ先生のお姉様ですか？」

「あいつに姉妹なんていないよ。一人っ子だ」

意味が分からない。状況がまったく理解出来なかった。

「おい！　早く下りて来い！　いつまで親に頼っているんだ！　もう大人なんだから、いい加減、自分で何とかしろ！」

「あの、お父様。失礼なことを申し上げていたら、謝罪させて下さい。ミマサカリオリ先生はご在宅なんですか？」

「ああ」

「ですが二時間前に、ＳＮＳに亡くなられたという投稿が」

上田の言葉を、父親は笑い飛ばす。

「さっきまで風呂に入ってたんだ。死んでいるはずがあるまいよ」

杉本は思わず上田と顔を見合わせてしまった。

「ガス代の無駄だから、さっさと入れって、毎日、家内に急かされているんだ」

「しかし、我々は先生が亡くなったとお聞きして……」

「あの馬鹿がまた何かやったのか？　本当にいつまでも、いつまでも。子どもの頃から人様に迷惑をかけてばかりなんだ。口だけ達者になりやがって。居間で待っていて下さい。部屋から引きずり出してきます。今日という今日はお灸を据えないと」

自宅に上げてもらい、雑然とした居間でミマサカリオリを待っている間の一時間。

ずっと、狐につままれたような気分だった。

時折、上階から父親の怒声が聞こえてきたものの、娘が下りて来ることは最後までなかった。

待っている間に母親と話せたことで、家庭の事情は朧気ながら見えてきた。

両親は娘の仕事に関心を抱いておらず、父親は本当に窓口としての役割しか果たしていない。二人は共に、子どもが小説家であることは認識していたが、ＳＮＳの存在は知らず、ここ数時間、日本中を騒がせているニュースについても知らなかった。

時間はかかってしまったが、ここに至り、ようやくすべてを理解する。

人気作家、ミマサカリオリの死は、既にニュースサイトでも大々的に取り上げられているが、あの投稿は本人が書き込んだデマだったのだ。

彼女は父親の逆鱗に触れても、決して自室から出て来ようとしなかった。父親に部屋の前まで案内され、担当編集者である杉本が扉越しに声をかけても、上田が「一緒に解決策を探そう」と優しい言葉を投げかけても、鍵のかかった扉が開くことはなかった。

本人が何も語らない以上、動機は推察するしかないだろう。

人間の心は目に見えない。

しかし、今回に限っては、ほとんど正解に近い答えが分かっていた。

五巻で描かれた【ジナ】の死に端を発する炎上と批判に、彼女は心を病んだのだ。

担当編集者でさえ参ってしまうような誹謗中傷が、一年間、垂れ流され続けてきた。

ミマサカリオリというのは異常なほどに繊細な作家だ。警戒心が強く、臆病な上に、傷つきやすい。だから、あまりの批判に心を病んだミマサカリオリは、決断を下してしまった。自分を死んだことにして、作家生活を終わらせることにしたのだ。


「ミマサカ先生だけを責めることは出来ません」

深夜二時。

本人との面会が叶わないままタクシーに乗り込むと、開口一番、上司に謝罪した。

「先生の心に寄り添う努力を、俺がもっとするべきでした」

「だが、それを作家が受け入れてくれないんじゃ、どうしようもない」

「極度に繊細な気質の方であることは、誰の目にも明らかでした。あれだけの売れっ子でありながら、何よりもファンレターを大切にしていたくらいですから」

自分に送られてきたファンレターは、すぐに転送して欲しい。

ミマサカリオリは何度もそう言ってきていた。前任からもその旨を聞いていたし、アルバイトに頼んで、届いた手紙は必ず即日、転送するようにしていた。

『Swallowtail Waltz』は人気作だったから、送られてくる手紙の数も、平均的な作家と比べて二桁は違う。それだけの数が送られてくれば、当然、批判的な内容もあったが、そういうものに関しては、事前のチェックで弾いていた。

「山崎さんは先生がデビューする前に、絶対にエゴサーチをしないようにと注意したようです。ただ、先生はご自身のファンサイトにアクセスしていたと思われます」

「こんな時代だ。作家がエゴサーチなんてしても良いことはない。売れていない作家は反応の少なさに病むし、人気作家は批判の声から逃れられない。どっちにしたって傷つくんだ。万人が称賛する小説なんて、この世にないんだからな」

「だからこそファンレターを心の拠り所にされていたんだと思います」

インターネット上での検索とは異なり、届いた手紙であれば、作品を好意的に受け取った読者の声だけを聞くことが出来る。

世の中に作品の名前を知らない人間などいないほどの作家になったのに、ミマサカリオリが頼っていたのは、心の拠り所にしていたのは、顔も見えない読者の声だった。

「俺は先生が傷ついていることを知っていたのに、踏み込むことが出来ませんでした。もっと頻繁に連絡を取っていれば……」

「結果論だよ。杉本君が何をしていても、こうなった気がする。それに、あれは、どんな理由があろうと、ついて良い類の嘘じゃない。これからどうすれば良いか、明日、局長に相談するよ」

「俺も同席した方が良いですよね」

「当然だ。山崎君も呼ぶ。メールだけのやり取りとはいえ、先生のことを知っているのは、君たちしかいないんだ」

2

翌日、一睡も出来ないまま出社すると、その足で局長室に呼ばれた。

前任の山崎も、上司の上田も、すぐに現れる。

本人のＳＮＳに書き込まれた親族の言葉を疑う者などいない。ミマサカリオリの死は、ネットニュースのみならず既にテレビでも取り上げられていた。

版元として、作家の死を認めるのか、認めないのか。

認めるにせよ、認めないにせよ、今後どう対応していくのか。

決めなければならないことは、はっきりしているのに、二時間に及ぶ会議を経ても何一つ結論が出なかった。作家の考えが分からない以上、何も発表出来ない。迂闊なことは絶対に言えない。とどのつまり、そういうことだった。

とはいえ、いつまでも悠長に事態を見守るわけにもいかない。

取材の申し込みも、読者からの問い合わせも、殺到している。

最終巻はどうなるのか。作家は最終巻を何処まで書いていたのか。ファンの切実な疑問への回答を、いつまでも先延ばしには出来ない。

「先生と直接、話をするしかない」

局長と山崎を加え、今度は四人で自宅を訪ねてみたものの、事態は変わらなかった。ミマサカリオリが自室から出て来ることはなかった。扉の外からの問いかけに対し、答えが返ってくることもなかった。デビュー前に一度、電話で話したという山崎が問いかけても同様だった。

アカウントを乗っ取られたことにして、誤報であると大樹社から謝罪することも出来る。局長はそんな案を扉の前で披露したが、やはり無反応だった。

物音一つ聞こえてこないせいで、首を吊っているのではないかと不安になってくる。

今朝も、自宅を再訪する前にも、杉本はミマサカリオリにメールを送っていた。言葉を選びながら、気持ちに寄り添えなかったことを謝罪し、編集部が味方であることを懇切丁寧に綴ったが、返信はなかった。読まれているのかも怪しかった。

SNSにあの書き込みをした時点で、彼女は引退を決意している。

なしのつぶての一時間が過ぎ、何一つ状況が変わらないまま、再訪は解散となった。

本人からの意志表示があるまで、出版社としてはコメントを発表しない。取材もすべて断る。局長がそう結論を下したけれど、のらりくらりで逃げ切れる事態だとは到底思えなかった。そして、そんな杉本の予感は、その日のうちに的中した。

午後八時、再び、激震の報が大樹社を揺らした。

十六歳の少女が、自宅のマンションから飛び降り、後追い自殺を図ったのである。

誰に説明されるまでもなく、関係者全員が最悪と形容すべき状況だと理解していた。

自殺を図った十六歳の少女、中里純恋は、ベランダの下にあったケヤキがクッションとなり、幸いにして一命を取り留めている。

しかし、四階から飛び降りて無傷でいられるはずもない。数時間の昏睡を経て意識を取り戻したものの、肩と腕に亀裂骨折を負っていた。

ファンの自殺未遂を、二十四時間と経たずに編集部が知ったのは、ほかならぬ少女の母親が、怒りの電話を入れてきたからだ。お前たちが出版した本に唆されて、娘が自殺を図ったと、半狂乱になりながら抗議の電話をかけてきたのである。

『Swallowtail Waltz』のせいで娘が死ぬところだった。母親は頭からそう決めてかかっていたし、事実としては、その理解で何ら間違っていなかった。

小説がきっかけとなり、少女が死のうとしたことは事実である。ただ、その責任を出版社が取らなければならないのかと問われれば、それは違うように思えた。時折、犯罪者が愛読していた本として、明後日の方向から作品が批判されることがある。だが、断罪されるべきは当事者の倫理観であり、作品ではない。

とはいえ今回に限っては、同種の事例すべてと決定的に異なる点があった。

自殺の是非はさておき、最大の問題は、そもそも少女が死を決意した事象に、嘘がある点だった。ミマサカリオリは死んでなどいない。今も生きている。

小説家の嘘に騙されて、万が一、読者が死んでいたなら、『Swallowtail Waltz』は絶版にせざるを得なかった。間違いなく作家も作品も社会的に死ぬし、責任も取らなければならない。もしも十六歳の少女が死んでいたら、どれほどの事態になっていたのか、想像するだけで身の毛がよだつ。

　翌日、杉本と上田が病院に到着した時点で、純恋は意識を取り戻していたが、編集者が現れても、ほとんど反応らしい反応を見せなかった。

　彼女にも、家族にも、真実を告げることは出来ない。

「本の続きが読めないなら生きている意味がない。皆、そう言ってる」

　少女が紡ぎ出す言葉の一つ一つに、狂気が宿っているように思えた。

　頷けない大人たちに対し、純恋はスマートフォンで承認制クローズドコミュニティのファンサイト、緑ヵ淵中学校を開き、書き込みを見せる。

「掲示板を見てご覧よ。死にたいって思っているのは、私だけじゃないから」

　少女の言葉は嘘ではなかった。

　自殺のように極端な行為を、実際に行動に移せる人間は、純恋以外にはいないかもしれない。だが、作家の早過ぎる死に絶望しているファンは、確かに何十人といた。

『私も死にたい』

『最終巻が読めないなら死のう』

『この作品が完結しない世界になんて、いてもしょうがない』

『死ねば【ジナ】になれるかな』

　一連の悲愴な書き込みが冗談ではないことを、少女の傷が雄弁に証明している。

「ミマサカって作家は亡くなる前に、最終巻を書き上げていなかったんですか？」

「冒頭は書かれていたようです。ただ、五巻が発売されて、余りにも大きな批判の声に晒された結果、先生は続きを書けなくなってしまいました」

母親からの質問に対し、杉本が正直に答えると、

「ほらね。だから、もう生きている意味なんてないんだよ」

純恋は迷いのない口調で言い切った。

痛い思いも怖い思いもしただろうに、少女の絶望と覚悟は揺らいでいなかった。

「ずっと、どうして私みたいな屑が生まれてきたんだろうって思ってた。何のために生きているのか分からなかった。でも、『Swallowtail Waltz』を読んで、初めて思ったんだよ。こんなに面白い本があるんだったら、生きていようって。この本を読み終わるまでは、生きていたいって。だけど、ミマサカリオリは死んでしまった。二度と続きが読めなくなってしまった。こんな世界、もう生きていても意味がない」

誰の言葉も、心配も、少女の耳と心には、まるで届いていなかった。


この後、少女にはカウンセラーがつくだろう。

死を口にして憚らない少女を、両親が自由にさせるとも思えない。しかし、もしも純恋が自殺を成就させてしまったら、そして、あの嘘が世間に明らかになったら……。

上田は病院を出るなり頭を抱え、バスターミナルの椅子に座り込んでしまった。

ミマサカリオリの死を誤報と説明し、最終巻を書き上げてもらう。

現状、考え得る最善の解決策はそれだ。作家が生きていたと知れば、中里純恋も、他の絶望に喘いでいる少年少女も、自殺なんて馬鹿げた考えを変えるはずである。

そうだ。解決策はそれしかない。だが、根本の問題が残っている。

ミマサカリオリを殺したのは、ほかならぬミマサカリオリ自身だ。

四人で説得に当たったのに、取り付く島もなかった。会話すらしてもらえなかった。

無理だ。不可能だ。どう考えても、あの作家を説得出来るとは思えない。

「ミマサカリオリ先生の死は普通じゃない。もしもあの子がもう一度自殺を図り、次は成功してしまったら、どうなると思う？　マスコミに真相を知られたら、今度こそ本当に何もかもが終わりだ」

疲れ切った顔で吐き捨てた上田に、同意することしか出来なかった。

中里純恋は両親に完全に見切りをつけている。期待することも、理解されることも、諦めてしまっている。信頼出来る友達もおらず、夢も希望も持っていない。

そう遠くない未来に、彼女はもう一度、自殺を図るかもしれない。

「必要なのは結末だと思うんです。悲劇でも、ハッピーエンドでも、最低な蛇足でも良い。あの物語に救われたファンに必要なのは、結末です」

「だが、それを発売出来ないから困っているんだろ」

「作者が死んだ物語の結末を読む方法が、一つだけ、あるかもしれません」

冴えたやり方だとは思わない。破れかぶれ、イチかバチかの大博打であることも分かっている。それでも、こんな最低最悪の状況なのだから、賭けてみたい。

自分は編集者だ。何もせずに物語と少女が死ぬ未来を待つなんて出来やしない。

「非現実的で、時間もかかるんですけど、もしかしたら……」

「時間なんて幾らかかっても良い。どうせ、あの作家は説得出来ない。ただ、非現実的っていうのは、どういう意味だ？」

「俺はそもそも作品のファンでした。所謂、信者と言っても良いかもしれません」

「知っているよ。だから、二代目の担当編集者に任命したんだ。ミマサカ先生はアンコントローラブルな作家だ。どうせ編集部の意見は聞き入れられないんだから、従順かつ丁寧に仕事をしてくれる人間なら誰でも良かった。君は期待以上に優秀だったがね」

「本当に優秀なら、こんなことは起きていませんよ」

「どうかな。あれは極端な暴れ馬だ。誰が手綱を握っていても、遅かれ早かれ、こうなっていたさ。まあ、良い。そのアイデアって奴を聞かせてくれ」

杉本はこんなことになった今でも『Swallowtail Waltz』に心酔している。その世界に憧れ、飛び込みたいとさえ思っていた。だからこそ、考えていたことがあった。

「緑ヵ淵中学校は承認制のサイトなので、コアなファンばかりが集まっています。先生もそこに個人アカウントを持っていました」

「昨晩もそんなことを言っていたね」

「引き継ぎの時に、山崎さんが先生と思われるアカウントの名前を教えてくれたんです。こちらが気付いていることは、本人に絶対に悟られるなという注意つきで」

「間違いないのか？」

「ええ。十中八九、先生で間違いないと思います。最初は半信半疑でしたが、サイトで話題になった内容に、打ち合わせで言及されたことがありましたし、書き込みの文面も本人の性格を反映していましたから」

「まあ、自分のファンサイトに、会員として紛れ込んでいる作家がいても不思議ではないさ。批難されることも少ないだろうしな。コアなファンの声を聞くことで、心を鎮めていたんだろう」

「先生は気難しい方ですが、編集者の仕事について物申してくることは、ほとんどありませんでした。そんな先生から、唯一、はっきりと指示されていたことが、ファンレターの即時転送でした。先生は人一倍傷つきやすく、愛されていることを自覚したいタイプの作家なんです」

「分かるよ。溜息が出るほどにな」

「映画で女優がブレイクしたこともあって、作品の人気は、その多くの部分を【ジナ】が担っていました。物語の後半は、『Swallowtail Waltz』と言えば【ジナ】というほどの存在になっています」

「だが、その【ジナ】が、五巻であんな風に死んでしまった」

その結果、度を越えた批判と共に、作者への人格攻撃まで始まってしまった。

「【ジナ】が五巻で死ぬことは、最初から決まっていたんです。引き継いだ時点でアニメ化の話が進んでいたこともあり、先生は出版社サイドで最初に脚本に目を通す俺に、幾つかの重要な秘密と、今後の展開について話してくれました。だから、【ジナ】が五巻で死ぬことも聞かされていました」

「それをアニメの制作陣には？」

「先生の意思で明かしていません。万が一にも情報が漏れることを避けたかったからです。【ジナ】の件は監督にもプロデューサーにも伏せられていました。そのせいで……」

五巻発売後のトラブルについては、思い出すだけでも胸が痛くなる。

二作品分の予算をかけて、アニメーション会社は通常では考えられないほどの制作体制を取っていた。作品を海外にまで届けるため、配信にも力が入れられていた。

しかし、アニメの放映が最高潮を迎えたタイミングで、最新巻が発売され、ヒロインが死亡した。誰よりも愛されていた【ジナ】が、原作で無残な死を遂げてしまった。

その後の炎上を考えれば、プロデューサーや監督の怒りにも同意出来る部分はある。だが、『Swallowtail Waltz』は、ミマサカリオリが生み出した小説だ。プロデューサーであろうと、監督であろうと、原作の展開を批難する権利はない。

そもそも【ジナ】の死には大きな意味があるはずなのだ。すべてを聞かされていたわけではないけれど、杉本はそう信じていた。濃密で重層的な物語を紡いできたミマサカリオリが、センセーショナルな演出のためだけに、【ジナ】を殺すはずがない。

だから、杉本は何があろうと原作者の側についた。どれだけプロデューサーに難癖をつけられても、監督に嫌味を言われても、原作者を守るために動いた。今後の展開に関する彼らの要望など、作家に伝えるはずもなかったし、知らされていた最終巻の内容を教えることもしなかった。だけど、ファンの拒絶反応は、杉本の予想を超えていた。

作品に対する失望は、作者への怒りに変わり、想像を絶する誹謗中傷が始まった。

エスカレートしていく人格攻撃は作者の心を引き裂き、ついには連絡も取れなくなってしまった。どんなメールを送っても、一切、返事が届かなくなった。

「先生は書くと決めていた物語を、誠実に綴っただけです。ただ、世間はそれを赦さなかった。批判の声は、賞賛の声より十倍、いや、百倍も強い。先生はもう誰にも求められていないのだと、本当はそんなことないのに、思い込んでしまいました」

だけど、杉本は気付いて欲しかった。

五巻の展開は読者を傷つけ、返す刀で作者も傷つけてしまったかもしれない。

しかし、全員が批判していたわけじゃない。

物語の展開にショックを受けることと、物語を否定することは、似て非なるものだ。人々は【ジナ】に惹かれていたからショックを受けたのであり、作品を見限ったわけでも、嫌いになったわけでもない。

自分がそうだ。投身自殺を図った中里純恋だってそうだ。

彼女は【ジナ】を愛していたと聞くが、【ジナ】が死んだから後追いを考えたんじゃない。大好きな作品の続きを読めなくなったことに絶望したのだ。

この世界には、物語を必要としている人間がいる。ミマサカリオリが描く、ミマサカリオリでなければ描けない世界に惚れ込み、それを生きる糧としている人間がいる。そうでなければ後追い自殺なんて起こらない。

ミマサカリオリは気付く必要がある。自分がどれだけ偉大な小説家で、どれほどの人間に愛されているのか、自覚しなければならない。

「俺に考えがあります。時間はかかるかもしれませんが、ミマサカ先生と、その死に絶望しているファンを救うために、このアイデアを実行に移させて下さい」

3

——廃校にコアなファンだけで集まり、物語の結末を探る。

嚙み砕いて言葉にすれば、計画は実にシンプルなものだ。

企画にミマサカリオリ本人が参加すれば、ファンの想いに直に触れることになるだろう。作品への愛情を感じることで、再生への道筋が見えてくるかもしれない。中里純恋のように死を覚悟した少女にも、今一度、考えるきっかけを与えられるかもしれない。

最終巻の原稿さえ書いてもらえれば、部長が話していたように、やりようはある。

ＳＮＳのアカウントを乗っ取られていた。騒動に気付かず、釈明が遅くなった。言い訳なんて何でも良い。最悪、信じてもらえなくても構わないのだ。関係者さえ口を閉ざせば真相は藪の中である。口実を用意して、こちらはそれを主張するだけだ。

策を弄するなら、遺稿が見つかったことにしても良い。作者が生きていたことにするから、ややこしくなるのである。公表通り死んだことにして、作品だけを発表すれば、何の問題も起こらない。ミマサカリオリが今後も小説家を続けたいなら、名義を変えたら良いだけだ。とにもかくにも重要なのは、作家の再生である。

ミマサカリオリの心が浮上しない限り、窮境は絶対に脱し得ない。

『Swallowtail Waltz』は会社の株価さえ左右する作品だ。作者死亡によるシリーズ打ち切りと、最終巻刊行による大団円では、収益も大きく変わってくる。

最終巻の刊行は、編集者として絶対に達成しなければならないタスクだった。

ミマサカリオリ死亡の報が流れた後、話題性抜群と見たのか、メディアミックスのオファーはむしろ増えている。海外からも二桁の問い合わせがあったらしい。作品を愛してきたクリエイターの力で、幻となった最終巻を完成させたいなんて、気の早い企画書まで届いていた。

しかし、杉本は信じていた。ミマサカリオリが復活すれば、彼女が心を取り戻せば、絶対に最高の最終巻を書き上げてくれる。

そして、幸いにもそれを信じていたのは、杉本一人ではなかった。ミマサカリオリの蛮行に頭を痛めていた上司たちも、彼女の才能だけは微塵も疑っていなかったからだ。作品を待つファンのために、あらゆる手段を使って作家を再生させろ。最終巻の原稿を受け取るためなら、何をやっても良い。計画実行の許可を受け、ほかの担当作家を一時的に上田に託してから、杉本は舞台を探し始めた。

緑ヵ淵中学校のスレッドには、聖地探訪ならぬ舞台推測のスレッドが立っている。具体的な場所は設定していないと公言されているものの、ファンというのは深読みしたがる生き物だ。舞台を探すファンは後を絶たず、スレッド内には幾つもの候補地が書き込まれていた。その中に挙げられている候補地を選んだ場合、予期せぬバッティングが発生しないとも限らない。

望ましいのはファンにも見つかっていない廃校であり、一ヵ所、思い当たる地があった。山形県の山中、実写映画を撮影するためのロケ地として、企画段階で最終候補の一つに挙がっていた廃校である。

その地は集落自体が廃村となっており、校舎の裏には小川が流れていた。

念のため、スレッドを最初から確認してみたが、やはり、その廃校の名前は登場していなかった。関係者以外には知られていない、理想的な候補地と言えるだろう。

「イベントで廃校を使用させて頂きたいのですが、どちらに企画書を送ったら良いでしょうか」

『はあ。何を言っているのか、よく分からんね』

地区を管轄していた行政に連絡を取ると、返ってきたのは面倒臭そうな回答だった。

「詳細を企画書にして送らせて下さい。担当者のお名前を……」

『いやいや、いらないよ。そんな物を送られても、どうして良いか分からない。こっちに迷惑がかからないなら好きにしてくれ。誰も住んでいないんだ。どうもこうもない』

行政の対応がそれで良いのかとは思ったが、重要なのは、許可と言えるだけの返事を得たという事実だ。会話を録音してあるから、万が一、問題が発生しても言質になる。行政の担当者が好きにして良いと言ったのだから、遠慮なく好きにさせてもらう。

翌日、杉本は早速、現地の下見へと向かった。

『Swallowtail Waltz』のファンであれば、基本的なサバイバル知識を本から得ているはずである。だが、知識と実践の間には、川よりも大きな隔たりがある。

本当に素人が七人集まって生活出来るのか、現地の確認は不可欠だった。

下見を経て、舞台として相応しい地であるとの確信を得ると、その日のうちに、最も重要なミッションに着手した。

ミマサカリオリへの企画伝達、並びに参加の打診である。

杉本は二日間にわたって彼女の自宅を訪ねている。

あの日、彼女は実の父親より「人様に迷惑をかけて平気な人間は、今すぐ家から出て行け！」と、何度も罵声を浴びせられていた。

とてもじゃないが、両親との関係が良好であるとは思えない。あんな状態では自宅にだって居づらいはずだ。

上手く誘導すれば、話に乗ってくる可能性はある。彼女は人一倍繊細で、作品がどう受け止められているのかを、ひたすら気にしている作家だからだ。

杉本は偽名を使い、緑ヵ淵中学校を経由して連絡を取ることにした。使っていたハンドルネームの【マッキー】とは、同じ名前の歌手のニックネームである。この企画では、万が一にも自分が担当編集者の杉本敬之と気付かれてはいけない。直前に見たローカルニュースに登場した名前を適当に組み合わせ、『塚田圭志』と名乗ることにした。

企画書に下見で撮った舞台の写真を添付し、これがファンによるファンのための救済企画であることを強調する。

『五巻終了時と同じ、男子四名、女子三名で、物語を模倣したいと考えています。緑ヵ淵中学校の最古参の一人であるあなたにも、ぜひ参加してもらいたいのです。』

丁寧に、慎重に、ミマサカリオリの性格も踏まえて、文面を綴った。この最低最悪な状況を変える一手は、これしかないと信じて、コンタクトを取った。

恐らくミマサカリオリは、家からも社会からも逃避したいと願っている。さらに言えば、少なからず作中のような生活に対する憧れだって抱いているはずだ。

ただ、彼女は既に一生分のお金を稼いでいる。わざわざ窮屈な共同生活に身を投じる必要がない。招待メールを無視されても不思議ではなかった。

細心の注意を払って準備を進めてきたとはいえ、反応がもらえるかは半信半疑だった。だから、わずか半日で、参加したいとの返事を受け取れるなんて思わなかった。

これは彼女を救うための計画だが、裏の意図に気付かれるわけにはいかない。こちらの正体がバレるような事態も避けなければならない。不信感を抱かれないためにも、参加者の素性を確認しているという事実を作っておく必要があった。

『画像データで構いませんので、後ほど身分証を送って頂けたら嬉しいです。』

ミマサカリオリの本名は、自宅を訪ねた時に父親から聞いている。彼女はそれを口止めしていたが、事態を知った父親は、年齢も名前もすべて教えてくれた。

だから、最初から、彼女が『佐藤友子』なんて名前ではないことも分かっていた。

ミマサカリオリはフォトショップか何かを使って、保険証の画像を加工していた。

よくある苗字と名前だ。この世界に『佐藤友子』なんて名前の人間は、きっと沢山いることだろう。だが、本当の彼女は、そんな名前ではない。そう知っていたけれど、追及することはしなかった。

彼女が極度の秘密主義者であることを、杉本は嫌というほどに理解している。ミマサカリオリがその名前で呼ばれたいと願っているなら、そう呼ぶだけだ。

ミマサカリオリの参加を確信してから、最初にコンタクトを取ったのは、論講社に勤める同期のような存在、山際恵美だった。

勤務している会社は違うが、入社直後に新入社員が出向く書店研修で一緒になり、それぞれが出版社に戻った後も、情報共有のために時々、連絡を取り合っていた。研修で山際と意気投合した理由は単純である。同い年という共通項もあったが、最大の理由は、発売されたばかりの『Swallowtail Waltz』にあった。

打ち上げ後の二次会、深夜のファミレスで、自分たちは始発が動くまで、作品について語り合った。まだ一巻が発売されたばかりだったのに、山際も信者と言って良いレベルのファンになっていたからだ。

『仕事のことで相談したい。』

そんなメールで、杉本は個室の居酒屋に山際を呼び出している。若い男が若い女を呼び出したのである。デートと勘違いされても不思議ではない状況だったが、

「メールをもらって驚いたよ。杉本君、大変なことになっていると思っていたから」

見慣れた眼鏡姿で現れた山際は、席に着くなり複雑そうな顔で告げた。

「大丈夫？　酷い隈が出来ているよ。ちゃんと眠れている？」

杉本は一ヵ月前に、彼女から体調不良を理由に休職する旨の連絡を受けていた。

「一応、最低限はね。山際さんこそ体調はどう？」

体調不良というのが具体的に何を指すのか、杉本は知らない。自分も休職や転職することになれば連絡を入れるだろうが、プライベートな問題にまで踏み込めるような関係ではないからだ。

「ゆっくりと休ませてもらったから、大分、落ち着いてきたかな」

「じゃあ、復帰も目処に入っている？」

「うーん。そこまではまだだね。最初は退職するつもりで上司に話したの。両親にも身体を壊すくらいなら辞めろって言われていたから。でも、上司が精神的な疾患に理解のある人で、状況というのは変わっていくものだから、焦らず、しっかりと休んでみたらって勧められたんだよね」

何となく予想していたことではあったが、やはり精神的な問題に起因する体調不良だったらしい。研修時代にすぐ近くで見ていたから分かる。山際は周囲に気を遣ってばかりの人間だ。頑張り過ぎるあまり自分で自分を追い詰めるようなきらいもあった。

半年前に会った時、山際は左手の薬指に指輪をしていた。

婚約したのかと思い、祝福の言葉を告げると、自嘲するように笑われてしまった。

何でも長く他部署の上役に言い寄られており、穏便にかわすために、仕方なく着け始めたとのことだった。

指輪なんて着けていたら、彼女自身に出会いがなくなってしまう。好意に迷惑しているなら、はっきりと告げるべきだ。そう思ったけれど、それが出来ないのが彼女の優しさであり、不器用さであることも分かっていた。

「色々と悩みもあっただろうし、山際さんのように頑張り過ぎてしまう人は、休める時に休むべきなのかもしれないね」

「杉本君こそ休息が必要なんじゃない？　先生があんなことになってしまって、ダメージを受けているのは、ご遺族だけじゃないだろうし」

「実はそのことで相談があったんだ。相談というか、提案というか、突飛な話だから、笑い飛ばしてくれても良いんだけど、どうしても聞いて欲しくて。社外で信頼出来る相手が、ほかにいないから」

「買い被りだよ。私はただ真面目なだけ。融通も利かないし」

「そういう人にこそ頼みたい話なんだ」

「うん。何でも聞くよ。力になれる自信はないけど」

そんな風に言いながら、山際は小さく笑って見せた。この計画を伝えたら、彼女はどんな顔をするだろう。常識人だから反対されても不思議ではないが……。

「なるほど。それを他社の編集者に相談するってことは、先生は女性だったんだね」

杉本が話し終えると、山際は即座にそう告げた。

「何が起こっても不思議ではない場所での共同生活だもの。先生と同性の、すべてを理解している編集者がいなければ、成り立たない。そういうことだよね？」

「ぐうの音も出ないくらい、その通りです」

「ちなみに、杉本君以外にも編集者はメンバーに入るの？」

「いや、俺だけだよ。ミマサカ先生と山際さんと、あともう一人、絶対に声をかけたい子がいるけど、残りのメンバーはこれから選定する」

「絶対に声をかけたい子というのは誰？」

後追い自殺を試みた少女、中里純恋にまつわる一連の事件を話すと、山際は先ほどとは打って変わって、心苦しそうな表情を見せた。

「杉本君は優しいね」

「自分の能力もわきまえずに、理想を追い求めていることは分かっている。でも、小説家と読者、どちらも幸せにしたいから編集者になったんだ。知ってしまった以上、中里さんのことも見過ごせない。協力して欲しい」

「私、体力ないよ」

「即答出来る案件じゃないのは分かる。これからほかの参加者にも声をかけなきゃならないし、ペンディングにしてもらっても」

山際の首が横に振られる。

「先生に連絡済みなら、決断は急いだ方が良い。気が変わらないうちに実行に移すべきだよ。今のままでは先生も、その女の子も、現状から抜け出せないもの。それに、サポートメンバーとして私ほど相応しい人間はいないということも分かる。純恋ちゃんは【マリア】と同じ十六歳なんでしょ？　ミマサカ先生が二十三歳なら【クレア】に、二十六歳の私は【ノノ】に見立てることが出来る。それだけで企画の説得力が増すと思う」

「なるほど。それは良いアイデアだね。じゃあ、さしずめ俺は【カラス】か」

「年齢的にも、役割的にも、ぴったりじゃないかな」

「リアリティを出すためにも、メンバーはなるべく最後の七人に近付けたい。だから、改めてお願いするよ。やっぱり山際さんにも参加して欲しい。ごめんね。大変なことに巻き込んでしまって」

「良いよ。私だってミマサカ先生の力になりたい。先生が死んだって知って、本当に目眩を覚えるくらいに絶望したの」

参加者七人の内、女性は三人である。

佐藤友子、山際恵美、中里純恋、最後の一人はまだ候補でしかないが、これで三人の女性陣が決まったことになる。

「質問。中里さんと、これから集めるほかの男子三人には、事情を説明するの？」

「事情？」

「ミマサカ先生がメンバーに交じっていること」

「……ああ。迷っているんだよね。生い立ちや立場だけじゃ口の堅さが分からない。もしも全員が自分の正体を知っていたなんて気付いたら、先生は立ち直るどころか、余計に塞ぎ込んでしまう気がする。不器用で、人に優しくされることに慣れていない人だから、裏の意図を感じただけで拒絶反応を起こしそう」

「そういう人なんだね」

「本当に気難しい天邪鬼なんだ。動機なんて関係ない。皆に謀られたと知ったら」

「激怒しちゃうか」

確信を持って頷く。

「共同生活を始めてから、人となりを見極めて、場合によっては事情を説明して協力を仰ぐこともあると思う。でも、募集の段階では秘密にしておきたい」

「分かった。それで良いと思う。中里さんの退院はいつ？」

「木の上に落ちたらしくて、怪我自体は肩と腕の亀裂骨折くらいなんだ」

「亀裂骨折って、ひびだったっけ？」

「うん。手術も必要ないし、どちらも全治一ヵ月って話だから、企画が始まる頃には治っていると思う。事情が事情だし、落ち着くまでは入院させるみたいだけどね。そう遠くない未来に退院すると思う。親が目を離した隙に、自殺を図られたらたまらない。山際さんの協力も得られたし、すぐに連絡を取るよ」

「残りの三人はどうするの？」

「【ヒナト】と【カブト】と【ダイア】だから、高校生が一人と大学生が二人か。中退しているならともかく、現役の高校生に声をかけることは出来ないよなぁ」

「そうだね。そこは演技をしてもらうしかないと思う」

「一応、打診候補のリストは作ってあるんだ。見てもらっても良いかな。一人目はボーイスカウト経験がある稲垣琢磨さんという大学院生で……」

4

当初は荒唐無稽に思えたアイデアだが、山際の協力を得られたことで、話は加速度的に進んでいった。実際の生活を想像した際、最も心配なのは、ミマサカリオリと中里純恋の精神面である。しかし、

「私が彼女たちをフォローするよ」

山際がそう言ってくれたことで、杉本は計画の推進に集中出来ることになった。

参加を打診すると、中里純恋からは三十分もしないうちに返信が届いた。綴られていたのは『絶対に参加したいです』という、望外に前向きな返事だった。

続きが発売されないと知っただけで、マンションから飛び降りるような少女である。病的なほどに作品を愛する彼女の想いは、短い文面でも手に取るように分かった。

『企画の実行中に、警察沙汰になるような問題が発生した場合、作品に批難の矛先が向いてしまいます。必ずご両親に長期外出を納得させて下さい。』

少女への説明はそれだけで十分だった。純恋は、心を落ち着けるため、しばらく年上の友人の家で世話になりたいと両親に説明したらしく、山際が直接、自宅に迎えに行ったことで、すんなりと納得してもらうことが出来た。

親の話にすら耳を傾ける気がない、引きこもりの危うい少女を、同じ本に夢中になっている大人の女性が助けてくれるというのだ。両親からすれば渡りに船の話だったのかもしれない。

主人公の【ヒナト】をロールモデルとして打診したのは、十九歳で、現在は一人暮らしのフリーター、清野恭平だった。

彼には参加希望の旨を確認した後、年齢を偽り、高校生を名乗ってもらえないかと頼んでみた。五巻が終わった時点で、廃校に残っていた男子は、社会人、大学生が二人、高校生が一人である。彼が高校生を名乗ってくれれば、男子メンバーは完全に同じ立場の四人を集められたことになるからだ。

断られることも覚悟しての打診だったが、意外にも清野は乗り気だった。

『分かりました。じゃあ、俺は高校生ってことにしておきます。どうせ参加するなら、本気で物語を再現してみたいですしね。主人公の役をもらえるなんて光栄ですよ。嘘も方便って言いますし、作中でも序盤は本当のことを話している人間の方が少なかった。高校生が企画に参加出来た理由を、俺の方で考えておきます。』

合流初日、清野は児童養護施設を飛び出して来たと話している。彼が一年前まで本当にそういう立場にいたのか、それとも完全なる作り話だったのか、杉本は知らない。真実を知るのは、すべてが終わってからで良いと考えていたからだ。

遊び心があり、弁も立つ清野は、山際と並ぶ潤滑油になるだろう。

ボーイスカウト経験がある大学院生の稲垣琢磨を【カブト】役に、大学二年生の広瀬優也を【ダイア】役に選定し、目標だった七人が集まる。


ミマサカリオリがSNSに衝撃的な書き込みをしてから約一ヵ月後。

ついに、企画を実行に移すその日がやって来た。

自宅を訪ねた際、自分は窓から容姿を見られていた可能性がある。

使い捨てのコンタクトレンズを用意し、長かった髪は美容室で黒に染め、短く刈り込んでもらった。これで、少なくとも見た目で気付かれることはなくなったはずだ。

すべての事情を知っているのは、杉本と山際の二人だけである。

共同生活中に、警察や消防が介入する事件、事故が起きれば、批判の矛先は、モチーフとなった作品に向くだろう。年長者でもある自分が、しっかりと皆を導かなければならない。

目標はただ一つ、共同生活を通して、小説家に活力を取り戻してもらうことだ。

『Swallowtail Waltz』という作品を、ミマサカリオリという小説家を、心から愛している人間が、こんなにもいるのだということを知ってもらいたい。そんな思いから始まった企画は、しかし、想像もしていなかった船出を迎えることになった。

救いたかった彼女、佐藤友子の心が、最初から完全に壊れていたのだ。

5

彼女が気難しい人間であることは理解していた。

人見知りであることも、馴れ合うことが嫌いなことも、予想出来ていた。

とはいえ、あんなにも攻撃的で、他者とのコミュニケーションを最初から放棄しているなんて、想像もしていなかった。

感じの悪いトラブルメーカー。

出会ったその日から、佐藤友子は一貫して、そういう女だった。

全員の素性を身分証明書で確認していたけれど、廃校で名乗る名前は、自由にして良いと告げてあった。

作中で本名を名乗っていたのは、【ヒナト】、【ダイア】、【マリア】の三人だけである。それ以外のメンバーは、日本人離れしたニックネームを名乗っていたし、素性を偽っているキャラクターも少なくなかった。

例えば【クレア】は、「振り込め詐欺」の指示役として身に覚えがないのに逮捕された人物とされていたが、実際には事件の被害者になりすましており、逮捕された経験などなかった。

登場人物たちの嘘を数えていったら切りがない。そんな物語を模倣するのだから、違う人格を演じたいのであれば、自由にしてもらって構わない。自分はそれに気付いても何も言わない。そう事前に伝えてあった。

しかし、実際に本名を偽っていたのは、杉本と佐藤の二人だけだった。担当編集者として本名を知られている自分を除けば、当のミマサカリオリ以外、全員が素直に名乗っていたのである。

信頼出来るかも分からない初対面の人間たちに、参加者たちが素性を明かしたのは、多分、それだけあの物語を愛していたからだ。愛していたから、嘘をつく気になれなかった。ハンドルネームを名乗ることさえせずに、皆が自分から本名を告げていた。

中里純恋が自身の名前を告げた時点で、佐藤は彼女が毎週、長文のファンレターを送ってきていた少女だと気付いたはずだ。

『ファンレターが届いたら、すぐに転送して欲しい。』

ミマサカリオリが編集部に念押ししていたのは、少女からの手紙を特別に楽しみにしていたからだと杉本は考えている。純恋からの熱狂的かつ盲目的なファンレターは、小説家にとって確かな救いとなっていたはずなのだ。

それなのに、間違いなく『Swallowtail Waltz』を愛している少女に対して、佐藤は誰よりも辛辣に当たった。純恋が大切にしている物を、純恋がすがっている感情を、小馬鹿にし続けた。彼女の愛を試すように、冷たい言葉で心を刺し続けていた。

山際が参加してくれていて、本当に良かった。彼女がいなければ、この計画は早々に破綻していたはずだ。共同生活が始まって二日目には、そう思った。

事情をすべて理解した上で、柔軟に立ち回ってくれる山際がいなければ、女性陣の関係性は目も当てられないことになったはずだ。

ミマサカリオリを尊敬している山際は、佐藤がどれだけ酷い言動を続けても見捨てなかった。苦笑いを浮かべながら、純恋を守り、庇いながら、佐藤にも優しい言葉をかけ続けた。

ただ、山際がそういう気遣いの出来る人間だったからこそ、次の問題が発生してしまったというのは、皮肉な話だろう。

恐らく佐藤は最初から、この共同生活に何の期待も抱いていなかった。

ファンのことなんて信用していないし、企画に対しても、怒りや怨嗟のような複雑な感情を抱いていた。

そう、きっと佐藤は、ぶち壊してやろうと考えていたのだ。

共同生活を引っかき回し、この企画を終わらせようとしていた。

しかし、彼女の自己防衛にも似た反発は叶わなかった。

佐藤の正体を知っている杉本と山際が、決して見捨てなかったからだ。どれだけ酷い態度を取られても、二人は佐藤を一人にしなかった。仲間であろうと努力し続けた。

そして、佐藤は想像していた以上に偏屈で、嫌になるほどに勘が鋭かった。

これだけ冷酷な言動を繰り返しているのに、彼らは自分を見限らない。それは、自分をミマサカリオリだと知っているからではないだろうか？　本当は自分だけが騙されているのではないだろうか？　彼女はすぐに、そう考え始めたのである。

ミマサカリオリの推理は半分正解で、半分間違っていた。

佐藤友子の正体を知っているのは、杉本と山際だけだが、そんなことは彼女に分からない。佐藤は疑心暗鬼からか、次第に誰彼構わず探りを入れるようになっていった。

中でも佐藤は、山際のことを誰よりも疑っていた。ただでさえ山際にかかる負担が一番大きいのに、煩雑な悩みが、さらなる彼女の心痛を呼ぶ。

自分たちの正体を見抜かれるのが先か、山際が倒れるのが先か。いずれにせよ、どちらも絶対に避けなければならない事態だった。だからこそ、共同生活が始まって一週間目の夜に、杉本は新しい手を打つことにした。

親睦会の場で、いとこの担当編集者から聞いた話として、「ミマサカリオリは男である」という事実を披露したのである。

主催者すら作家の性別を知らなかった。参加メンバーは所詮、その程度の位置にいる人間だった。そう考えて安心して欲しかったからだ。

山際に相談しながら打った戦術的な一手は、その場では成功したかのように見えた。だが、翌朝、急転直下の事態が起きる。

未発表である最終巻の原稿が、調理室前の廊下に置かれていたのだ。

それは、担当編集者の杉本ですら一行も読んだことがない原稿だった。炎上前に最終巻の冒頭を書いていたことは知っていたが、彼女がその原稿を持って来ていたことも、全員の前に晒したことも、想定外の出来事だった。

大好きな物語の原稿である。読めたことは素直に嬉しい。メディアミックス時にチェックするため、序盤の展開については薄っすらと聞いていたのに、魂が震えるほどの感動を覚えた。【ジナ】の死の真相には、とりわけ心を揺らされた。

しかし、同時に、ほとんど恐怖みたいな混乱も覚えることになった。

どうして、何のために、何を求めて、原稿を晒したのか。稀代の天才、ミマサカリオリが何を考えているのか、杉本にはまるで分からなかった。

6

池袋駅、JR東口の改札を抜け、階段を上ると、日傘を差した山際恵美が手を振ってきた。実家に戻っても体調が戻らず、病院通いを再開したと言っていたのに、今日も彼女は約束の地に先に到着していた。

もう少し楽に生きたら良いのに。気を遣ってばかりだから病んでしまうのだ。そう思ったけれど、優しい彼女に頼り切りになってしまったのは、自分も同様だった。

「久しぶり。時間を取ってくれて、ありがとう」

「ううん。私は皆の中で、一、二を争うくらいに暇だから」

「今は身体を休めることが、山際さんの仕事でしょ。企画に付き合わせてしまったせいで、体調が悪化したんだ。責任を感じているよ」

「気にしないで。私が自分で望んだことだから。今日は、ほかの皆も？」

「稲垣君は時間通りに、清野君はアルバイトが終わってから来てくれる」

「広瀬君は？」

「彼だけ分からないんだ。『考えておきます』って返事だったから」

「そっか。私は先に帰ってしまったから、広瀬君とも話せたら嬉しいな」

共同生活から離脱したメンバーと会うのは、杉本も今日が初めてである。

「喫茶店に向かう前に一つ、確認しても良いかな。私、杉本君に謝らなきゃいけないことがあるの。今も佐藤さんと純恋ちゃんは校舎に残っているんだよね？」

「そうだね。残っているはずだよ。校舎から退去したら教えてくれって、純恋ちゃんに念押ししてきたから」

廃村での企画だったとはいえ、後始末は必要だし、それは自分の務めだ。

「謝らなきゃいけないことって何？」

「私、どうしても心配で」

「ミマサカ先生の話？」

山際の首が横に振られる。

「先生のことも気になるけど、心配なのは純恋ちゃんの方」

「絶対に無理はしないでって、しっかり伝えてから帰って来たよ」

「そのアドバイスには、あまり意味がないと思う。純恋ちゃんは自分を大切にすることが苦手だから」

それは、その通りかもしれない。理性で感情が制御出来るなら、そもそも後追い自殺なんて決行しない。

「このままだと倒れてしまうと思って、申し訳ない気持ちでいっぱいだったけど、私は三週間で先に帰らせてもらうことにした」

「離脱を謝罪する必要はないよ。山際さんがいなかったら、もっと早く破綻していた」

「ううん。そういうことじゃないの。謝りたいのは、私の忍耐力の話ではなくて、純恋ちゃんのこと。ごめんなさい。杉本君にだけは相談しなきゃいけなかったと思うんだけど、私、本当は……」


西武池袋本店前の横断歩道を渡り、雑踏を歩くこと五分。

十分前に着いたのに、予約していた喫茶店には、既に稲垣琢磨の姿があった。

杉本と山際が店内に入ると、穏やかな眼差しで稲垣は頭を下げてきた。

彼の手元に参考書とノートが広げられている。

「呼び出した側なのに、待たせてごめんね」

「いやいや、こっちが早く着いただけですから、謝らないで下さい」

二十四歳、まだ学生の稲垣だけれど、世界を相手に戦ってきた彼には、年齢以上の落ち着きがあった。

あの共同生活を振り返ってみた時に、今ならば分かることが幾つかある。

八日目の朝に、佐藤が最終巻の原稿を晒して見せたのは、前夜、ミマサカリオリの性別が男であるという誤情報が、周知の事実となったからだ。

未発表の原稿が見つかったとはいえ、その時点ではＳＮＳでの発表が嘘であると考えていた者はいない。佐藤は執拗に、七人の中にミマサカリオリがいると主張していたけれど、誰も真に受けていなかったように思う。

ただ、佐藤が声高に訴えたことで疑問は残った。もしかしたら七人の中にミマサカリオリがいるのかもしれないと、疑いの芽が皆の心の中に生まれることになった。

それでも、女であるというだけで、佐藤は候補から外れる。だから、彼女はやりたい放題だった。手始めに広瀬に疑いを向け、白々しくも作家本人であると決めつけて、弾劾した。嬉々とした顔で、お前は最低なことをしていると批難した。

彼女は何を思って、あんな痛々しい行為を繰り返していたんだろう。

杉本には、佐藤が、自分で自分を嬲っているようにしか見えなかった。

人を傷つける振りをしながら、彼女が殴っていたのは自分自身だった。

傷つくことで、自傷することで、精神を保っているようにすら見えていた。

彼女が心の奥底で考えていたことなど、凡人の自分たちに分かるはずもない。

正体を知っていた杉本や山際でさえ、そうなのだ。事情も知らない四人の戸惑いは察して余りある。彼らが佐藤の態度に腹を立てるのも無理からぬことだった。

誰彼構わず疑い、暴力にも似た言葉を吐き続ける。そんな佐藤に、稲垣は誰よりも怒っていた。日を追うごとに怒りは増していき、今にも爆発せんばかりだった。

このままでは、そう遠くない未来に、取り返しのつかない衝突が生まれてしまう。そう思ったからこそ、山際とも相談した上で、稲垣にだけは真実を話すことにした。器の大きな彼ならば、受け止めてくれると思ったからだ。

実際、その予想は正しかったと言って良い。

真実を知った稲垣は、憧れていた小説家の奇行に大いに驚き、呆れ、しかし、最後には寛大なる理解を示した。

「正直、信じたくない気持ちの方が強いですよ。でも、すべて納得出来ました。佐藤さんがミマサカリオリだったなら、あんな精神状態になっていても仕方がない。ファンの俺ですら落ち込むような批判、誹謗中傷が続いたんだ。何処まで天邪鬼なんだよって悲しくもなるけど、気持ちが理解出来ないわけじゃない。世の中にはナイフで刺されるよりも痛いことがありますから」

すべてを知った夜、稲垣は頬杖をつきながら嘆息した。

「俺たちは全員、社会生活を放り出して集まったファンです。佐藤さんは純恋ちゃんのことを狂信者と罵っていたけど、俺に言わせりゃ、全員が似たようなもんだ。あの小説がどれだけ愛されていたのか、ここでの生活で彼女だって理解出来ただろうに」

「それでも、先生は他人に心を許せないんだ。愛されていることを認められない」

「生来そういう人間なんでしょうね」

「こんな大切な話を今日まで隠し続けてごめん」

山際と二人で、稲垣に頭を下げる。

「いや、大丈夫です。二人の苦労は見てきましたし、やりたかったことも理解出来ますから。力になれたかは分からないけど、交ぜてもらえて嬉しかった」

「稲垣君がいなかったら生活は成り立たなかった。感謝している」

「ほかの三人には、まだ話さないんですか？」

「実は迷っている。全員が自分のことを謀っていたなんて知ったら、あの人は……」

「怒りが爆発するでしょうね」

彼女は優しさをそのままでは受け取れない人間だから。

「それに、広瀬君と清野君はともかく、純恋ちゃんが隠し通せるとも思えない」

「俺は塚田さんの動機を疑っていないし、二人がやったことを批判するつもりも、否定するつもりもありません。これから先、どうすべきかについても意見はありません。ただ、悪いんですが、これを知ってしまったら続けられそうにない。ここまで夢中になったのに、最終巻だけ読めないなんて有り得ない。そう考えたから参加したんです。微かでも結末が見えたら良いなって思ったから」

「知っているよ」

「ミマサカリオリが生きていたなら話は変わってきます。これから、あの人がどうするつもりなのか想像もつかないし、原稿の前に引っ張り出せる気もしません。でも、物語を完全に捨てたわけじゃないから、新作を見せてきたんだと思います」

「だとしたら、そんなに嬉しいことはないんだけどね」

「本当にどうでも良いと考えていたなら、最終巻の原稿なんて、プリントアウトして持って来ないですよ。集まっている人たちのことを信頼出来たら、感想を聞きたい。そう思っていたから持って来たんだ」

ミマサカリオリが男であるという杉本の嘘に背中を押されて、彼女はあの原稿を皆に見せることにした。それは間違いないだろうけれど、廃校まで原稿を持って来たのは彼女の意思だ。

「俺は塚田さんのことを……あ、本当は杉本さんでしたっけ」

「塚田で大丈夫だよ」

「塚田さんのことも山際さんのことも信じています。ミマサカリオリが生きていたのなら、ここでの生活を終わりにしたい。最終巻を書いてくれると信じたいから」

「俺たちに引き留める権利はない。皆、それぞれに生活がある」

廃村で生活する上で、稲垣は誰よりも頼りになる男だった。残って欲しくないと言えば嘘になる。だが、彼にも彼の生活がある。帰りたいというのであれば致し方ない。

「どうしたらあの人の心を解けるんでしょうね」

「こっちが教えて欲しいよ」

「ですよね。本当に二人は大変なことにチャレンジしていると思いますよ」

「うん。でも、やるしかないから。俺は『Swallowtail Waltz』を世界で一番面白い小説だと信じているし、担当編集者だから」

固い握手を交わした日の三日後、稲垣は校舎を出て行った。

彼女の心が癒やされる、そんな未来を信じて、彼はあの日、最初の離脱者となった。

稲垣は怒りや落胆から出て行ったのではない。杉本はそう確信している。何故なら、彼は去り際、ミマサカリオリに向けたメッセージを、あえて広瀬を見つめながら口にしたからだ。恐らく、あれは稲垣なりの餞別、気遣いだった。

残された仲間に希望を託すのであれば、自分たちがミマサカリオリの正体に気付いていることなど、悟られない方が良い。佐藤に安心して共同生活を続けてもらうために、稲垣はあえて広瀬のことを疑っている素振りを見せたのだ。

7

真実を知った参加者から離脱していくことになるだろうと、覚悟はしていた。

杉本と山際の目的は、物語の結末を探ることではない。ミマサカリオリに立ち直ってもらうこと、物語に囚われ、絶望した少女を救うことだ。

真実を知った稲垣の離脱は、予想出来ていた事態である。

しかし、その後、山際が本格的に体調を崩してしまったことは、痛恨の極みだった。

彼女の病気は精神に起因する。不安定な環境に加え、慣れない共同生活と気を配り続ける日々に疲弊し、身体が異常を訴え始めてしまった。

佐藤からの辛辣な言葉もまた、彼女を追い詰めていった。

山際は佐藤が抱える痛みや苦悩を理解していたし、心から力になりたいと願っていたが、それでも、無思慮な言葉は砂時計のように蓄積し、心に負荷をかけていく。

純恋を残して帰ることは出来ない。

山際はそう言っていたけれど、これ以上、無理をさせるわけにはいかなかった。

稲垣に続き、女性陣のバランスを取り続けていた山際が退場したことで、共同生活には大きな歪みが生まれていく。

家事全般が得意で、場を和ませる力を持つ彼女の存在は、杉本が考えていた以上に大きかった。

山際が去れば、純恋を守れる人間がいなくなってしまう。それが最大の懸念だったわけだが、佐藤は標的を男性陣に定めるようになっていた。ミマサカリオリは男であるという杉本の断定を言質に、彼女は支離滅裂な絡みを繰り返していた。

中でも執拗に標的とされたのは、広瀬優也である。年齢や立場を考慮すれば、広瀬が最も疑わしい。白々しくも佐藤はそう主張し続けていた。

広瀬には早い段階で、真実を伝えることが出来ていた。買い出しに行った際に、彼は山際が編集者であることに気付いていたからである。

広瀬は自分を目の敵にしている佐藤こそが、ミマサカリオリであると知っていた。彼女が何に怯え、何に怒り、何を動機として喋っているかを、理解していた。だから、どんなに辛辣な言葉をかけられても、揺れることはなかった。広瀬が傷つかずにいてくれたことは、杉本にとって数少ない救いの一つだった。

杉本が廃校にいた三十五日間、佐藤はほとんど毎日のように悪態をついていた。誰彼構わず牙を剝き、ミマサカリオリを批判し続けた。

暴言を吐くことで、廃校に集ったファンたちの本当の心を探ろうとしていた。

集まったメンバーには、出来れば純粋な気持ちで共同生活を楽しんで欲しかったが、杉本の願いが叶うことはなかった。

稲垣と広瀬に続き、清野にも真実を告げることになり、その後、彼はすぐに出て行ってしまった。清野には別れを告げることすら出来なかった。滅茶苦茶な言動を繰り返す佐藤にも、真実を隠していた自分にも、きっと、清野は呆れていたのだろう。

今日は改めて、彼に謝るつもりだった。

清野が去り、杉本は自然と幕引きについて考え始めるようになった。

一ヵ月以上続けてきた共同生活で、常に佐藤に注目していた杉本は、彼女に現れた微かな変化に、誰よりも早く気付いている。

佐藤は初日から、純恋にきつく当たっていた。毎週、長文のファンレターを送ってきていた少女だと気付いたはずなのに、傷つけるような発言ばかりを繰り返していた。

多分、佐藤は疑っていたのだろう。本当は、あの少女も五巻の展開に呆れているんじゃないだろうか。そう考え、怯えていたのだ。

だが、純恋は頑ななまでに、小説を信じていた。どれだけ狂信者と批難されても、絶対に物語を否定しなかった。

そして、そんな少女の想いが、佐藤をゆっくりと変えていった。

三週間が経つ頃、佐藤は純恋を穏やかな眼差しで見つめるようになった。その表情から棘が消えるようになった。

顔を合わせれば、変わらず冷徹な言葉を吐き出している。しかし、遠くから純恋を眺めている時は、請うような眼差しをその顔に貼り付けていた。

純恋と顔を合わせる度に、佐藤が反射的に酷い言葉を口にしていたのは、自衛行動だ。傷つきたくないから、自分を崇拝していた少女にまで見切りを付けられたら生きていけないから、ああするしかなかった。

追い詰めて、追い詰めて、それでも少女が愛してくれることを確信したかった。

累計発行部数四百万部の天才作家が、すがり、ぶつかったのは、親でも編集者でもなく、ただ自分の小説を愛してくれた少女だった。

だから、杉本は決断を下すことにした。

ミマサカリオリを救えるものがあるとすれば、それは物語に対する愛だ。

そして、誰よりも深い愛を持っているのは、間違いなく中里純恋だ。

自分も、ほかの参加者も、皆、『Swallowtail Waltz』が大好きである。

だが、純恋には敵わない。あの子はこの小説を読むために生まれてきたのだと、本気で信じている。

十六歳の少女に、すべてを託す。

世界中の誰よりもあの物語を愛した少女の想いで、小説家を救う。

あの日の決定が正しかったのか、間違っていたのか、答えはまだ分からない。

企画の主催者として、責任を放棄するような決断を下してしまったことに対する葛藤もある。しかし、この方法しかなかったはずだと、今でも信じている。

杉本のアイデアを聞いても、広瀬はすぐには頷かなかった。

佐藤と純恋を二人きりにしたら、何が起こるか分からない。純恋が今まで以上に迫害されてしまうかもしれないし、自分たちにつられて佐藤も出て行ったら、結局、何も解決しない。しかも、仮にそんなことが起きたら、純恋はたった一人で生活していくことになる。余りにも寂し過ぎるし、事故が起きても誰も気付けない。

広瀬は杉本の決意を聞いた後も、随分と悩んだようだった。

そんな彼が、後を追うように、わずか一日で離脱の決意を固めたのは、『塚田圭志』が去った直後に、新作の原稿が再び現れたからだという。

佐藤友子は小説を書くことを、あの物語を、完全に諦めたわけではなかった。それに気付いたから、広瀬は杉本のアイデアに乗ることを決意した。

ミマサカリオリの心を救えるのは自分じゃない。杉本がそう考えたように、広瀬もまた、物語を深く愛した少女にしか、それが出来ないと信じたのである。

8

喫茶店に、共同生活からリタイアした五人が集まったのは、午後六時のことだった。

校舎では塚田圭志と名乗った、編集者の杉本敬之。

ミマサカリオリと中里純恋の間に立ち、バランスを取り続けた編集者の山際恵美。

その知識と経験で、山中でのサバイバル生活を支えた稲垣琢磨。

杉本の予想に反し、含むところのない爽やかな笑顔で現れた十九歳の清野恭平。

そして、最後の一人、スケープゴートにされることも厭わず、ただ、小説家の怒りを受け止めた広瀬優也である。

『考えておきます』という返事を送ってきた広瀬は、現れない気がしていた。

佐藤に誰よりも傷つけられた彼は、もう自分たちには関わりたくないのではないかと思っていた。しかし、

「二人のことが気になって、毎日、眠れなかったから」

そんなことを言いながら、やって来てくれた。

「今日、前期試験の最終日だったんです。もう一度、頑張ってみたいと思って、一年振りに大学に通い始めました」

照れくさそうな顔で、広瀬は近況を話してくれた。

立場も、作品への思いも、熱量も、思想も、それぞれに違う。

ただ、間違いなく五人全員が『Swallowtail Waltz』を愛していた。

「純恋ちゃん、まだ佐藤さんと二人で生活しているんですね。心配だなぁ。どっちも危

うから」

現在の状況を知った広瀬は、驚きを隠さなかった。

ミマサカリオリは極端なほどに気難しい二十三歳の女だ。一方の中里純恋は、ただ物語を愛しているだけの十六歳の少女である。

二人は共に、体力もなければサバイバルの技術もない。料理すらまともに作れない。互いを信頼しているどころか、打ち解け合ってすらいない。

それでも、杉本は、五人は、純恋にすべてを託すことにした。

ミマサカリオリを変えられる人間がいるとすれば、それは純恋だけだ。

そう信じたから、杉本は純恋以外の全員にすべてを話し、計画を頓挫させた。

二人きりの生活に賭けた。


杉本は傷ついた小説家を救う方法を、ずっと、ずっと、考えてきた。

辿り着いた答えが、正解かは分からない。

ただ、ミマサカリオリを救えるものがあるとすれば、それは、彼女自身への愛ではないのだと、あの共同生活で悟った。

答えは、優しさでも、気遣いでもない。

彼女を救えるものがあるとすれば、ただ一つ、物語への愛だ。

きっと、物語を信じる少女の愛でしか、この世界は救えない。

最終話

愛がすべてなのだとしても

1

佐藤友子と中里純恋、二人だけの生活が始まってから、既に三週間が経過していた。

一年で一番暑い時期である。日中ほどではないとはいえ、真夏の夜は寝苦しい。

気温も、虫の音も、何もかもが煩わしい。広瀬優也が校舎を去って以降、佐藤は魚も山菜や果実も食べていなかった。純恋が町まで下りて買って来た物を、機械的に口に入れているだけである。食生活に関しては、純恋も似たようなものだろう。

煮沸した川の水と、茹でただけの乾麺、炊いただけの白米。栄養バランスも無視して、そんな物しか口に入れていないのだから、健やかでいられるはずがない。こんな生活を続けていたら、遅かれ早かれ限界がくる。そう分かっていたけれど、最早、自分がどうしたいのかも分からなかった。

横暴な振る舞いを見せる自分に、純恋は出会った日から怯えていた。

要領の悪い少女を恫喝し、小馬鹿にしながら、二ヵ月近い時を過ごしてきた。

清野が去った時も、塚田と広瀬が立て続けに去った時も、これで終わりだと思った。

純恋が自分と二人きりの生活に耐えられるはずがない。少女は早晩、出て行くはずだ。

自分には帰る場所がないし、生きる目的もない。

最後の一人になったら死に方を考えよう。最低な自分に相応しい死に場所を探そう。

そう思っていたのに、純恋は出て行かなかった。

私はここで死ぬと、愚かな主張を繰り返し、頑として動こうとしなかった。

あの少女は、もしかしたら自分よりも頭がおかしいのかもしれない。

『Swallowtail Waltz』なんて、ただの作り話だ。ほとんどゴミみたいな人間である自分が書き連ねた妄想だ。大衆に中傷され、汚された三流小説だ。

二ヵ月も一緒にいるのに、佐藤は今でも純恋の心が分からない。

ただ、おぼろげながら推測出来ることもある。

リストカットの躊躇い傷を残すあの少女は、意固地になっているのではなく、本当にここから帰る気がない。自分が去ったとしても、たった一人で残るだろう。

何を生み出すでもなく、無為な時間を過ごしながら、電気も灯油もない場所で、秋も、冬も、越えるつもりだ。

山際が整備を進めた畑は、連日の強烈な日照りを受け、完全に枯れてしまった。

ろくな物を食べていないせいで、お互いに、どんどん痩せてきている。佐藤が滅茶苦茶な食生活を気にしていないのは、どうせ生きていても仕方がないからだ。

既にここを去った五人の中には、当初、物語の結末が見えるまで帰らないと意気込んでいた者がいたけれど、結局は自分可愛さに帰って行った。

物語より自分の方が大切だったから逃げた。放棄した。自分を守った。

だが、純恋は違う。あの少女だけは本当に違う。

野垂れ死ぬ覚悟で、物語をまっとうしようとしている。

佐藤は表だって買い出しに出掛けたことがない。ここを出て行くのは帰る時、そう決めていたからである。そして、それは、作品への愛を大仰に語る嘘つきどもが全員帰った後になるはずだった。

けれど、どれだけ我慢しても、その時はやって来ないらしい。

純恋は何があっても、最後まで一人で残り続けるだろう。

先に根負けしたのは佐藤の方だった。

自分はもう耐えられそうにない。馬鹿げた意地の張り合いを、これ以上、続けられない。だからといって、純恋を置いていく気にもなれない。

彼女は、中里純恋は、自分が書いた物語を、最後まで信じた少女なのだから。

共同生活が始まって六十七日目。

二人きりの生活が始まってから一ヵ月目となったその日の夜。

調理室に向かうと、純恋がいつものように味気ない食事を口に運んでいた。

その傍らに、この廃校で見つかった最終巻の原稿が置かれている。飽きもせず、未だに毎日読んでいるらしい。

少女の重たい愛が痛くもあり、苛立たしくもあった。

佐藤を見つけた純恋は咄嗟に視線を外したが、

「お前に話がある」

低い声で告げると、純恋は箸を置いて、こちらを見つめてきた。

こんな風に向き合うのも随分と久しぶりのことだ。

前回、口論になったあの日よりも、少女はさらに痩せている。

「いい加減、家に帰る気になったか？」

純恋は答える代わりに小さな溜息をついた。

少女の心は今も微塵も揺れていないようだった。

佐藤はここ数日、ずっと、純恋を家に帰す方法を考えていた。

そして、どれだけ考えてみても、辿り着く答えは一つだった。

「私たち以外の人間が消えてから、三番目の原稿が見つかった。それは分かるな？」

渋々といった顔で純恋が頷く。

「じゃあ、私とお前、どちらかがミマサカリオリだってことも分かるな？」

今度は曖昧な眼差しで、首を横に傾げられてしまった。

「答えろ。分かるのか、分からないのか」

「……それは分かる」

無理やり言わせただけという気もしたが、話を核心へと進めることにした。

「お前の粘り勝ちだ。本当のことを教えてやるから、もう帰れ」

それを告げた時、少女がどんな顔を見せるのか、想像も出来なかった。

失望、怒り、混乱。

正解は分からないが、いずれにせよ、憧れの作家を前に、少女が笑顔になることはないだろう。

自分はこの少女に辛辣に当たり過ぎた。取り返しがつかないほどに、傷つけてきた。

それでも、この益体もない日々を終わらせたいならば。

「私がミマサカリオリだ」

核心を告げたのに、純恋の表情は変わらなかった。

失望するでも、怒るでも、混乱するでもなく、無表情に自分を見つめている。

意外過ぎる真実に、理解が追いついていないのだろうか。

「冗談を言っているわけじゃないぞ。塚田さんはミマサカリオリを男だと話していたが、それは間違いだ。いとこから聞いたって話が嘘だったんだろうな。ミマサカリオリは私だ。もしも信じられないなら、その原稿の続きを読ませてやっても良い」

欲しくて欲しくて堪らないだろう原稿の続きがあると示唆すると、一瞬で少女の顔が華やいだ。

しかし、すぐにその笑顔は消える。

「分かったか？　こんな生活、何の意味もないんだ。お前が野垂れ死ぬまで生活を続けても、物語の結末なんて見つからない。お前は小説の登場人物じゃないからな」

純恋は口を開かない。動く気配すら見せない。

「聞いているのか？　さっさと家に帰れって言ってるんだ」

「帰らない」

「あ？」

食事を再開しようと、純恋は置いていた箸に手を伸ばした。その箸を無理やり奪い、汚れた床に叩きつける。

「人が真剣に話しているのに、会話を終わらせるな。私の話を信じてないのか？　それなら原稿を見せてやるよ。私がミマサカリオリだってことを原稿で証明して……」

「そんなこと知ってる。ここでの生活が始まった頃から、ずっと疑っていたもの」

少女が発した言葉が理解出来なかった。それは絶対に有り得ないことだったからだ。

自分の正体を知っている人間など、いるはずがない。自分は塚田に送った身分証の画像データを加工している。自宅まで訪ねて来た編集部の人間なら、親に本名を聞いているかもしれないが、そうであったとしても佐藤友子とミマサカリオリは繋がらない。まして出版社とは無関係のファンが、自分の正体に気付けるはずがない。

「嘘をつくな」

「嘘なんてついてない。私は『Swallowtail Waltz』を何百回も読んだもん。あなたがミマサカリオリだと、すぐに分かった。言葉の使い方で分かった」

本気で言っているのか？　こいつは、本当に……。

「じゃあ、どうして、こんな場所にこだわるんだよ。私の正体に気付いていたなら、こんな生活も、私が広瀬やお前にミマサカリオリをなすりつけようとしていたことも、全部、茶番だって分かっていたはずだろ。なのに、お前は何も言わなかった。一度も反論しなかった！　気付いてなんかいなかったからだ。下らない嘘をつくな！」

「面白かった！　ここで読んだ原稿は、どれも全部、最高に面白かった！」

少女の口から、悲鳴にも似た想いが吐き出される。

「本当に、最高に面白かったのに、あなたは続きを書こうとしない。それは迷っていることがあるからでしょ？　怖いからでしょ？　だから書けないんでしょ？　だったら、ここでの生活を続けることで、きっかけになりたいって思った。私にはあの小説の続きを読むこと以外に生きる目的がないから」

「私は書けないんじゃない。書いても意味がないから書かないだけだ」

「嘘をつかないで」

「嘘じゃない。私の気持ちを、お前が決めるな。正体を見抜いていたくらいで、調子に乗るなよ。こっちは親切で教えてやったんだ。いかに無駄なことをしているか理解させて、ここから解放してやりたかったから」

「書けるなら、どうして書かないの？」

怒りのこもった眼差しで、少女が問う。

「書く意味がないからだ。ミマサカリオリは死んだんだ。皆、そう思っている」

「皆って誰?」

「編集部の人間以外、全員、私が死んだと思っている。私が死んだって話を信じている。だから、もう書いても意味がないんだ。もう二度と、出版出来ないんだからな」

「やっぱり書けないだけじゃん」

「あ? だから、私の気持ちをお前が決めるなって……」

「遺稿が見つかったことにすれば良いだけじゃん。出版出来ないなんて言い訳だよ。あなたが書けないだけじゃない」

「本当に鬱陶しい奴だな。もう良いから帰れよ」

「私は帰らない。だって、私が帰ったら『Swallowtail Waltz』が終わるもん」

「もう、とっくに終わってんだよ! まだ終わってないと思っているのは、世界でお前一人だけだ!」

真実を伝えたはずなのに、すべてを悟ったような顔で少女は笑った。

「少なくとも、ここにいた皆は知っていたよ」

憐れむような口調で、それが告げられた。

「あなたが言うように、私は頭のおかしなファンかもね。皆もそう思っていたみたいだから、私には秘密にするつもりだったみたいだけど、最後に山際さんが教えてくれた。ここから帰る前に、私のことが心配だからって言って、苦しかったら帰っても良いんだよって言って、あなたがミマサカリオリだって教えてくれた」

頬が引きつっていた。

そんなこと有り得ない。そんな話、信じられない。山際がどうして？　担当編集者に近い位置にいた塚田ならともかく、偽善だけが取り柄のあの女が何で……。

「皆、知っているって。あなたがミマサカリオリだと知った上で、あなたに立ち直って欲しくて、知らない振りをしているんだって、そう教えてくれた」

「嘘をつくな！」

「分かっていないのは、あなたの方じゃない。皆、ミマサカリオリが死んだと思っているって言ったよね。皆って誰？　私が知っている皆は、誰も諦めていなかったよ。あなたに立ち直って欲しくて、ずっと我慢していたよ。山際さんは言っていたもの。あなたにならら何を言われても良いんだって。仕方ないんだって。だってミマサカリオリは世界に傷つけられたから。これ以上ないくらいに傷つけられて、苦しんで、痛みに耐えてきたんだから、仕方ないって言ってたよ。怒りを吐き出して、それで立ち直ってくれるなら、どんな言葉も受け止められるんだって言ってた」

佐藤は気付けば頭を抱えていた。

自分は、最初から、ずっと、道化だったのか？

「狂信者は、お前一人じゃないのかよ」

「ほかの人の気持ちなんて知らない。でも、皆が『Swallowtail Waltz』を愛していることは分かる。皆が諦めたくなかったことも分かる」

「お前たちの話なんて当てになるか！」

それは、強がりでも、皮肉でもない、佐藤の本音だった。

「私が置いた最終巻の原稿を、お前たちは絶賛していた。でも、それは素人だからだ。ろくに推敲も出来ていない、あんな原稿の何処が良いんだ。ここにはファンしかいないから、どいつもこいつも白い目で見られたくなくて、美辞麗句を並び立てていただけだ。あんなものはゴミだ！　面白くも何ともも……」

佐藤が言い終わるより先に、純恋が両の拳を調理台に叩きつけた。

鈍い音が鳴り響き、まだ料理が残っていた器が、床に落ちる。それを拾いも片付けもせずに、純恋は立ち上がり、そのまま足早に調理室を出て行ってしまった。

何を話しても意味がない。それを、とうとう理解したんだろうか。

ようやく、ここから出て行く気になってくれたんだろうか。

二分後に戻って来た純恋は、鞄を抱えていた。そこから何かを取り出し、佐藤の前に叩き付ける。目の前に置かれたのは、見慣れた文字で綴られた手紙だった。

「ファンレターを書いた。最終巻を読んだ日に、思ったこと、感じたことを朝まで書いた。ミマサカリオリに読んで欲しかったから。知って欲しかったから。どれだけ感動して、どれだけ興奮したかを聞いて欲しかったから」

中里純恋は毎週、長文のファンレターを編集部に送りつけていた少女だ。

一年以上、新作を発表出来ずにいた間も、一度として途切れたことがなかった。

少女から届けられる純粋かつ無垢な言葉に、何度も救われてきた。

生きる気力を奮うために、すがっていた。だから、ファンレターだけは届いたら即座に転送して欲しいと、編集部に頼んでいた。

「読んでよ。あの原稿が面白くないって言うなら読んで！　そんなことないから！　最高に面白かったから！　新しい原稿が、いつだって一番面白かったから！」

手紙に目を落とすと、新作を読めたことに興奮しているのか、その筆致は酷く乱れていた。冒頭から感情的に思いの丈が綴られている。

「お前は狂信者だ。感想なんて当てにならない」

「仕方ないじゃない。あんなに面白い小説を読んだら、頭だっておかしくなる。感想をまとめられるわけがない。これも読んで」

続けて、純恋は鞄の中から、もう一通の手紙を取り出す。

「翌日も書いたの。だって、あんなに面白い小説を読んで、言いたいことを一日で書き切れるはずがないから」

「……何なんだよ。お前、本当に目が腐っているんじゃないのか？」

手紙に手を伸ばそうとしない佐藤を睨み付けたまま、少女は鞄の中に両手を突っ込む。そこから取り出されたのは、溢れ落ちんばかりの手紙の束だった。

「毎日、書いた。見つかった原稿を読んで、毎日、その日、感動したことを書いた！」

「だから何のためにそんなことをやってんだよ！　お前は私のことを……」

「あなたが嫌い！」

悲愴な声で、純恋が叫ぶ。

「皆を困らせてばかりだし、嘘つきだし、本当に大嫌い！　でも、あなたの小説じゃなきゃ駄目なの！」

少女の悲鳴が校舎を切り裂いていく。

「書いてよ！　こんなに面白い小説が書けるのに！　こんな小説が書けるのは、あなただけなのに！　何でやめるの？　何で逃げるの？　書き出したんだから、最後まで書いてよ！　居場所も、生きる意味もなかった私に、死にたくないって思わせたのはあなたなんだから、責任を取ってよ！　あなたの小説を最後まで読んでから死なせてよ！」

涙を拭いもせずに言い切ると、純恋はうつむき、肩で呼吸を始めた。


自分の父親は、小説を書くという行為を、正当な仕事だと思っていない。

働いていないわけじゃないのに、必死に物語を紡いでいるのに、引きこもりみたいな生活を続けていることを、ずっと批難されてきた。

嫌みを言ってくるのは、父親だけじゃない。継母だってそうだ。

子どもの頃から邪魔者扱いされてきた。早く出て行って欲しい。せめて視界から消えて欲しい。そんな風に疎まれながら生きてきた。

昔から人に嫌われることが得意だった。

怒鳴られるのも、なじられるのも、軽蔑されるのも、初めての経験じゃない。

それなのに、どうしてだろう。

初めて、生まれて初めて、本気で叱られたような気がした。

2

選考委員による満場一致の太鼓判で新人賞を受賞し、デビューが決まった後、担当編集者の山崎義昭は、貫こうとした秘密主義を「異常だ」と断定した。

メールだけのやり取りでは、話が滞ることもある。彼の言わんとしていることは理解出来たが、スタンスを変えるつもりはなかった。

目標としていたのは、一人で生活していけるだけの収入を、小説家として得ることである。それ以上のことは何も望んでいなかった。

小説が望外のヒットを記録し、信じられないような額のお金が振り込まれたけれど、幸せの始まりとはならなかった。分母が大きくなればなるほど、余計な声も増える。聞きたくもない批判、的外れな批評が、嫌でも耳に入ってくる。

作家になってからも苦しい時間の方が圧倒的に長かった。

とはいえ、良いことがまったくなかったわけでもない。センスのない脚本に何十回とリテイクを要求したけれど、映画やドラマになったことは単純に嬉しかった。アニメになって【ヒナト】や【ジナ】が動く姿を見るのも楽しかった。

しかし、そんな喜びは、本当に刹那的なものだ。

小説家になってからも、一人きりの自室で、数え切れないほどに涙を流し、死にたいと思う夜を乗り越えてきた。

孤独で空疎な夜を、苦しい時間を、乗り越えられたのは、数え切れないほどのファンレターに励まされたからだ。届いた手紙に目を落とすだけで、自分の物語を愛してくれている人もいるのだと確信出来た。

苦しい時は、いつだって読者の声に救われてきた。

他人のために小説を書いているわけじゃないのに、自分を救ってくれたのは、いつだって顔も知らない誰かの声だった。

だから、やはり、すべてが変わってしまったのは、あの日なのだろう。

【ジナ】が死亡する五巻が発売されて。

メディアミックスされていた作品まで含めて、全方位が炎上した。

批判の声が上がることは覚悟していたが、読者の拒否反応は想像以上だった。

何よりショックだったのは、作品を評価し、関わろうとしていた身内にまで切りつけられたことだ。ヒロインが死ぬという展開に、誰よりも難色を示したのは、放映中のアニメのプロデューサーだった。

ヒロインがあんな風に死ぬと分かっている作品の続きなんて、制作出来ない。そう言って、物語の最後まで放映するという約束を反故にされた。

【ジナ】の死は最初から決めていたことだ。彼女の死には確かな意味があった。

しかし、何もしなくても批判が視界に入るレベルで、作品が炎上してしまった。

本当は自分が間違っていたんじゃないだろうか。

【ジナ】を死なせたことで、自分は作品まで殺してしまったんじゃないだろうか。

弱く脆い心が揺れ動き、初めて能動的にエゴサーチをした。

緑ヵ淵中学校以外のサイトを覗いてはいけないと分かっていたのに、編集者にもあんなに強く止められていたのに、知りたいという気持ちを制御出来なくなってしまった。

飛び込んできたのは、心が凍るような罵詈雑言だった。

――ヒロインが死ぬくらいなら、作者が死ねば良かったのに。

誹謗中傷は作品だけに留まらず、ミマサカリオリにも、出版社にも、及んでいた。

ＳＮＳでは本を燃やす動画を上げる人間まで現れた。

通販サイトにも、書評サイトにも、辛辣な言葉ばかりが並んでいた。

ファンサイトの中にまで批難の声を上げる者が出てきた。

あんな五巻なら自分が書いた方がマシだと言って、勝手に新しい五巻や最終巻を発表する者まで現れ始めた。

炎上はニュースでも取り上げられ、作家のメンタルを心配した二代目の担当編集者は、頼んでもいないのに、長文でフォローのメールを送ってきた。

ネット上で批判を繰り返し、炎上を煽っているのは、一部の偏執的なアンチだ。ノイジーマイノリティだ。絶対に気にしてはいけない。燃え上がっている他人の家を眺めて喜んでいるだけの野次馬に、揺らされてはいけない。

これだけの騒ぎになっているのに、アニメは放映中に二期の制作中止が決まったのに、担当編集者の杉本敬之は、五巻を失敗だとは考えていないようだった。

実際、冷静になって書評サイトを眺めてみれば、批判は三割程度だった。

全員が批難しているわけじゃない。五巻の展開に失望はしていても、最終巻でどう巻き返すかが楽しみで待ち切れない。そんな声も数多く書き込まれていた。

批判を声高に叫ぶ人間なんて少数だ。

誹謗中傷を楽しんでいるのは、一部の人間だけだ。

分かっているのに、理解しているのに、それでも駄目だった。

誰に、どんな風に励まされても。

作品を肯定し、愛してくれている読者の言葉を読んでも。

ズタズタになった心は、悲鳴を上げ続けた。

そうだ。自分は昔から、そういう人間だった。

九十九人が褒めてくれたって、たった一人の批難が頭から離れない。

それが、どれだけ的外れでも、私怨に満ちた声でも、駄目なのだ。

秘密主義を貫いていたのは、自身の素性を編集部の人間にさえ知られたくないと思っていたのは、結局のところ、そういう弱い人間だからだ。


心なんて簡単に死ぬ。人間は、いとも容易く、病んでしまえる。

息が出来ない。呼吸が苦しい。何を食べても満たされない。

身体中が痛い。ずっと、誰かに殴られているみたいな気分だった。

治まらない腹痛に悩まされるようになり、呼吸が苦しくなり、外出すら出来なくなり、夜も眠れなくなった後で気付いた。

今、こうして自分が苦しんでいるように、物語が望まない展開を迎えたことで、傷ついた人がいたんだろうか。

小説は作者だけのものではなかったんだろうか?

分からなくなったら最後、何も書けなくなってしまった。

最終巻を既に書き始めていたのに、怖くて一文字も書けなくなった。

続きを書いたら、また叩かれる。

きっと、また傷つく人が出てしまう。

誰も傷つけたくない。二度と、傷つきたくない。

もう嫌だ。何も書きたくない。書けない。

それなのに、純恋は書いてと言った。

あなたのことは大嫌いだけど、最後まで書いてよと叫んだ。

「あなたは私が甘えているって言ったよね」

泣きはらした後の赤い目で、少女が自分を睨み付けている。

「扶養されている分際で、守られていることにも気付かず、学校を辞めて、一人の世界に閉じこもって、そんなの甘えだって。人生を舐めているって、そう言ってたよね。でも、甘えているのは、そっちも同じじゃない。あなたは何にも気付いていない」

言い返せなかった。子うさぎみたいにか弱い少女に、言い返すことが出来なかった。

「山際さんは言っていたよ。帰っても良いって。逃げても良いって。皆との約束を破って、私に話してくれた。でも、私は絶対に帰りたくなかった。だって、あなたが書いた小説を読めないなら、そんなの死んでるのと同じだから」

「でも、そんな人間は、お前だけで……」

「あなたは本当に何も分かっていないんだね。社会のことを知らないって私のことを馬鹿にするけど、あなただって分かっていないじゃない。読みたいのは私だけ？　馬鹿なことを言わないで。そんなわけないじゃん。皆、一緒だよ。少なくともここにいた人たちは、全員、同じ気持ちだったよ。『Swallowtail Waltz』が大好きで、続きが読みたくて、だから帰ったんだよ。あなたに呆れたからじゃない。あなたが生きているって知って、続きが読めるかもしれないって気付いたから、帰ったんだよ」

「今更、狂信者の言葉なんて……」

「臆病者！　あなたはただの臆病者じゃない！」

「お前に私の何が分かる！」

「分かるよ！　私は『Swallowtail Waltz』が大好きだから、小説が炎上した事件のことだって、あなたより理解している。あなたは自分が読者に呆れられたと思っているんでしょ？　馬鹿じゃないの。そんなことあるわけないじゃん。興味がないなら、はなから怒ったりしない。炎上なんて愛情の裏返しだよ。大好きじゃなきゃ、わざわざ声を上げない！　愛してもいない小説に、怒りを叫ぶ人間なんていない！」

去って行った五人の顔が脳裏に浮かぶ。彼らのことを思い出すと同時に、自らの愚かさに目眩を覚えた。

どれだけ皮肉を吐いても、皆、自分のことを見捨てなかった。

仕方のない奴だと呆れながら、それでも、切り捨てたりはしなかった。

目の前の少女だって、そうだ。

大嫌いと言ったその口で、願いも口にする。

「早く気付いて。あなたじゃなきゃ駄目なんだよ。あなたの小説を最後まで読んでから死なせてよ！」

感情が飽和して、全身の力が抜けていく。

膝から頽れると同時に、涙が両目から溢れ出した。

*

もしも愛がすべてなのだとしたら、この世界には、もう自分の居場所がない。

愛することも、愛されることも出来ない自分には、生きている意味がない。

しかし、少女は、あなたじゃなきゃ駄目なのだと言った。

こんな自分のことを、絶対に諦めようとしなかった。

今更、何に気付いたところで手遅れだけど、気付けただけ、昨日までの自分よりはマシなんだろうか。

少女の純真な願いは、ほとんど呪いだ。

今日も、明日も、明後日も。

きっと、この呪いが、潰れてしまった私の心臓を動かしていく。

エピローグ

1

二ヵ月の音信不通を経て、突然帰宅した娘に対し、父親も継母も何も言わなかった。気を遣っているからでも、見えていないわけでもない。単に興味がないからだ。この二ヵ月間を『佐藤友子』として生きた自分は、子どもの頃からそれを理解している。自分たちは家族ではない。ただ同じ家で暮らしているだけだ。

自宅に帰り、最初にやったのは、熱過ぎるほどのシャワーを浴びることだった。

それから自室のベッドに横たわり、何時間眠っただろう。目覚めると、シーツに汗の匂いが染みついていた。かけ時計に目をやってみても、ぼんやりとした頭では、今が午前なのか午後なのかも分からない。それほどまでに、あらゆる感覚が麻痺していた。

いつだって動き出すことには勇気が必要だった。一度逃げ出した後であれば、なおさらだ。年齢だけ大人になっても、それは変わらない。

最終巻の原稿は、中里純恋に見せた第二話までで止まっている。

デスクに腰掛け、原稿のデータを開くと、嗚咽が漏れた。

顔も見えない大衆に忌避され、嫌悪され、一度は作者である自分でさえ見捨てた物語だ。それでも、この原稿の前に自分は戻って来た。

世界に産み落とした彼らの物語を、結末まで導くために。

この物語を愛し、信じ、待ち続けている彼女に届けるために。

痛みを堪えて、歯を食いしばって、書き上げると決めたから、戻って来た。

「お前が家に帰るなら、続きを書くよ」

そんな佐藤の言葉で、あの共同生活は終わりを告げた。

約束が、期待されることが、誠実であることが、苦手なのに。

最後にそんな言葉を吐いたのは、少女に心を動かされたからだ。

続きを書くと告げた時に見た少女の笑顔が、網膜に焼き付き、忘れられない。

だから、大嫌いだった家にも帰って来た。

もう一度、今度こそ本当にもう一度、最後まで書くと決めて、戻って来た。

胃が痛い。呼吸が苦しい。目眩だって覚えている。

それでも、迷いだけはなかった。創作の衝動だけは揺らがなかった。キーボードに突っ伏して寝落ちしてしまうことさえ厭わずに、一心不乱に書き続けていった。

恐ろしいまでの集中力で、物語を紡ぎ続けたからだろうか。

わずか一週間で、その原稿は書き上がっていた。あんなにも怖かった小説が、もう二度と見たくないとさえ思っていた物語が、完成していた。

パソコンを立ち上げ、メールアプリを開くと、アドレス帳から『杉本敬之』の名前を探す。彼は大樹社の二代目の担当編集者だ。

一年近く彼からの連絡を無視し続けてきた。SNSに書き込まれた嘘に端を発する騒動に対応するため、彼は二度も足を運んでくれたが、自分は一度として顔を見せなかった。この部屋の扉を開くどころか、質問に答えることすらしなかった。

最低最悪の対応を続けてきたという自覚がある。その上、死を発表してから三ヵ月以上が経っている。今更何の用だと切り捨てられても不思議ではない。どれほど呆れられているかも想像がつかない。だが、もう逃げるわけにはいかなかった。

メールを送るだけなのに。事象としては、送信ボタンを押すだけなのに、本当に大きな勇気が必要だった。

自分は社会人経験すらない人間だ。一冊の本を出版するために、一体、どれだけの人間が動いているか分からない。想像も出来ない場所にまで、迷惑をかけてきた可能性がある。厚顔無恥で非常識な迷惑作家。自分はそういう人間だ。

今更、話すことなど何もない。突っぱねられても不思議ではなかったが、

『最終巻について相談したいです。話を聞いてもらえないでしょうか？』

メールを送ると、二分もせずに返信が届いた。

『もちろんです。ぜひ、お話を伺いたいです。ただ申し訳ないのですが、直接、会ってでないと、ご相談出来ません。ミマサカ先生を責めたいからではありません。こちらか

ら謝罪しなければならないことがあるからです。』

彼は何が言いたいんだろう。自分は謝罪など求めていない。どう考えても謝罪を求める権利なんて自分にありはしない。世間を騙したのは、身勝手なことをしたのは、徹頭徹尾、自分だけだ。

『怖くて会えません。謝罪される理由があるとも思えません。』

『いえ、あるのです。私はどうしても、あなたに謝らなければなりません。ミマサカ先生に一度、頬を打ってもらわないと、打ち合わせが出来ません。』

本当に意味が分からなかった。我が儘を言い、迷惑をかけ続けたのは、いつだってこちらの方だ。杉本も、編集部も、いつだって誠実に対応してくれたじゃないか。

何を申し訳なく思っているのか知らないが、本当に謝罪などいらない。そう何度もメールに書いたのに、杉本は決して譲らなかった。

一度会って、先生から罰を受けないと、先に進めない。その一点張りなのである。

先に根負けしたのは佐藤の方だった。

どんな顔をして会えば良いかも分からないが、先に進むと決めたのだから、まずは編集者と向き合わなければならない。

何処か喫茶店のような場所でと思ったのに、杉本はもう一度、自宅まで伺わせて欲しいと言ってきた。彼のあまりの押しの強さに驚いたが、同時に、そのくらいで丁度良いのかもしれないと思った。

嫌なことから逃げ、我が儘を通し続けたせいで、こんなことになっているのだ。最終巻を発表させてもらえるのなら、次は編集者の言葉に従おう。そうやって、今度こそ逃げずに社会と向き合おうと思った。

杉本敬之が二十代の男であることは知っていた。いとこという話だったし、あの企画を主催した塚田圭志と似た雰囲気の男を想像してもいた。

しかし、この展開は予想出来なかった。

現れた杉本は、部屋の扉を開けるなり土下座をした。

「俺は先生を騙してしまいました。本当にすみませんでした！」

杉本敬之は塚田圭志、その人だった。彼らは同一人物だったのである。

「……まったく気付きませんでした」

共同生活の初日から、自分は不協和音を起こすような行動を繰り返していた。はなから協力する気などなかったし、追い出されても仕方がないと考えて動いていた。

だが、こちらに対して実力行使に出てくる者はいなかった。何人かの参加者に嫌われていることは分かっていたが、面と向かって批難してくる者は少なかった。

彼らが余りにも忍耐強かったから、自分は疑い始めることになったのだ。度を過ぎたお人好しが集まっているだけなら、それで良い。ただ、彼らが自分の正体に気付いているとなれば、話は変わってくる。例えば、家まで訪ねて来た編集者に、親が子どもの頃の写真を渡しており、それが塚田の手に渡っていたとしたら……。

彼らが口裏を合わせ、自分のことを謀っていないとは断言出来ない。

ミマサカリオリの性別が「男性」であると、塚田が断定するまでの数日間、ずっと、そんな可能性を疑っていた。

そうだ。塚田には気付かれているかもしれないと、何度か疑っていたのだ。けれど、彼自身が担当編集者だなんて考えもしなかった。あくまでも塚田はいとこで、編集者の杉本が口の軽いお喋り野郎なのだと思っていた。

SNSに嘘を書き込んだ日の夜と、その翌日に、編集者たちが自宅まで訪ねて来ている。最後まで扉は開けなかったが、彼らが帰る姿は窓から確認していた。

若い男は一人しかいなかったから、背の高い、アッシュブラウンの長髪を後ろで一つに束ねた眼鏡の男が、杉本敬之であるとすぐに分かった。特徴的な容姿をしていた男が、眼鏡を外し、髪の色も長さも変えて現れたら、気付けるはずもない。

「私たちは作家と編集者で同じことをやっていたのかもしれませんね」

「同じこと？」

「父親が私の写真を編集者に見せたかもしれないと思ったんです。それで、企画に参加する前に、髪を脱色しました。コンタクトも初めて入れました」

「そっか。先生も普段は眼鏡で生活していたんですね」

「杉本さん、前にいらっしゃった時は、髪の毛の色も違いましたよね？　長さも」

「仰る通りです。別の作家のインタビューに同伴した際、一緒に写真を撮られたことがあって、今でも検索するとヒットするんです。それを先生に見られているかもしれないと思い、外見を偽装しました。本当に申し訳ありません。俺がやったことは、先生の心を踏みにじる行為です。励ましたかったからとはいえ、計略を巡らせ、騙して、その気にさせることで、続きを書いてもらおうとしていたんです。どうか頬を打って下さい。そのくらいして頂かないと顔向け出来ません」

スーツを着てネクタイを締めた杉本は、廃校で会っていた時とは別人のようだった。あの頃、彼はいつも柔和な微笑を湛えていた。しかし、目の前に現れた眼鏡姿の彼は、ずっと、蛇に睨まれた蛙のように怯えている。

「立って下さい」

「いえ、先生のお許しを頂くまでは……」

「私は怒ってなんかいません。正直、驚きましたけど、私は杉本さん以上に酷いことをしてきましたから、責める資格なんてありません。まして、あなたを殴るなんて出来るはずがない。私と話すつもりがあるなら、どうか立って下さい」

本心からの言葉であると伝わったからか、杉本は申し訳なさそうな顔で、ゆっくりと立ち上がった。

「これ、最終巻の原稿です。読んで頂けませんか？」

「どういうことですか？　実は書き終わっていたということでしょうか？」

「一週間前に帰って来てから書きました」

あの廃校で、彼と何度、対峙しただろう。

自分ではない誰かを演じるために、下卑た笑みを浮かべ、皮肉ばかりを並べてきた。廃校で吐いた言葉には本音もあったし、自己防衛の虚勢もあったように思う。

本当の自分を否定されるから傷つくのだ。演じている人格が嫌われたとしても、それは別の人間である。自分の本質が否定されているわけではない。都合の良い言い訳を用意して、傍若無人に佐藤友子を演じてきた。

理不尽なことばかり言う自分を、しかし、塚田はいつでも受け止めてくれた。その忍耐強さの理由も、今ならば分かる。彼は編集者だから、作品を投げ出そうとしていた小説家を見捨てられなかった。自暴自棄になっている作家を、決して諦めなかった。

「もちろん、今すぐ読ませて頂きます。あの、ここで読んでも良いでしょうか？」

「はい。お願いします」

それでも、それでもと、思った。

彼らは無条件に作家としての自分を信じているが、期待に応えられている保証なんて何処にもない。これは、一年以上逃げ続けた自分が、取り憑かれたようにして書き上げた小説だ。支離滅裂な物語になっているかもしれない。

怖かった。新人賞に応募した時も、デビューした後も、続刊を刊行する時も、いつだって本当に怖かった。

誰かに小説を読んでもらう時は、凶器の前に裸で立っているみたいな気分だ。この恐怖に慣れる日など、絶対に来ない。

「ここで読み終わるのを待っていても良いですか」

「もちろんです」

同じ部屋で、彼が読み終わるのを待ちたい。

そう言ったのは自分だけれど、怖くて杉本の顔を見ることが出来なかった。

窓際に置かれていたテディベアを手に取り、空いたスペースに腰を下ろす。

これは、小学校に入学した時に、他界した実の母親が買ってくれたプレゼントだ。ぬいぐるみの温もりと共に、今はもう触れられない母の記憶が甦る。

作中で【ジナ】にそれを持たせたことも、今思えば必然だったのかもしれない。凍りついた家の中で、テディベアだけが家族であり、彼女に語りかけていた物語が、自分を小説家にしたのだから。

共同生活に持ち込む荷物は厳選しなければならなかったのに、純恋はわざわざテディベアのぬいぐるみを持ち込んでいた。母がくれたそれが、自分の少女時代を癒やしてくれたように、あの子の孤独な夜も救ってくれたんだろうか。結局、最後まで何も聞けなかったけれど、彼女にとってもテディベアが救いであったなら嬉しい。

ぬいぐるみを小脇に抱え、ページがめくられていく音と、杉本の呼吸の音を聞きながら、ただ、終わりかけの夏の空を見つめていた。

小説を初めて読んでもらう時の恐怖は、それと同時に覚える微かな期待は、きっと、死ぬまで治らない。否定されたって死にはしないけど、心は耐えられない。

創作をするというのは、小説を書くというのは、そういうことだ。

斜陽が差し込み始めた頃、しゃくり上げるような嗚咽が聞こえ、恐る恐る振り返ると、杉本が涙で顔をぐしゃぐしゃに歪めていた。

「すみません。……すみません」

謝罪されたけれど、何に謝られているのか分からず、言葉を返せなかった。

潰れかけたティッシュ箱を彼の傍に置き、それから、再び茜空に目をやった。

鼻をかんだ後も、彼の嗚咽が止まることはなかった。

言葉にならない謝罪を、うわ言のように繰り返しながら、杉本は原稿の最後まで目を通したようだった。

特別、長い物語ではない。

しかし、杉本が読み終わったのは、原稿を渡してから、実に五時間後のことだった。

「読み終わりました」

感想を聞くのが怖くて、ただ、それだけの恐怖で、心臓が潰れてしまうんじゃないかと思った。

「この小説を最後まで書き上げて下さったことに、本当に感謝しています」

視線が交錯すると、杉本は早口で告げ、深々と頭を下げた。

「がっかりさせたんじゃないでしょうか?」

「有り得ません。私は担当編集者である前に、この作品のファンですから、客観的に読めている自信がありません。ただ、私が読みたかった『Swallowtail Waltz』の最終巻は、読者が待ち望んでいた物語は、間違いなくこれだと断言出来ます」

「面白かったですか?」

「エンターテインメントを相対的な尺度で図りたくないですが、自信を持って言えます。私は、この小説よりも面白い小説を読んだことがありません。これまでの五冊と比べてもです。この一冊が世界で一番面白い。この物語を沢山の読者が待っています」

「そうですか。それなら、良かった」

今はまだ、たった一人だけれど。

面白いと思ってくれた人がいるなら、それだけで報われる。

書いて良かったと、諦めてしまわずに良かったと思うことが出来る。

「ミマサカ先生。この原稿をどうするかについて、ご相談しても良いですか?」

「はい。どんな決定も受け入れるつもりでいます」

正直な思いを告げると、杉本の顔に見慣れた柔らかな微笑が浮かんだ。

「どんな道を選ぶにせよ、先生の望まない形で発表することはありませんので、ご安心下さい。世の中の人々は、ミマサカリオリが死んだと信じています。大樹社としても、作品が未完となることを、既に発表しています。現状を踏まえるなら、この原稿を出版する方法は二つしかないと思います。一つ目の案は、先生の遺品から、原稿が見つかったことにするというものです。読者に嘘をつくことになってしまいますが、この形であれば、SNSの書き込みとも矛盾しません。ただ、問題もあります」

「それは?」

「ミマサカリオリ名義での発表は、この作品が最後になってしまうという点です」

作家の死を否定しないなら、当然、そうなるだろう。

「さらに言えば、もしも嘘が露見した場合、取り返しがつかないことになるという危険性もあります。この件について知っているのは、社内でもごく一部の人間だけです。箝口令も敷かれています。ただ、人の口に戸は立てられません。週刊誌の記者が探りに来たという報告も上がってきています。私も会社も全力で先生をお守りしますが、これだけの話題作ですから、何処で誰が、どんな行動に出るか分かりません」

「分かりました。もう一つの方法も教えて下さい」

「SNSでの書き込みが嘘であることを明らかにし、正直に謝罪してから、出版するというものです。より誠実と言えるのはこちらですが、批難は避けられません。出版社や編集者が責められる分には構わないんです。先生を守れるなら、むしろ矢面に立ち、盾になりたい。私個人としては、最終巻を待ち望んできたファンには、余計な情報に心を揺らされず、純粋に、この物語を楽しんで欲しいですが」

「杉本さんは、どちらの出版方法が良いと考えていますか?」

「前者です。真実を公表し、わざわざ再炎上させる必要はないと思っています。この素晴らしい作品に、物語以外の部分で色がつくことは避けたいです」

杉本の気持ちは、よく理解出来た。物語に余計な傷がつくのは、自分だって嫌だ。

「私は先生にこれからも書き続けて欲しいです。前者を選んだ場合、ミマサカリオリ名義は二度と使えなくなりますが、ペンネームを変えることは出来ます。ただ、あくまでも、これは私個人の考えです。決定は先生にしか下せません」

遺稿が見つかったことにして発表するのか、真実を公表するのか。

杉本が言うように、選べる答えは二つに一つだろう。

「迷惑をかけ続けているのに、私が決めて良いんですか？」

「はい。私はただの平社員ですし、何の決定権も持っていません。でも、先生の意向を尊重出来ると断言します」

「どうしてですか？」

「この原稿が素晴らしいからです。この物語を刊行出来るなら、皆が先生の意向を汲もうと考えるはずです」

また、善人みたいなことを言っている。そう思ったけれど、彼の言葉を否定することはしなかった。作家を励ますために、あれだけのことを計画した杉本を、信じてみようと、信じてみたいと、今は考えられるからだ。

「希望を伝える前に、相談したいことがあります。物語の続きを待っている人たちのために、もう一度、小説を書きました。この本を読んで欲しいです。また叩かれるかもしれないけど、それでも、読んで欲しい。ただ、どうしても心配なことがあるんです」

「先生をお守りします。出版社として出来ることはすべて……」

首を横に振る。

「心配なのは私自身のことではありません。校舎で言われたんです。『あなたの小説を最後まで読んでから死なせてよ』って」

「純恋ちゃん」

今度は一度だけ首を縦に振った。

「物語はこれで完結です。続きはありません。あの子は私の小説を心から待ち望んでくれているけれど、でも、だからこそ、この本が発売されたら、今度こそ本当に……」

「死なせません」

強い口調で杉本は即答した。

「死なせるわけないじゃないですか。私は本気で、小説で人を救えると思っています。それは先生の小説に出会ったからです。純恋ちゃんは小説を読む喜びを知っている。そんな子を死なせるわけにはいきません。絶対に守ります。具体的な手段をここで提示出来ないことが心苦しいですが、原稿を拝受した後は、私たちの仕事です。先生は何の心配もしなくて良いんです。失望させません。約束します」

「信じても良いんですか？」

「私は語彙が少ないので、嘘っぽく聞こえてしまうかもしれませんが、命がけでこの本を編集させて頂きます。小説家と読者を幸せにするために、全力を尽くします」

本当に、彼はいつでも大袈裟だと思う。だが、少なくとも今この瞬間だけは、間違いなくそれが彼の本音なのだろう。ならば信じてみよう。

自分は人を信じることが得意ではないけれど、彼はこんな自分のことを認めてくれた担当編集者なのだから。

「分かりました。話を戻しましょう。決めなければいけないのは、この本をどうやって発表するかでしたよね」

人生とは選択の連続であり、時に、その問いには正解がない。

どちらを選んでも、選ばなくても、きっと、後悔は残るだろう。

「我が儘を聞いて頂けるのでしたら、私は……」

2

十二号館下のピロティでベンチに腰を下ろすと、意識せぬまま溜息が零れ落ちた。

今日も、空はあんなに高く、青いのに、心はいつだって晴れない。

「広瀬君が真剣に講義を受けていることも、遅れを取り返そうと頑張っていることも分かる。ただ、去年の単位が少な過ぎて、留年は避けられないかな。大学生には勉強以外にも大切なことがある。僕としては応援したいし、力になりたいよ。でも、去年の成績はどうにもならない。せめて必修科目だけでも取れていたら違ったんだけど」

夏休みが終わり、ゼミの担当教授に相談すると、複雑そうな顔でそう言われた。

俺が所属する学科は何もしなくても、極端なことを言えば一単位も取れなくても、二年次に進級出来る。しかし、進級条件を満たさなければ、そこから先へは進めない。

三年生になるには、必修科目を含む規定単位の取得が必須であり、入学早々、講義に出なくなってしまった俺には、それが足りていない。

教授は快く相談に乗ってくれたし、これまでの怠惰な生活を責められることもなかった。しかし、世の中にはどうにもならないこと、取り返しのつかないことがある。そして、俺にとっては自暴自棄になっていた一年間こそが、それで間違いなかった。

男ばかり四人兄弟の三男として生を受けた。

子どもの頃から中途半端な立ち位置にいたせいか、両親に期待されたことも、特別気にかけられたこともない。兄弟の中で唯一、浪人していたし、兄たちのように国立大学に進学することも出来なかった。

両親が留年を知ったら、問答無用で退学させられるのは間違いない。

「お前みたいな人間にかけたお金も時間も無駄だった」

告げられるだろう軽蔑の言葉が、容易に想像出来る。

心を入れ替えて頑張りたい。嘘偽りなく、そう思っているけれど、何を懇願しても口先だけだと切り捨てられるはずだ。そうされるに相応しい、情けない人生を送ってきたのだから、今更どうにもならない。

浪人時代に受験先として理工学部を選んだのは、女子生徒から敬遠されやすいからなのか、例年、倍率が低かったからだ。建築学科を選んだことにも特に理由はない。

しかし、あの不自由な共同生活を経験して以降、自分でも驚くほどに講義が楽しくなった。生活に直結する建築物について、工学的な側面からもっと勉強したくなった。初めて勉強が楽しいと思えるようになったのに、生まれて初めて本気で頑張ってみたいと思ったのに、これまでの人生が、過ちが、願いと想いを踏みにじっていく。

留年が決まり、退学になったら、どうすれば良いだろう。資格も、学歴も、才能も、根性もない自分に、何が出来ると言うのだろう。油断すると、負けてしまいそうになる。たった一歩、後ずさりするだけで、再び崖の下に落ちてしまいそうになる。

弱い。自分は本当に弱い。何度も間違えて、取り返しのつかない後悔を重ねて、それでも、今度こそはと前を向こうとした。他人に褒められるような人間にはなれないかもしれないけれど、せめて自分自身でくらいは認めてやれる人間になりたかった。

留年、退学、それを経た後でも、強い気持ちを、共同生活を経て手に入れた、この心を、保ち続けることが出来るだろうか。

……自信がない。怖い。

自分を信じることは、貫くことは、逃げるより百倍も勇気がいる。

七人で始まったあの共同生活に、ミマサカリオリが参加していなかったら、どうなっていたんだろう。俺は今でも時々そんなことを考える。

清野と純恋と三人で釣りに出掛けた際、「鮎の友釣り」が話題になったことがあった。詳しいやり方は誰も知らず、俺たちは単に友情を利用した釣り方なのだろうと推測していたが、帰宅してから調べてみると、むしろ想像とは正反対の技法だった。

友釣りとは鮎の縄張り行動を利用した釣法である。利用するのは「友情」ではなく、むしろ「怒り」の方だった。狙っている野鮎の縄張りに、かけ針をつけて囮となる鮎を侵入させ、追い払うために攻撃してきたところを引っかけるのだ。

塞ぎ込んでいるミマサカリオリが野鮎だとして、外の世界に引っ張り出すために放たれた囮は、純恋だったんだろうか。俺や清野も、その一人だったんだろうか。塚田さんが描いていた絵は、すべてが終わった今になっても、よく分からない。

五つも年下の少女、純恋は、あの廃校で何が起きても帰ろうとはしなかった。

作品を愛していたから。『Swallowtail Waltz』が人生のすべてだったからだ。

高校を中退し、家にも、社会にも居場所をなくした彼女にとって、あの廃校だけが家だった。自分を否定しない唯一の、救いみたいな居場所だった。

だから少女は、絶対に帰らないと頑なな覚悟を見せた。

あの頃、俺はそんな少女の強い意志に、救われていたのかもしれない。何処にも居場所がない。駄目な自分を受け入れてくれる人たちなど、何処にもいない。そんな思いを抱えながら生きてきた俺にとって、あのコミュニティは確かな拠り所だった。

この想いを、恋だとも愛だとも思わない。しかし、俺はあの子の強い気持ちに、確かに救われていたのだ。

純恋は今、何処で、どうしているんだろう。何を思っているんだろう。

ポケットから携帯電話を取り出してみたけれど、出来ることなど何もなかった。彼女の連絡先なんて知らないからだ。塚田さんや山際さんに聞けば、教えてもらえるかもしれない。だが、それは躊躇われた。

あの共同生活を経て、俺の心は変わった。変われたと、そう信じている。けれど、自分自身の人生では、まだ新しい一歩を踏み出せていない。後退はしておらずとも前進が出来ていない。何より最後の最後で、少女に甘えてしまったという負い目があった。

ミマサカリオリの正体を塚田さんに聞いた後も、俺は何か自分に出来ることがあるのではと思い、廃校に残り続けた。佐藤が俺を作家と思わせたいのであれば、憧れの小説家がそれを望んでいるのであれば、受け入れようと思った。何の才能もない自分に出来ることは、それくらいだと考えたからだ。

だけど、中途半端な俺は、覚悟を最後まで貫き通すことが出来なかった。

ミマサカリオリを救えるものがあるとすれば、物語を誰よりも信じた少女の愛だ。そんな塚田さんの言葉に甘えて、結局はすべてを純恋に託し、逃げてしまった。

校舎から離脱した後、すべてを正直に伝えたのに、杉本さんは俺の離脱を肯定的に理解したようだった。だが、あの選択は、俺にとっては逃げだった。ミマサカリオリを救えるのが純恋だけだとしても、校舎に残れば二人のために出来ることがあったはずだ。

あの最後の選択が正しかったとは今でも思えない。

あの日、逃げたのだという後悔を、俺はきっと、一生抱えていくはずだ。

見えない未来を思い、足が震え始めたその時、携帯電話が着信を鳴らした。

画面に『清野恭平』の名前が表示されている。

彼はあの廃校で、児童養護施設から飛び出してきた高校生と自己紹介していた。しかし、実際には高校卒業時に施設を退所した、十九歳のフリーターだった。

清野とは池袋で集まった時に一度会ったきりである。一体何の用事だろう。

『広瀬君！　大樹社のホームページを見ましたか？』

通話に出ると、咳き込むように尋ねられた。

「いや、何かあったの？」

『発表されているんです！　来月、最終巻が発売されるって！』

三ヵ月前、最後まで残っていた二人、佐藤友子と中里純恋が校舎を去った。

どんな風に終わりを迎えたのかは分からないけれど、穏便な形で企画が閉じられたことは、塚田さんから聞いている。

最終巻が発売されると聞き、最初に湧き上がった感情は、続きが読めるという喜びではなかった。あの佐藤友子が立ち向かうことを決めたのだという事実に、ただひたすらに驚いていた。

佐藤にミマサカリオリと決めつけられ、俺は日々、嫌みを言われ続けた。

酷い言葉を散々浴びせられてきた。

それでも、彼女を嫌いになれなかったのは、それが本当は自分に向けられた言葉ではないと知っていたからだ。佐藤友子が罵っていたのは、ほかならぬ自分自身だ。

ミマサカリオリに憧れていたけれど、同時に、その才能を羨ましく思い、妬んでもいたような気がする。才能がある人間は、無条件に愛され、求められ、成功が約束された素晴らしい人生を歩めるのだろう。そんな風に考えていた。

しかし、それは凡人の身勝手な勘違いだった。

ミマサカリオリはその才能ゆえに自ら傷つき、もがき苦しんでいた。常人の比ではない感受性で、浴びせられた敵意のすべてを真に受け、修復不可能なほどに心を切り裂かれていた。出会ったミマサカリオリは、決して幸せな人間ではなかった。

才能も、存在価値も、何もかもが大きく違うが、俺と彼女には、似ているところもあったのだろう。俺たちは自分が嫌いだ。どうしようもない自分のことが、いつだって心底恨めしかった。

共同生活の中で、鋭利な言葉を浴びせられれば浴びせられるほどに、佐藤のことが理解出来ていくような気がしていた。その痛みが、その苦悩が、染み込んできた。

だから、最終巻が発売されるという話に、心底驚かされることになった。

もしも新刊を発売したら、SNSへの書き込みが嘘だったと発覚したら、どれだけ責められるか分からない。もう一度、再起不能になるまで叩かれるかもしれない。それを誰よりも理解しているはずなのに、彼女は続きを書いた。

ファンのために、続きを書こうとしてくれた。

ああ、そうか。勇気というのは、こんな風にしてもらうらしい。

愚にもつかない人生が好転したわけじゃない。情けない自らの状況は、何一つ変わっていない。留年だって、恐らくは退学だって避けられない。

だけど、思った。願った。

俺も、彼女のように頑張りたい。

誰に、何を言われても、もう一度、自分を信じて、生きてみたい。

3

それは、中里純恋にとって十六歳、最後の一日だった。

ほとんど眠れないまま朝を迎え、食事も喉を通らなかった。

五分に一度は時計に目をやっていた気がする。

近隣で最も早く開店するのは、隣町の駅に隣接した書店だ。

どれだけ早く着いたところで、開店前には売ってもらえない。分かっていたのに、純恋は二時間も早く家を出てしまった。

開店まで、まだ一時間半もある。案の定、シャッターは閉まっていた。

お店の前にあった喫茶店に入り、閉じたままのシャッターを見つめながら、ただ、ひたすらにその時を待つ。

持参していた既刊に目を落とすと、自然と、この半年間の記憶が思い出された。

七人で始まり、最後は二人きりになった廃校での共同生活は、

「お前が家に帰るなら、続きを書くよ」

そんな佐藤友子の言葉で、不意に終わった。

廃校で死んでも構わない。純恋はそんな覚悟を抱いて参加していたから、たとえ一人きりになっても出て行くつもりはなかった。だが、ミマサカリオリが続きを書いてくれるというのであれば、すべてが変わってくる。

純恋はただ続きが知りたかっただけだ。結末まで読みたかっただけだ。

そして、共同生活の終わりから四ヵ月が経った今日、約束通り最終巻が発売される。

一ヵ月前に突如として告知された最終巻刊行の報に、ファンは沸いた。

佐藤の言葉を疑っていたわけではないけれど、正式な発表を聞いた時には、嬉しくて

身体が震えた。感極まって泣いてしまった。

大樹社は今日まで、出版に至る経緯を説明していない。

多くのマスメディアが編集部に取材を申し込んだらしいが、大樹社からは発売決定以外のアナウンスがおこなわれなかった。


五巻発売後の炎上。

一年後に発表された作者の死。

それから半年が経ち、何の説明もないまま刊行されることになった最終巻。

様々な憶測が飛び交っていたが、どんな噂も純恋には関係のない話だった。

完璧な形で最終巻を読むことが出来る。今度こそ最後まで物語を楽しめる。純恋にとっては、それがすべてだ。

帰宅してから純恋が会ったのは、山際一人だけである。塚田にも会いたいと言われたけれど、それは断った。

彼は担当編集者だ。自分のことなんてどうでも良いから、本を作ることに集中して欲しかった。電話でそれを告げると、

『分かった。じゃあ、約束して欲しい。俺は先生を支えて、必ず最終巻を刊行する。だから、それが発売されたら、純恋ちゃんは絶対に最後まで読んでくれ』

塚田はそんなことを言っていた。

むしろ誰に反対されたって、自分は絶対にそれを読む。必ず最終巻を刊行すると言った彼の言葉を信じて、その時を待とうと思った。

もう一人の編集者、山際は、今も休職中だ。

山際は再会するなり、「長い間、頑張ったね」と、抱き締めてくれた。

けれど、純恋には褒められるようなことをしたという自覚がなかった。自分はただ、作品の世界を模倣しただけである。

何が真実で、何が嘘でも、もう関係ない。

大好きな小説をこれから読める。それがすべてだ。

開店と同時に購入した新刊を手に、純恋は再び喫茶店に入った。

自宅まで帰る時間すら惜しかったからだ。

一秒でも早く、物語の中に飛び込みたかった。


一文字一文字を噛み締めるように読み、何度も何度も涙を拭いながら物語を追い、最後の一行を読み終わった時には放心していた。

第二話まで既に何百回も読んでいたのに、七時間以上、没頭していたらしい。

目頭が熱かった。身体が、脳が、芯から高揚していた。

終わって欲しくなかったけれど、もっともっと読んでいたかったけれど、この物語がここで終わりなのだということも分かっていた。

最高の最終巻だったと断ずるに、些かの躊躇いもない。

【ユダ】の正体が【カラス】だったと判明した時には、あまりの驚きで固まってしまった。容易には信じられず、持参していた既刊で彼の行動を再確認していったら、あっという間に一時間が過ぎていた。

【ユダ】の正体は、純恋にとってもショックなものだった。

しかし、その後、戦慄の動機が語られたことで、何もかもに納得する。

【ルナ】の死の真相が【ジナ】が遺した意志と繫がり、物語は終幕に向けて一筋の光になっていった。自分たちがなぞった物語とは異なり、残された六人は、希望を胸に抱いて、外の世界へと帰って行った。

綴られていたのは、期待も予想も飛び越えた、最高の物語だった。

愛した物語は最後まで、最後の一行まで、自分を裏切ったりはしなかった。

隣の席に置いていたテディベアを鞄にしまい、会計を済ませて喫茶店を出ると、世界が色を変えていた。

自分はこの本を読むために生まれてきた。そう確信していたから、ミマサカリオリが死んだと聞き、マンションのベランダから飛び降りた。

あの日、助かって良かったと、心の底から思う。あのまま死んでいたら、この最終巻を読むことが出来なかった。そんな人生、想像しただけで怖気が走る。

ミマサカリオリを信じて良かった。続きを書くと言った彼女を信じて、死ぬことを我慢して、本当に良かった。

幸せになることも、誰かを幸せにすることも、自分には無理だと思っていたけれど、前者だけは間違っていた。

この小説と出会えたことで、自分は幸せになれた。

この小説を読めたから、生まれてきて良かった。

でも、いや、だからこそ、はっきりと分かる。

この本を読み終わった今、今度こそ本当に、もう生きる意味がない。

何もかもを終わりにしてしまえる。

死のう。今度こそ、絶対に失敗しない方法で。

死を決意した半年前、自宅のベランダから飛び降り、自殺に失敗した。

四階じゃ駄目だ。もっと、遥かに高い建物でなければならない。

昏睡状態で運び込まれたあの病院は、十二階建てだった。入院中、何度か気分転換にと、看護師が屋上に連れて行ってくれたことを覚えている。高い柵が設けられていたけれど、ベンチを柵の傍まで寄せれば、乗り越えられない高さじゃない。

病院に辿り着き、開放されていた屋上に出ると、何人かの入院患者が夕日を眺めていた。確実に死ぬためにも、人が消えるまで待った方が良いだろう。

ベンチに腰掛け、もう一度、本を開いた。

何度も、何度でも、読み返したい。そんな気持ちもあるけれど、物語の結末を知った今日ほど、死ぬのに相応しい一日はない。

物語と同様、自分の人生を閉じるなら、絶対に今日だ。


一人、また一人と入院患者が去って行き、とうとう純恋は一人きりになった。

ベンチを柵の傍まで引きずって行く。

思っていた通り、背もたれに足を乗せれば、柵を越えられそうだ。

恐怖も、迷いも、なかった。自分は幸せ者だ。こんなに素晴らしい小説と出会い、物語に満たされたまま死ぬことが出来るのだから。

最後に目にするのは、この本の最終ページが良い。

人生で最後の読書をするために本を開くと、思わぬページが目に飛び込んできた。

過去、ミマサカリオリの本に、あとがきが書かれていたことは一度としてない。

しかし、最終ページをめくった先に、短いメッセージが載せられていた。

あとがき

私は今日まで嘘をつきながら生きてきました。
プロになってから小説を書くことが楽しかったことなんてありません。
苦しくて、怖くて、叩かれたくなくて、もう誰にも嫌われたくなくて。
こんな生活を続けるくらいなら死んだ方がマシだと、ずっと、そう思っていました。
私は、私のことが嫌いです。
昔から、そして、今も、本当に大嫌いです。
それなのに、どうしてなんでしょうね。
性懲りもなく、また小説を書いてしまいました。

私が最低最悪の嘘つきであると知っているあなたに、聞いてみたいです。
この本はどうでしたか?
この本を読んでもまだ、私の本を読みたいと思ってくれますか?
私はもう一度、小説を書いても良いのでしょうか?

この本を書き終わったら死のうと思っていました。

だけど、結局、今日も、のうのうと生きています。

書き終わったのに、もう仕事は終わったのに、死ねませんでした。

理由は多分、一つです。

小説をもう少しだけ書きたい。そんな気持ちを殺すことが出来ませんでした。

だから、もしも私の小説をまだ読みたいと思ってくれるなら、どうか、あなたも生きていてくれませんか。

もう二度と、死にたいなんて言わないでくれませんか。

あなたがいるから、私は小説を書こうと思います。

本書は書き下ろしです。

綾崎 隼（あやさき・しゅん）

1981年新潟県生まれ。2009年、第16回電撃小説大賞〈選考委員奨励賞〉を受賞し、『蒼空時雨』（メディアワークス文庫）でデビュー。受賞作を含む「花鳥風月」シリーズ、「君と時計」シリーズ（講談社）、『盤上に君はもういない』（KADOKAWA）など著作多数。本作は著者にとって40冊目の刊行となる。

死にたがりの君に贈る物語

2021年5月6日　第一刷発行
2021年10月26日　第八刷

●著者　綾崎隼
●発行者　千葉均
●編集　末吉亜里沙
●発行所　株式会社ポプラ社
〒一〇二―八五一九
東京都千代田区麹町四―二―六
一般書ホームページ　www.webasta.jp
●組版・校閲　株式会社鷗来堂
●印刷・製本　中央精版印刷株式会社

N.D.C.913/379p/19cm
ISBN 978-4-591-17008-3

P8008342

かがみの孤城

辻村深月

学校での居場所をなくし、閉じこもっていたこころの目の前で、ある日突然部屋の鏡が光り始めた。輝く鏡をくぐり抜けた先にあったのは、城のような不思議な建物。そこにはちょうどこころと似た境遇の7人が集められていた――。すべてが明らかになるとき、驚きとともに大きな感動に包まれる。

単行本

ライオンのおやつ

小川糸

人生の最後に食べたいおやつは何ですか――。若くして余命を告げられた主人公の雫は、瀬戸内の島のホスピスで残りの日々を過ごすことを決め、本当にしたかったことを考える。ホスピスでは、毎週日曜日、入居者がリクエストできる「おやつの時間」があるのだが、雫はなかなか選べずにいた。

単行本

わたしの美しい庭

凪良ゆう

小学生の百音と統理はふたり暮らしだが、血はつながっていない。その生活を〝変わっている〟という人もいるけれど、日々楽しく過ごしている。マンションの屋上には小さな神社があって、悪いご縁を断ち切ってくれるといい、〝いろんなもの〟が心に絡んでしまった人がやってくるのだが――。

単行本

お探し物は図書室まで

青山美智子

お探し物は、本ですか？ 仕事ですか？ 人生ですか？

人生に悩む人々が訪れた小さな図書室。彼らの背中を、不愛想だけど聞き上手な司書さんが、思いもよらない本のセレクトと可愛い付録で、後押しします。

自分が本当に「探している物」に気がつき、明日への活力が満ちていくハートウォーミング小説。

単行本